元代文学作品选

周小艳 赵嘉 马燕鑫 徐文武 ◎ 编著

人民出版社

策划编辑：孙兴民

责任编辑：邓文华

封面设计：刘芷涵　徐　晖

图书在版编目（CIP）数据

元代文学作品选 / 周小艳等编著 . —北京：人民出版社，2019.8

ISBN 978 - 7 - 01 - 021121 - 3

Ⅰ . ①元… Ⅱ . ①周… Ⅲ . ①中国文学—古典文学—作品综合集—元代—高

等学校—教材 Ⅳ . ① I214.71

中国版本图书馆 CIP 数据核字（2019）第 167409 号

元代文学作品选
YUANDAI WENXUE ZUOPIN XUAN

周小艳　赵嘉　马燕鑫　徐文武 ◎ 编著

人 民 出 版 社 出版发行

（100706　北京市东城区隆福寺街 99 号）

保定市北方胶印有限公司印刷　　新华书店经销

2019 年 8 月第 1 版　2019 年 8 月第 1 次印刷

开本：710 毫米 ×1000 毫米 1/16　印张：17

字数：259 千字

ISBN 978 - 7 - 01 - 021121 - 3　定价：48.00 元

邮购地址 100706　北京市东城区隆福寺街 99 号

人民东方图书销售中心　电话（010）65250042　65289539

出版说明

　　本书供普通高等院校、各类成人高等院校的中文专业作为"中国古代文学史——元代文学史"等课程讲授和阅读参考之用。

　　本书按诗歌、散文、词、散曲、杂剧、南戏的体裁分别排列。

　　本书所选为元代文学史上各种体裁的代表作家作品，着重选取在文学史上有定评且艺术性突出的作品，同时兼顾作品题材的广泛性和多样性。

　　本书所选用的作品，均以较好的版本为依据，并于篇末注明版本来源。一般仅录原文不作校勘，偶有校勘则于注释中说明。

　　本书为教学及阅读方便采用简体横排的版式，偶遇古体字亦遵之。

　　本书在编写过程中，虽学术界的研究成果多有吸取，由于篇幅有限未能一一注明，谨附言于此，以表谢忱。

　　本书由周小艳负责诗歌和散文部分的选录和撰写工作；徐文武负责词和散曲的选录和撰写工作；马燕鑫和赵嘉合力完成杂剧和南戏的选录和撰写工作。

　　由于编者水平有限，本书在作品的选录、注释、题解等方面，必会存在很多缺点和不足，敬请诸位方家给予批评指正。

目 录

诗歌

散文

杂剧

南戏

诗 歌

元代文学作品选

白　沟[1]

刘　因

宝符藏山[2]自可攻，　儿孙谁是出群雄。

幽燕[3]不照中天月，　丰沛[4]空[5]歌海内风[6]。

赵普[7]元[8]无四方志[9]，　澶渊[10]堪笑百年功。

白沟移向江淮[11]去，　止罪宣和[12]恐未平。

———选自刘因《静修先生文集》卷十，四部丛刊景元本

作者简介

　　刘因（1249—1293），初名骃，字梦骥，改字梦吉，号静修，雄州容城（今河北容城县）人。世为儒家。天资绝人，三岁识书，日记千百言，过目即成诵。六岁能诗，七岁能属文，落笔惊人。甫弱冠，才器超迈。因早丧父，事继母孝。有父祖丧未葬，投书先友翰林待制杨恕，怜而助之，始克襄事。因性不苟合，不妄交接。家虽甚贫，非其义一介不取。家居教授，师道尊严，弟子造其门者，随材器教之，皆有成就。公卿过保定者，众闻因名，往往来谒，因多逊避不与相见。不知者，或以为傲弗恤也。尝爱诸葛孔明"静以修身之语"，表所居曰"静修"。不忽木以因学行荐于朝，至元十九年，有诏征因擢承德郎、右赞善大夫。裕皇建学宫中，命赞善王恂教近侍子弟。恂卒，乃命因继之。未几以母疾辞归。明年，丁内艰。二十八年，诏复遣使者以集贤学士、嘉议大夫征，因以疾固辞。三十年夏四月十有六日，卒，年四十五，无子，闻者嗟悼。延祐中，赠翰林学士、资善大夫、上护军，追封容城郡公，谥文靖。著作颇丰，有《四书精要》《易系辞说》《静修集》等行世。

注释

[1] 白沟：河名，发源于太行山，途经山西东部、河北张家口、保定等地区，最后流入白洋淀。白沟河形成于唐代之前，北宋时，是宋朝与辽国的界河。

[2] 宝符藏山：化用《史记·赵世家》的典故："简子乃告诸子曰：'吾藏宝符于常山上，先得者赏。'诸子驰之常山上，求，无所得，毋恤还，曰：'已得符矣。'简子曰：'奏之。'毋恤曰：'从常山上临代，代可取也。'简子于是知毋恤果贤，乃废太子伯鲁，而以毋恤为太子。"后遂常以"宝符"为称赞赵之地势或赵氏子孙的典实。

[3] 幽燕：即燕云十六州，在今河北北部及辽宁、山西一带。因此地域唐代以前属幽州、战国时期属燕国，故有幽燕之称。五代时为契丹割据，直到宋朝，仍为辽、金所占，宋太祖曾预谋取幽燕之地。南朝宋颜延之《赭白马赋》："旦刷幽燕，昼秣荆越。"唐杜甫《恨别》："闻道河阳近乘胜，司徒急为破幽燕。"

[4] 丰沛：指沛县丰邑（今江苏沛县）。汉太祖高皇帝（汉高祖）刘邦，为沛郡丰邑中阳里人。此诗以地名代指刘邦。

[5] 空：徒然。

[6] 海内风：指《大风歌》。汉高祖刘邦平定天下后，曾回故乡沛地，置酒宴请父老，即席唱《大风歌》："大风起兮云飞扬，威加海内兮归故乡，安得猛士兮守四方！"

[7] 赵普：字则平，幽州蓟县（今天津市蓟县）人，宋太祖、太宗两朝宰相。雍熙三年（986）春，宋太宗派军出讨幽蓟，赵普手疏谏曰："伏睹今春出师，将以收复关外，屡闻克捷，深快舆情。然晦朔屡更，荐臻炎夏，飞挽日繁，战斗未息，老师费财，诚无益也……望陛下精调御膳，保养圣躬，挈彼疲氓，转之富庶。……罢将士伐燕之师。"

[8] 元：通"原"，本来。

[9] 四方志：即统一四方之志，指经营天下或安邦定国的远大志向。《左传·僖公二十三年》："〔姜氏〕谓公子（重耳）曰：'子有四方之志，其闻之者，吾杀之矣。'"《三国志·魏志·荀攸传》："天下方有事，而刘表坐保江汉之闲，其

无四方志可知矣。"晋·欧阳建《临终诗》:"苟怀四方志,所在可游盘。"明·何景明《东河三月晦日》:"平生四方志,回首欲求安。"

[10]澶渊:古湖泊名,也叫繁渊,在今河南省濮阳市西南。《春秋》襄公二十年(公元前553),晋齐等诸侯"盟于澶渊",即此。宋真宗景德元年(1004),辽萧太后与圣宗亲率大军南下,连破唐兴、遂城、祁州、洺州等地,深入宋境。宋真宗想南逃,后在宰相寇准力劝之下,亲至澶州督战。后辽、宋双方议和,辽、宋各守旧界,宋真宗尊称萧太后为叔母,并每年向辽交纳银十万两,绢二十万匹,史称"澶渊之盟"。此后辽、宋百余年间不再有大规模的战事。

[11]江淮:长江、淮河。金兵于1127年破汴京,灭掉北宋,宋室南渡,通过绍兴议和向金称臣纳贡,宋与金形成对峙,而辽、金的分界线就由白沟移到长江、淮河。

[12]宣和:宋徽宗赵佶第六个、也是最后一个年号,此处代指徽宗。宣和七年(1125)金兵南犯,宋徽宗不敢抵抗。十二月宋钦宗即位,仍沿用宣和年号。靖康二年(1127)金兵攻破汴京,并掳走徽、钦二帝,北宋遂亡。

作品要解

刘因的诗歌大量反映了遗民思想,虽隐晦曲折,但情感真挚沉痛。这首七律即为刘因路过白沟有感而发。宋亡以来,世人皆将亡国之罪归咎于宋徽宗君臣,此诗却从北宋立国以来的政治军事局势和对敌的态度等,客观分析宋亡的原因,比起一味谴责宣和君臣的见解更为通达,也更符合历史事实。

开篇借"宝符藏山"的典故,指出宋太祖赵匡胤曾欲谋取幽燕之地,可是子孙后辈之中,谁是可担此任之人呢?宋太祖虽曾积藏金帛,谋取天下一统,却终究未能收复幽燕,像汉高祖刘邦那样统一国家,抵御外侮。而究其原因,宋太祖岂能一概推免其责?宰相赵普本就无统一天下之志向和谋略,但宋太祖、太宗却对其委以重任,并听从其谏阻之议,对辽一再退让。真宗朝辽兵南侵,真宗放弃抵抗意欲南逃,后在寇准一力劝阻之下,真宗才亲自督战于澶渊。然而刚刚取得一点胜利，不是一鼓作气抗战到底，而是谋取与辽议和，对辽称臣纳贡，真可谓是宋朝的大耻辱。宋真宗等不以为耻反以为荣，宣称"澶渊之盟"换取的是百年不战之功。正是历代君王对敌的忍辱求和，才导致最后的"靖康之耻"。如此种种，仅将北宋灭亡之责归咎于宋徽宗，恐怕是有失公平的。

　　这首诗从宋开国之志及历代君王政策之失徐徐道来，深刻指出宋亡不是一朝一代之由，乃是由北宋贫弱的国力和历代君王忍辱退让的决策导致的，迥高于推责徽宗君臣的平庸议论。此诗全然借用典故抒写宋、辽、金三朝的兴衰交替，抒发对宋朝政治的深沉感慨，想法别致而深有意味。

阴　山（其三）

耶律楚材

八月阴山[1]雪满沙，清光[2]凝目眩生花。
插天绝壁喷晴月，擎海层峦吸翠霞。
松桧[3]丛中疏畎亩，藤萝[4]深处有人家。
横空千里雄西域[5]，江左[6]名山不足夸。

——选自《湛然居士集》文集卷二，四部丛刊影元抄本

作者简介

　　耶律楚材（1190—1244），字晋卿，号玉泉老人，法号湛然居士。蒙古汗国时期大臣、诗人，契丹族，辽太祖耶律阿保机九世孙，金尚书右丞耶律履之子，因取《春秋左氏传》"楚材晋用"之语，以为名字。三岁而孤，母教之学，及长，博极群书，精通汉籍，旁通天文、地理、律历、术数及释老、医卜之说，善属文工诗，下笔若宿构者。初仕金，为开州同知，完颜福兴留守燕，辟为左右司员外郎。成吉思汗定燕，闻其名，召见之，处之左右。楚材身长八尺，美髯宏声。成吉思汗遂呼曰"吾图撒合里"而不名，盖国语长髯人也。又尝指楚材谓太宗（窝阔台）曰："此人天赐我家。尔后军国庶政，当悉委之。"窝阔台即位后拜中书令。倡立朝仪，凡蒙古陋风悉为改革，元朝立国规模，皆其所订，被誉为"社稷重臣"。窝阔台死后，皇后（乃马真氏）称制摄国，庶政多紊，遂怀忧以终。后有谮楚材者，言其在相位日久，天下贡赋，半入其家。后命近臣麻里扎覆视之，唯琴阮十余，及古今书画、金石、遗文数千卷。至顺元年，赠经国议制寅亮佐运功臣、太师、上柱国，追封广宁王，谥文正。有《湛然居士集》行世。

注释

[1] 阴山：金元时期又称天山。横亘在内蒙古自治区中部及河北省最北部，是中国北部东西向山脉和重要地理分界线。《敕勒歌》："敕勒川，阴山下。天似穹庐，笼盖四野。"晋·陆机《饮马长城窟》："驱马陟阴山，山高马不前。往问阴山候，劲虏在燕然。"宋·刘敞《阴山》："阴山天下险，鸟道上棱层。抱石千年树，悬崖万丈冰。悲歌愁倚剑，侧步怯扶绳。更觉长安远，朝光午未升。"

[2] 清光：指清亮的光辉。南朝·江淹《望荆山》："寒郊无留影，秋日悬清光。"梁·简文帝《咏月》："洞房殊未晓，清光信悠哉。"南朝齐·谢朓《侍宴华光殿曲水》："欢饫终日，清光欲暮。"

[3] 松桧：松柏。唐·方干《赠式上人》："芰荷叶上难停雨，松桧枝间自有风。"唐·僧齐己《宿简寂观》："万壑云霞影，千年松桧声。"宋·梅尧臣《汝南江邻几云郾南并淮浮光山有张隐枯种松桧》："峨峨淮山上，中有隐者栖。不知松桧下，但见虎豹蹊。"

[4] 藤萝：也称紫藤萝、朱藤。有很强的气候适应能力，耐寒、耐干旱、耐瘠薄和水湿，在中国大部分地区均能露地越冬。南朝梁·范云《贻何秀才诗》："绵蛮弄藤萝。"唐·杜甫《涪城县香积寺官阁》："诸天合在藤萝外，昏黑应须到上头。"

[5] 西域：汉以来对玉门关、阳关以西地区的总称，后泛指我国西部地区。《汉书·西域传序》："西域以孝武时始通，本三十六国，其后稍分至五十余，皆在匈奴之西，乌孙之南。南北有大山。中央有河，东西六千余里，南北千余里。东则接汉，阨以玉门、阳关，西则限以葱岭。"南朝宋·谢惠连《雪赋》："臣闻雪宫建于东国，雪山峙于西域。"清·陈康祺《郎潜纪闻》卷四："时林文忠公已由西域赐环，文宗特诏起之田间。"

[6] 江左：即江东，指长江下游以东地区。古人习惯以东为左，以西为右。魏禧《日录杂说》云："江东称江左，江西称江右，自江北论之，江东在左，江西在右耳。"《史记·项羽本纪》："且籍与江东子弟八千人渡江而西，今无一人还，纵江东父兄怜而王我，我何面目见之！"宋·陆游《水调歌头》："江左占形胜，最数古徐州。"

作品要解

阴山不仅是我国内外流域的重要分界线，也是农耕文明和游牧文明的分界线。其作为中原王朝和北方游牧民族政权的天然屏障，一直是双方争夺的焦点，秦汉和匈奴、北魏和柔然、隋唐和突厥之争都以阴山为主战场。所以历代吟咏阴山的诗作自然而然地充满了慷慨悲凉和肃杀凄伤的意味。

耶律楚材曾随成吉思汗和窝阔台远征四方，数次到访阴山，留下了很多瑰丽壮美的篇章。此篇即是其中之一。首联即以八月积雪，点出阴山海拔之高。"满"和"眩"二字绝妙满眼，恍然触目其中，为阴山积雪之清晖所笼罩，已然山天一色，浑为一体。颔联紧承首联，先妙用"喷"字，点活"绝壁""晴月"，不仅刻画出"绝壁"高耸入云的气势，同时也展现了明月从"绝壁"间蓦然升起的动态丽姿。下句又精当地用了一个"吸"字，既和上句的"喷"字妙趣成对，又赋予"层峦"生命，将云海缠绕"层峦"所创造出的浩瀚动感世界，描绘得栩栩如生。而"插天"和"擎海"两词的运用，更以动态之姿突出了阴山高入云天之态。此句不但构思新颖，音韵和谐，而且气势磅礴，昂扬奋发。颈联则话锋一转，移目于"松桧丛中"和"藤萝深处"，增添了许多生活气息。以静对动、以潇散对磅礴，两相对照中着力刻画出阴山既高耸入云、地势险峻，又水草肥美、怡然可居。于此人间妙境之中，诗人不禁发出"横空千里雄西域，江左名山不足夸"的感慨，豪迈与自信之情溢然纸上。

贤台[1]行 古黄金台也，土人称为贤台

郝 经

高台突兀[2]燕山[3]碧，　黄金泥多土犹湿。
晓日[4]瞳昽[5]赤羽旗[6]，　燕王[7]北面亲前席。
费尽黄金台始成，　一朝[8]拜隗[9]人尽惊。
谁知平地几层土，　中有全齐七十城。
礼贤复仇燕始霸，　遂与诸侯雄并驾。
七百年来不用兵，　一战轰然骇天下。
二城[10]未了昭王殂[11]，　火牛[12]突出骑劫诛[13]。
台上黄金少颜色，　惠王[14]空读乐毅[15]书。
古来燕赵[16]多奇士，　用舍[17]中间定兴废。
还闻赵括[18]代廉颇[19]，　败国亡家[20]等儿戏[21]。
燕子城南知几年？　台平树老漫荒烟[22]。
莫言骐骥[23]能千里，　只重黄金不重贤。

——选自郝经《陵川集》卷八，清文渊阁四库全书本

作者简介

　　郝经（1223—1275），字伯常，陵川（今山西晋城）人，金亡，徙顺天（今保定）。家贫，昼则负薪米为养，暮则读书。居五年为守帅张柔、贾辅所知，延为上客。二家藏书皆万卷，经博览无不通。宪宗二年世祖以皇弟开邸，咨以经国安民之道，条上数十事，大悦，遂留王府。世祖即位，以经为翰林侍读学士，佩金虎符充国信使，使宋议和。而贾似道方以却敌为功，恐经至谋泄，竟馆经真州。居七年，从者怒斗死者数人，经独与六人处别馆。又九年，丞相伯颜奉诏南伐，帝遣礼部尚书中都海牙，及经弟行枢密院都事郝庸入宋，问执行人之罪。宋惧，遣总管段佑以

礼送经归。经归道病，明年七月卒，年五十三，谥文忠。有《续后汉书》《陵川集》等存世。

注释

[1] 贤台：也叫黄金台，招贤纳士的地方。相传战国燕昭王筑台而置金，以延请天下奇士。未几，召来了乐毅等贤豪之士，昭王亲为推毂，国势骤盛。以后，乐毅麾军伐齐，连克齐城七十余座，使齐几乎灭亡。

[2] 突兀：高耸貌。唐·卢照邻《〈南阳公集〉序》："逶迤绰约，如玉女之千娇；突兀峥嵘，似灵龟之孤朴。"唐·黄滔《祭先外舅文》："东寻玉籙，则龙虎嵯峨；南访金沙，则罗浮突屼。"叶圣陶《记金华的两个岩洞》："山相当高，突兀森郁，很有气势。"

[3] 燕山：中国河北省北部山脉。西起八达岭，东到山海关，大致成东西走向。唐·李贺《马诗》："大漠沙如雪，燕山月似钩。"

[4] 晓日：朝阳。唐·韩偓《晓日》："天际霞光入水中，水中天际一时红。直须日观三更后，首送金乌上碧空。"唐·刘禹锡《酬令狐相公使宅别斋初栽桂树见怀之作》："影近画梁迎晓日，香随绿酒入金杯。"

[5] 曈昽：日初出渐明貌。《说文·日部》："曈，曈昽，日欲明也。"唐·权德舆《奉和韦曲庄言怀，贻东曲外族诸弟》："驺驭出国门，晨曦正曈昽。"明·无心子《金雀记·作赋》："朝来帝命出曈昽，晓听疏林远寺钟。"

[6] 赤羽旗：唐·杜甫《宣政殿退朝晚出左掖》："天门日射黄金榜，春殿晴曛赤羽旗。"元·吴讷《战昱岭关》："黄金匣动双龙出，赤羽旗开万马嘶。"

[7] 燕王：即燕昭王（前335—前279），姬姓，名职，燕王哙之子，战国时期燕国第三十九任君主，简称昭王或襄王。燕昭王本在韩国做人质，燕王哙死后，被燕人立为储君。其在位期间，求贤励国、千金买马、合纵灭齐，造就了燕国盛世。《战国策·燕昭王招贤》："燕昭王收破燕后即位，卑身厚币，以招贤者，欲将以报仇。故往见郭隗先生曰：'齐因孤国之乱，而袭破燕。孤极知燕小力少，不足以报。

然诚得贤士与共国，以雪先王之耻，孤之愿也。敢问以国报仇者奈何？'"唐·陈子昂《燕昭王》："南登碣石馆，遥望黄金台。丘陵尽乔木，昭王安在哉？霸图今已矣，驱马复归来。"

[8] 一朝：一时，一旦。语出《诗·小雅·彤弓》："钟鼓既设，一朝飨之。"《淮南子·道应训》："使者谒之，襄子方将食而有忧色，左右曰：'一朝而两城下，此人之所喜也；今君有忧色，何也？'"

[9] 隗：即郭隗，战国时燕国（今河北省定兴县河内村）人，燕昭王客卿。燕昭王欲招贤以灭齐，其曾以千金买骨为例，语燕昭王曰："王必欲致士，先从隗始。况贤于隗者，岂远千里哉！"于是昭王为隗筑宫而师之。乐毅自魏往，邹衍自齐往，剧辛自赵往，士争凑燕。

[10] 二城：莒和即墨。燕昭王以乐毅为上将军，与秦、楚、三晋合谋以伐齐，攻齐七十余城，唯独莒、即墨久攻而不下。

[11] 徂：往死也。《尚书·尧典》："帝乃徂落。"诸葛亮《出师表》："先帝创业未半而中道崩徂。"

[12] 火牛：田单将牛身披绛色绸衣，画五彩龙纹，牛角捆扎锋利的刀片，又将浸了油脂的芦苇捆在牛尾上，以破燕军。《史记·田单列传》："〔田单〕乃收城中得千余牛……束兵刃于其角，而灌脂束苇于尾，烧其端。凿城数十穴，夜纵牛，壮士五千人随其后。牛尾热，怒而奔燕军，燕军夜大惊。"宋·苏轼《云龙山观烧得云字》诗："火牛入燕垒，燧象奔吴军。"

[13] 骑劫：（？—前279），战国时期燕国将领。因燕惠王与乐毅有隙，代乐毅而将燕军，然缺乏智谋，听信田单散布的谣言，虐刑于齐军俘虏，挖齐军家人之冢并焚其尸，反致齐军士气高涨，燕军败亡，骑劫亦被杀。

[14] 惠王：即燕惠王（？—前272），燕昭王之子，燕国第四十任君主。

[15] 乐毅：子姓，乐氏，名毅，字永霸，灵寿（属今河北灵寿）人，魏将乐羊后裔。受燕昭王招贤之举感召，以辅佐燕昭王，深受燕昭王重用，拜为亚卿，为燕国攻下齐国70余城，封昌国君。燕惠王即位后，因曾与乐毅有隙，对其用而不信，后又听信齐国谗言，以骑劫代之，乐毅走而奔赵，封望诸君。齐趁机收复失地，燕惠王悔使骑劫代乐毅，又怨乐毅之降赵，恐赵用乐毅而乘燕之以伐燕，乃使

人与乐毅。乐毅作《报遗燕惠王书》书其事先王之心、先王幸其之理及其逃赵之因。并曰："夫免身立功，以明先王之迹，臣之上计也。离毁辱之诽谤，堕先王之名，臣之所大恐也。临不测之罪，以幸为利，义之所不敢出也。臣闻古之君子，交绝不出恶声；忠臣去国，不洁其名。臣虽不佞，数奉教于君子矣。恐侍御者之亲左右之说，不察疏远之行，故敢献书以闻，唯君王之留意焉。"于是燕惠王复以乐毅子乐间为昌国君，而乐毅往来复通燕。

[16] 燕赵：河北省别称，包括京、津以及山西、河南北部、内蒙古南部的部分地区。古时属冀州之地。春秋时为燕、晋诸国，战国时为燕、赵、中山以及魏、齐等国。秦置上谷、渔阳、右北平、代、巨鹿、邯郸、广阳、恒山等郡。自汉代开始，正式命名为幽、冀等州；隋置幽州总管；唐代始称河北道，宋分河北为东、西两路；元、明、清诸代，因首都设于北京，河北为京畿重地，元属中书省，明为北直隶，清置直隶省。

[17] 用舍：取舍；任用或不被任用。《晋书·范弘之传》："比干处三仁之中，箕子为名贤之首。后人用舍，参差不同。"宋·苏轼《沁园春·赴密州早行，马上寄子由》词序："用舍由时，行藏在我，袖手何妨闲处看。"

[18] 赵括：战国时期赵国名将赵奢之子，少时学兵法，言兵事，以天下莫能当。尝与其父奢言兵事，奢不能难。后赵括代廉颇为赵将，然只善纸上谈兵，不善变通，在长平之战中，因指挥错误大败于秦军，其亦被秦将白起活埋。

[19] 廉颇：嬴姓，廉氏，名颇，山西太原（一说山西运城，山东德州）人。战国末期赵国的名将，与白起、王翦、李牧并称"战国四大名将"。曾带赵军伐齐，攻取阳晋，威震诸侯，官拜上卿。长平之战前期，廉颇筑垒固守，疲惫秦军，伺机反攻，但赵孝成王听信秦军反间计，以赵括取而代之，致使赵军大败。

[20] 败国亡家：使国家沦亡、家庭败落。《晋书·列女传·刘聪妻刘氏》："自古败国丧家，未始不由妇人者也。"

[21] 儿戏：比喻处事轻率，不严肃。《史记·绛侯周勃世家》："曩者霸上、棘门军，若儿戏耳，其将固可袭而虏也。"《北史·隋纪下》："临三军犹儿戏，视人命如草芥。"清·孙枝蔚《三磨蝎图诗》："一谪潮州一海外，朝廷于汝如儿戏。"鲁迅《书信集·致许寿裳》："彼局有编辑四五人，而悠悠忽忽，漫不经心，视一切事

为儿戏。"

[22] 荒烟：意谓荒凉。唐·陈子昂《晚次乐乡县》："野戍荒烟断，深山古木平。"宋·欧阳修《祭石曼卿文》："荒烟野蔓，荆棘纵横；风凄露下，走磷飞萤！"明·高攀龙《华藏寺重修佛像引》："今俊墓已在荒烟败草中，为野狐牧豭之穴。"

[23] 骐骥：千里马，以喻人才。荀子《劝学》："骐骥一跃，不能十步；驽马十驾，功在不舍。"屈原《离骚》："乘骐骥以驰骋兮，来吾道夫先路！"《东周列国志》："臣闻：'骐骥盛壮之时，一日而驰千里，及其衰老，驽马先之。'今鞠太傅但知臣盛壮之时，不知臣已衰老矣。"《晋书·冯素弗载记》："吾远求骐骥，不知近在东邻，何识子之晚也！"

作品要解

郝经的诗文历来受到很高评价，顾嗣立在《元诗选》称"其文丰蔚豪宕，诗多奇崛"。《四库全书总目提要》称其"文章雅健，无宋末肤廓之习，其诗亦神思深秀，天骨俊拔，与其师元好问可以雁行"。郝经诗歌的主要特点是篇幅长、善议论，充分表现了他的历史观、民族观、政治观，"奇崛"而不失真趣。

《贤台行》是郝经历来为人们欣赏的一篇咏史佳作，此诗借燕国的黄金台，抒发人才于历史兴亡的重要作用。燕昭王临危受命，却卑身厚币，招贤纳才，造就了燕国盛世。"谁知平地几层土，中有全齐七十城"，貌似平地上堆起的几层土，却为燕国夺来七十座城池，燕国从此"遂与诸侯雄并驾"成为战国七雄之一。惜天有不测风云，燕昭王未等到乐毅尽收齐国之地而死，继位的燕惠王却因个人之私隙怀疑乐毅，并以骑劫代乐毅。不仅尽失齐国城池，还最后造成了骑劫的惨死。赵孝成王以赵括代廉颇致使赵国尽失先机大败于秦。这两场战役的失败都是由于不重视、不相信人才之故。"古来燕赵多奇士，用舍中间定兴废"，千里马常有，但能否被慧眼相识并委以重任才是关键之所在。重视人才则国力强盛；反之，不重视人才或用人失误则会败国亡家。

郝经通过列举历史上重视人才与不重用人才的正反两方面案例，细致地说

诗歌

明了人才于历史兴亡的重要作用，呼吁慧眼识珠重视人才的君王的出现。末句"莫言骐骥能千里，只重黄金不重贤"的感慨，不仅表达了郝经对历史的认识和感慨，更包含了其对现实的期望。

岳鄂王[1]墓

赵孟頫

鄂王坟上草离离[2]，　秋日荒凉石兽危[3]。
南渡[4]君臣轻社稷[5]，　中原父老[6]望旌旗[7]。
英雄已死嗟何及，　天下中分[8]遂不支[9]。
莫向西湖歌此曲，　水光山色不胜悲。

——选自赵孟頫《松雪斋文集》卷四，四部丛刊景元本

作者简介

赵孟頫（1254—1322），字子昂，号松雪道人，别号鸥波、水精宫道人等，吴兴（今浙江湖州）人。宋太祖子秦王德芳之后也。孟頫幼聪敏，读书过目辄成诵，为文操笔立就。年十四岁，用父荫补官，试中吏部铨法，调真州司户参军。宋亡家居，益自力于学。至元二十三年，侍御史奉诏访遗逸于江南，得孟頫，以之入见。孟頫才气英迈，世祖顾之喜，使坐右丞叶李上。或言孟頫宋宗室子，不宜使近左右，帝不听。时方立尚书省，命孟頫草诏颁天下，帝览之，喜曰："得朕心之所欲言者矣。"二十四年，授兵部郎中。二十九年，出济南路总管府事，时总管缺，孟頫独署府事。延祐三年，拜翰林学士承旨、荣禄大夫。帝眷之甚厚，以字呼之而不名。帝尝与侍臣论文学之士，以孟頫比唐李白、宋苏子瞻。又尝称孟頫操履纯正，博学多闻，书画绝伦，旁通佛、老之旨，皆人所不及。有不悦者间之，帝若不闻者。卒年六十九追封魏国公，谥文敏。孟頫所著有《尚书注》《琴原》《乐原》，得津吕不传之妙。孟頫诗文清邃奇逸，读之使人有飘飘出尘之想。篆、隶、真、行、草书，无不冠绝古今，遂以书名天下。天竺有僧，数万里来求其书归，国中宝之。前史官杨载称孟頫之才颇为书画所掩，知其书画者，不知其文章，知其文章者，不知其经济之学。人以为知言云。有《松雪斋集》行世。

注释

[1] 鄂王：此处指岳飞。岳飞（1103—1142），字鹏举，宋相州汤阴（今河南汤阴县）人，抗金名将，南宋"中兴四将"之首。因力主抗战为宋高宗、秦桧构陷"谋反"之罪杀害。宋孝宗时得以平反，追谥武穆；宋宁宗时追封为鄂王；宋理宗时改谥忠武。1163 年（南宋隆兴元年），宋孝宗下诏为岳飞昭雪，将岳飞遗体从九曲丛祠迁出，以"孤仪"（即一品礼）改葬于栖霞岭下。元代至今，时兴时废，修整相传。

[2] 离离：繁盛貌。《诗经·小雅·湛露》："其桐其椅，其实离离。"《诗经·王风·黍离》："彼黍离离，彼稷之苗。"唐·白居易《赋得古原草送别》："离离原上草，一岁一枯荣。"

[3] 石兽：古代帝王官僚墓前的兽形石雕。其种类和数量依墓主的身份而分不同的级别。《晋书·石季龙载记上》："济南平陵城北石兽，一夜中忽移在城东南善石沟，上有狼狐千余迹随之，迹皆成路。"唐·封演《封氏闻见记·羊虎》："然则墓前石人、石兽、石柱之属，自汉代而有之矣。"清·钱大昕《十驾斋养新录·碑碣石兽》："唐律，诸毁人碑碣及石兽者，徒一年。"

[4] 南渡：南迁。北宋灭亡后，宋徽宗第九子赵构在北宋应天府南京（今商丘）继承皇位，后迁都临安，建立南宋。《宋史·孝宗纪赞》："高宗以公天下之心，择太祖之后而立之，乃得孝宗之贤，聪明英毅，卓然为南渡诸帝之称首，可谓难矣哉。"

[5] 社稷：指土神和谷神，后被用来代指国家。《韩非子·难一》："晋阳之事，寡人危，社稷殆矣。"《史记·吕太后本纪》："夫全社稷，定刘氏之后，君亦不如臣。"

[6] 父老：对老年人的尊称，此处代指百姓。宋·辛弃疾《水龙吟·甲辰岁寿韩南涧尚书》："渡江天马南来，几人真是经纶手。长安父老，新亭风景，可怜依旧。"清·鲍文逵《留别海阳父老》："烹鲜无术且归田，父老依依忍弃捐。"

[7] 旌旗：以旗帜借指军士。汉·枚乘《七发》："旌旗偃蹇，羽毛肃纷。"唐·王昌龄《青楼曲》："白马金鞍从武皇，旌旗十万宿长杨。"

[8] 中分：分裂。宋南迁后由于军事力量弱小，数次北伐皆无功而返，而金几

度南征亦未果。南宋和金国遂形成对峙局面，双方约以秦岭淮河为界。清·顾炎武《羌胡引》："是以祸成于道君，而天下遂以中分。"

[9] 不支：不能支撑，谓力量不够。《新唐书·郭震传》："乌质勒之将阙啜忠节与娑葛交怨，屡相侵，而阙啜兵弱不支。"《明史·俞通海传》："遇于康郎山，舟小不能仰攻，力战几不支。"

作品要解

赵孟頫为宋室宗亲，然入元后颇受重用，时为遗民所轻，其内心亦感惆怅和痛苦，故诗中时常流露出复杂矛盾的心境。此诗即为一首悲愤的悼歌，以拜谒岳飞墓为引，抒发黍离之悲和亡国之痛。首联以写实的笔法，用离离荒草和岌岌可危的石兽，烘托岳飞墓的荒凉。宋孝宗虽为岳飞昭雪追加谥号，并将其墓迁至风景秀美的西湖畔，但由于连年战乱，陵园荒芜，杂草丛生，陡增悲凉，而岳飞激战北上的雄心壮志也随着尘埃被掩埋，为人遗忘。颔联用南君、北民作对比，陈述南北对峙之境与情。南宋朝廷早已忘记失去故土之痛，苟安江南、不思北进，而中原百姓忍受煎熬，遥望翘首以盼收复之日。两相对比之中，更加深化了对赵宋集团的谴责和对中原百姓的同情。颈联进而发出哀号和绝望，可担中兴大责岳飞已然悲惨死去，赵宋集团早已忘记这段屈辱而又悲愤的历史，继续偏安一隅，南北对立的格局才会被打破，最终为蒙古族所灭。以至于诗人在尾联悲痛地哀叹西湖水色湖光歌舞依旧，河山却已易主的深沉感慨。诗人以赵宋后裔的身份为冤死于赵宋王朝的岳飞，由衷地感到悲戚和不平，同时又深怒于南宋朝廷的贪图享乐不思进取，为天下百姓发出收复江河无望的绝望哀鸣。悲己、悲岳飞、悲赵宋、悲百姓，感情真挚深沉。此诗蕴情于景、蕴理于情，以鄂王墓的凋零与西湖景色的秀美作对比，分别指称以岳飞为代表渴望收复中原的百姓和目光短浅、苟且偷安的赵宋集团。不仅具象地概括了由宋入元百年间的天下大势，又寓说理与谴责于情景之中，发出黍离之悲的哀鸣，感人肺腑。

题赵千里^[1]山水扇面^[2]歌

杨 载

公子丹青^[3]艺绝伦^[4]，喜画江山^[5]上纨扇^[6]。
只今好事购千金^[7]，四幅相连成一卷。
春流^[8]漠漠^[9]如江湖，飞烟^[10]著树相有无。
岚光^[11]注射^[12]翻长虚，白玉盘^[13]侵青珊瑚^[14]。
追随流俗^[15]转萧疏^[16]，对此便欲山林居。
旗亭^[17]花发酒须沽，舟行为致双提壶^[18]。
抱琴之子来相须，醉归不省何人扶。
旁有飞泉出岩隙，挈电飞霜相荡激。
蛟龙^[19]不爱鲵桓^[20]食，但见垂纶^[21]古盘石。
人生万事无根柢，出处行藏须早计。
一丘一壑倘如斯，便可束书从此逝。
　君不见郑子真^[22]，躬耕谷口^[23]垂千春^[24]。
毫芒^[25]世利^[26]能没身^[27]，汝胡龌龊^[28]为庸人^[29]。

——选自杨载《杨仲弘集》卷五，四部丛刊景明嘉靖本

作者简介

杨载（1271—1323），字仲弘，浦城（今福建浦城县）人，后徙杭。延祐二年进士，授承务郎，官至宁国路总管府推官。少博涉群书，为文有跌宕气。幼孤事母，至年四十不仕，户部尚书贾国英数荐于朝，以布衣召为翰林国史院编修官，与修《武宗实录》。延祐初，登进士第，授承务郎，饶州路同知浮梁州事，迁儒林郎宁国路总管府推官。初，吴兴赵孟頫在翰林，得载所为文，极推重之。由是载之文名，隐然动京师，凡所撰述，人多传诵之。载博涉群书，其文章一以气为主，博而敏，直而不肆，自成一家言，而于诗文尤有法。尝语学者曰："诗当取材于汉

魏，而音节则以唐为宗。"自载出，始洗宋季诗人之陋。有《霜月集》《仲弘集》行于世。

注释

[1] 赵千里：南宋画家。名伯驹，太祖七世孙，伯骕之兄。擅画金碧山水，取法唐李思训父子，而趋于精密，笔法秀劲工致，着色清丽活泼，一变唐人浓郁之风；并精人物，承袭周文矩、李公麟画法，线条绵密，造型古雅；兼工花木、禽兽、舟车、楼阁，尽工细之妙。

[2] 扇面：折扇或团扇的面，一般用纸或绢等做成。元·关汉卿《一枝花·杭州景》："一陀儿一句诗题，一步儿一扇屏帏。"清·孔尚任《桃花扇·小识》："其不奇而奇者，扇面之桃花也。"

[3] 丹青：丹指丹砂，青指青膳，为我国古代绘画常用朱红色和青色两种颜色，后常以二者并称，代指绘画。《汉书·苏武传》："竹帛所载，丹青所画。"唐·杜甫《丹青引赠曹将军霸》："丹青不知老将至，富贵于我如浮云。"

[4] 绝伦：形容在同类事物中无可比性，独一无二。汉·司马迁《史记·龟策列传》："通一伎之士咸得自效，绝伦超奇者为右，无所阿私。"唐·杜甫《丽人行》："炙手可热势绝伦，慎莫近前丞相嗔！"

[5] 江山：江河和山岭，代指国家的疆土、风光。宋·苏轼《念奴娇·赤壁怀古》："江山如画，一时多少豪杰。"宋·辛弃疾《永遇乐·京口北固亭怀古》："千古江山，英雄无觅、孙仲谋处。"

[6] 纨扇：亦称"团扇""宫扇"，细绢织成的团扇，因形似圆月，且宫中多用之，故称。汉·班婕妤《怨歌行》："新裂齐纨素，皎洁如霜雪。裁作合欢扇，团团似明月。出入君怀袖，动摇微风发。常恐秋节至，凉飙夺炎热。弃捐箧笥中，恩情中道绝。"南朝梁·江淹《班婕妤咏扇》："纨扇如团月，出自机中素。"明·梁辰鱼《纨扇》："纨扇亦多情，拂尔双飞去。"

[7] 千金：千两黄金，形容花钱很多，颇为贵重。唐·李白《将进酒》："天生

我材必有用，千金散尽还复来。"唐·李白《自汉阳病酒归寄王明府》："莫惜连船沽美酒，千金一掷买春芳。"南宋·辛弃疾《摸鱼儿·更能消几番风雨》："千金纵买相如赋，脉脉此情谁诉。"

[8]春流：春天的流水。南朝宋·谢灵运《山居赋》："总温泉於春流，驰寒波而秋徂。"唐·杜甫《春日江村》："农务村村急，春流岸岸深。"

[9]漠漠：广阔貌。唐·罗隐《省试秋风生桂枝》："漠漠看无际，萧萧别有声。"《醒世恒言·李玉英狱中讼冤》："荒原漠漠，野草萋萋，四郊荆棘交横，一望黄沙无际。"

[10]飞烟：飘动的烟。语出晋·支昙谛《释文纪·灯赞》："既明远理，亦弘近教，千灯同辉，百枝并曜，飞烟清夜，流光洞照。"明·高启《萧山尹明府吴越两山亭》诗："不知千载竟谁主，伯气倏与飞烟收。"

[11]岚光：山间雾气经日光照射而发出的光彩。唐·李绅《若耶溪》："岚光花影绕山阴，山转花稀到碧浔。"宋·梅尧臣《依韵和资政侍郎雪后登看山亭》："更临危树看群岫，雪色岚光向酒浮。"明·文徵明《五月望日登望湖亭》："岚光浮动千峰湿，雨气薰蒸五月寒。"清·刘大櫆《浮山记》："春夏以往，岚光照游者衣袂。"

[12]注射：喷射、倾泻。唐·李绅《悲善才》："寒泉注射陇水开，胡雁翻飞向天没。"宋·梅尧臣《咏怀》："深料生注射，聚沫犹壅碍。"

[13]白玉盘：月亮。唐·李白《古朗月行》："小时不识月，呼作白玉盘。"清·吴伟业《中秋看月有感》："晚悟盈亏理，愁君白玉盘。"

[14]青珊瑚：唐·杜甫《哀王孙》："腰下宝玦青珊瑚，可怜王孙泣路隅。"

[15]流俗：流行的风俗。汉·司马迁《报任安书》："倡优所畜，流俗之所轻也。"唐·李白《古风》："流俗多错误，岂知玉与珉。"唐·唐彦谦《和陶渊明贫士诗》："由来大度士，不受流俗侵。"

[16]萧疏：凄凉、空虚。宋·柳永《玉蝴蝶·望处雨收云断》："晚景萧疏，堪动宋玉悲凉。"宋·韩世忠《临江山》："冬看山林萧疏净，春来地润花浓。"元·汤式《天香引·中秋戏题》："今年旅邸中秋，囊箧萧疏，典却吴钩。"清·俞樾《春在堂随笔》："身为名将，手握重兵，一旦弃去之，缾钵萧疏，野衲不若。"

[17] 旗亭：汉代称市亭、市楼，以其上高悬旗帜为标志而被称为旗亭。唐·刘禹锡《堤上行》："春堤缭绕水徘徊，酒舍旗亭次第开。"唐·李贺《开愁歌》："旗亭下马解秋衣，请贳宜阳一壶酒。"

[18] 提壶：器具名。唐·刘禹锡《和苏郎中寻丰安里旧居寄主客张郎中》："池看科斗成文字，鸟听提壶忆献酬。"宋·欧阳修《啼鸟》："独有花上提壶芦，劝我沽酒花前醉。"

[19] 蛟龙：即蛟。《庄子·秋水》："夫水行不避蛟龙者，渔父之勇也。"《荀子·劝学》："积水成渊，蛟龙生焉。"唐·韩愈《八月十五夜赠张功曹》："洞庭连天九疑高，蛟龙出没猩鼯号。"

[20] 鲵桓：一种动物，常与蛟龙戏跃。《庄子·应帝王》："鲵桓之审为渊。"郭象注："渊者，静默之谓耳。夫水常无心，委顺外物，故虽流之与止，鲵桓之与龙跃，常渊然自若，未始失其静默也。"成玄英疏："鲵，大鱼也；桓，盘也。"后以"鲵桓"喻顺应外物而自得。宋·苏轼《和〈归去来兮辞〉》："守静极以自作，时爵跃而鲵桓。"明·杨慎《药市赋》："邀钁偓兮雀跃，共乔松兮鲵桓。"

[21] 垂纶：垂钓，后常指隐居或退隐。魏·嵇康《兄秀才公穆入军赠诗》之十五："流磻平皋，垂纶长川。"唐·胡令能《小儿垂纶》："蓬头稚子学垂纶，侧坐莓苔草映身。"明·刘基《题秋江独钓图》："秋风江上垂纶客，知是严陵是太公？"

[22] 郑子真：名朴，字子真，西汉末年左冯翊谷口（今陕西礼泉东北）人。耕读不仕，修道静默，非其所有，决不苟求。《汉书·王贡两龚鲍传序》："其后谷口有郑子真，蜀有严君平，皆修身自保，非其服弗服，非其食弗食。成帝时，元舅大将军王凤以礼聘子真，子真遂不诎而终。"郑子真以隐士之名著称千古，历代皆不乏咏叹之人，谷口也因之成为隐逸的代名词。汉·扬雄《法言·问神》盛称其德曰："谷口郑子真耕于岩石之下，名震京师，冯翊人刻石祀之，至今不绝。"唐·李白《赠韦秘书子春》："谷口郑子真，躬耕在岩石。高名动京师，天下皆籍籍。"唐·杜甫《江雨有怀郑典设》："谷口子真正忆汝，岸高瀼滑限西东。"唐·刘长卿《寻龙井杨老》："柴门草舍绝风尘，空谷耕田学子真。"唐·罗隐《皇陂》："输他谷口郑夫子，偷得闲名说至今。"唐·张乔《七松亭》："已比子真耕谷口，岂同陶令卧江边。"宋·徐钧《郑子真》："栖迟郑国一癯仙，不被人知四十年。谷口躬耕时

未久，京师何事忽争传。"

[23] 谷口：古地名，因郑子真躬耕励读于此而闻名。唐·李白《赠韦秘书子春》："谷口郑子真，躬耕在岩石。"王琦注引《雍录》："谷口在云阳县西四十里，郑子真隐于此。"后借指隐者所居之处。

[24] 千春：千年，形容岁月之久。北魏·郦道元《水经注·滱水》："石至千春，不若速朽；苞墓万古，祇彰诟辱。"唐·杜甫《往在》："千春荐灵寝，永永垂无穷。"

[25] 毫芒：毫毛的细尖，常以喻细微。《韩非子·喻老》："宋人有为其君以象为楮叶者，三年而成，丰杀茎柯，毫芒繁泽，乱之楮叶之中而不可别也。"汉·班固《答宾戏》："独撼意乎宇宙之外，锐思于毫芒之内。"唐·裴铏《传奇·裴航》："有玉兔持杵臼，而雪光辉室，可鉴毫芒。"宋·司马光《清逸处士魏君墓志铭》："天长不息兮，地大无疆；人寓其中兮，细于毫芒。"宋·苏轼《孙武论下》："举百倍之势，而立毫芒之功。"

[26] 世利：世间的利禄。《晋书·潘岳传》："岳性轻躁，趋世利，与石崇等谄事贾谧。"唐·雍裕之《不了语》："浮名世利知多少，朝市喧喧尘扰扰。"宋·王禹偁《拟封田千秋为富民侯制》："竞世利于锱铢，并家人如鸟兽。"宋·徐铉《送勖道人之建安》："若为轻世利，归去卧溪云。"

[27] 没身：终身。《老子》："没身不殆。"《汉书·息夫躬传》："臣禄自保没身不见匈奴为边境忧也。"隋·王通《中说·问易》："刘炫问《易》，子曰：'圣人于《易》，没身而已，况吾侪乎？'"宋·赵令畤《蝶恋花·锁再三终不可见》："则没身之誓，有其终矣，又何必深憾于此行。"明·沈鲸《双珠记·狱中冤恨》："饮痛衔冤，没身难泯。"

[28] 龌龊：器量局促、狭小，引为肮脏、丑陋、卑鄙之意。《文选·张衡》："独俭啬以龌龊，忘蟋蟀之谓何。"薛综注："《汉书》注曰：'龌龊，小节也。'"南朝宋·鲍照《代放歌行》："小人自龌龊，安知旷士怀？"唐·王勃《秋日游莲池序》："人间龌龊，抱风云者几人。"宋·方勺《青溪寇轨》："当轴者皆龌龊邪佞之徒，但知以声色土木淫蛊上心耳。"

[29] 庸人：平常的人，语出《韩非子·内储说上》："故今有于此，曰：'予汝

天下而杀汝身。'庸人不为也。"汉·司马迁《史记·廉颇蔺相如列传》："且庸人尚羞之，况于将相乎？"引申为见识浅陋、没有作为的人。宋·苏轼《代李琮论京东盗贼状》："宰相崔植、杜元颖皆庸人无远虑。"

作品要解

杨载的诗歌语言雄浑健劲，长于议论，富有变化腾挪之势，被虞集称为"百战健儿"。范梈赞其诗云："仲弘天禀旷达，气象宏朗。开口论议，直视千古，每大众广集，占纸命辞，傲睨横放，尽意所止。众方拘拘，已独坦坦。众方纡徐，独驰骏马之长坂而无留行，要一代之杰作也。"（《元诗选·仲弘集》）杨载以律诗见长，尤擅长以律诗写山水。杨载的山水诗善用颜色词语来表现山水的层次感和动态美。

此诗即为杨载以题画诗传写山水意境的诗作，山水题画与诗人的思想情绪相得益彰，使题画诗呈现出更鲜活的自由意境。诗人从扇面上山水画入笔，描绘了山水画之美和画家画技之高超，转而以己之情融入画作之中，引经据典，抒发诗人对自然山水的热爱和对世俗社会的厌倦之感，将个人情感的动态展示融通于山水画面的静态观摩之中，相得成趣，不落俗套，堪称咏画诗之佳作。

至正改元辛巳寒食日示弟及诸子侄

虞 集

江 山 信 美 非 吾 土[1]， 漂 泊[2]栖 迟[3]近 百 年 。
山 舍 墓 田 同 水 曲[4]， 不 堪 梦 觉 听 啼 鹃[5]。

——选自虞集《道园学古录》卷三十，四部丛刊景明景泰翻元小字本

作者简介

虞集（1272—1348），字伯生，号道园，人称邵庵先生。少受家学，尝从吴澄游。三岁即知读书，是岁乙亥，汲挈家趋岭外，干戈中无书册可携，杨氏口授文，闻辄成诵。比还长沙，就外傅，始得刻本，则已尽读诸经，通其大义矣。成宗大德初，以荐授大都路儒学教授，李国子助教、博士。仁宗时，迁集贤修撰，除翰林待制。文宗即位，累除奎章阁侍书学士。有旨采辑本朝典故修《经世大典》，命集与赵世延同任总裁。俄世延归，集专领其事，再阅岁，书乃成，凡八百帙。帝以集弘才博识，无施不宜，一时大典册咸出其手。集每承诏有所述作，必以帝王之道治忽之故，从容讽切，冀有感悟。承顾问及古今政治得失，尤委曲尽言，时世家子孙以才名进用者众，患其知遇日隆，每思有以间之。既不效，则相与摘集文辞，指为讥讪，赖天子察知有自，故不能中伤。论荐人材，必先器识；评议文章，不折之于至当不止，其诡于经者，文虽善，不与也。虽以此二者忤物速谤，终不为动。虞集素负文名，与揭傒斯、柳贯、黄溍并称"元儒四家"；与范梈、杨载、揭傒斯并称"元诗四家"。著有《道园学古录》《道园遗稿》。

注释

[1] 信美非吾土：确实美好却不是我的故乡。语出汉·王粲《登楼赋》："虽信美而非吾土兮，曾何足以少留。"唐·杜牧《题池州弄水亭》："故园汉上林，信美非吾土。"唐·唐彦谦《舟中望紫岩》："无归亦自可，信美非吾乡。"唐·吕温《道州途中即事》："信美非吾土，分忧属贱躬。"宋·李曾伯《念奴娇·己酉振鹭驿和黄茶坡韵》："胜概难逢，旅怀易动，信美非吾土。恨无六翮，长风万里高举。"

[2] 漂泊：随流漂荡或停泊，比喻行踪不定，居无定所。北周·庾信《哀江南赋》："下亭漂泊，高桥羁旅。楚歌非取乐之方，鲁酒无忘忧之用。"唐·王勃《别薛华》："心事同漂泊，生涯共苦辛。"唐·杜甫《咏怀古迹五首》："支离东北风尘际，漂泊西南天地间。"宋·苏轼《与子由同游寒溪西山》："我今漂泊等鸿雁，江南江北无常栖。"

[3] 栖迟：游息、滞留。《诗·陈风·衡门》："衡门之下，可以栖迟。"朱熹《集传》："栖迟，游息也。"晋·袁宏《后汉纪·光武帝纪七》："夫以邓生之才，参拟王佐之略，损翮弭鳞，栖迟刀笔之间，岂以为谦，势诚然也。"《后汉书·冯衍传下》："久栖迟于小官，不得舒其所怀，抑心折节，意悽情悲。"宋·孔武仲《瓜步阻风》："门前白浪如银山，江上狂风如怒虎。船痴舻硬不能拔，未免栖迟傍洲渚。"北周·虞信《小园赋》："可以疗饥，可以栖迟。"晋·陶渊明《九日闲居并序》："栖迟固多娱，淹留岂无成。"

[4] 水曲：水流曲折处，曲折的水滨。《周礼·地官·保氏》："四曰五驭。"汉·郑玄注："五驭：鸣和鸾，逐水曲，过君表，舞交衢，逐禽左。"唐·卢照邻《送郑司仓入蜀》："送君秋水曲，酌酒对清风。"唐·孟郊《寄洺州李大夫》："步闲洺水曲，笑激太行云。"唐·白居易《夜闻筝中弹潇湘送神曲感旧》："殷勤湘水曲，留在十三弦。"

[5] 啼鹃：相传为古代蜀主望帝之魂所化，啼声甚悲，往往用来寄托国家的兴亡。宋·史弥宁《啼鹃》："点检园禽谁口多，错嫌百舌逞喽罗。春归怪见难留驻，撺掇元来却是他。"宋·文天祥《金陵驿》："从今别却江南路，化作啼鹃带血归。"

作品要解

明代胡应麟《诗薮》外编卷六云："虞奎章在元中叶，一代斗山。所传《道园集》，浑厚典重，足扫晚宋尖新之习。第其才力不能远过诸人，故制作规模，边幅窘迫，宏逸沉深之轨，殊自杳然。"虞集虽为元朝官员，但仍心系故国，诗中时常流露黍离之悲，故凄怆沉挚。虞集于元顺帝元年寒食日祭扫祖墓时，忆及先祖虞允文曾在宋高宗绍兴年间大破金兵，暂时稳定了南宋局面，触动心怀，遂写了两首怀念故国之诗，此为其中一首。此诗表面上是教育子侄们不要忘记祖宗故土，表现了殷切的思乡之情，但字里行间又处处流露出兴亡之感及思念故国之情。"江山信美非吾土"，以王粲《登楼赋》"虽信美而非吾土，曾何足以少留"语意，开篇点明题意，虽然河山依旧美好，却已不再是宋朝的天下，飘零之感和亡国之痛顿时涌上心头。"漂泊栖迟近百年"一语双关，既有表层的迁居客乡，又暗指其以宋朝遗民苟安于元朝。于故乡之感而言，诗人长期旅居江西，漂泊孤零；于故土之感而言，诗人虽仍居住在故国之河山下，然国已不国，愈加孤苦无依。下联以"山舍"和"墓地"代指故乡四川和迁居之地江西崇仁。不管是故乡还是客地都已同归元朝，杜鹃啼血不堪承，既抒发了心念故国的强烈情思，又暗含匡复故国之无望，强化了全诗的悲壮色彩。

挽文山丞相[1]

虞 集

徒 把 金 戈 挽 落 晖[2]，　南 冠[3] 无 奈 北 风[4] 吹 。

子 房[5] 本 为 韩 仇 出，　诸 葛[6] 宁[7] 知 汉 祚[8] 移 。

云 暗 鼎 湖[9] 龙 去 远，　月 明 华 表 鹤 归 迟[10] 。

不 须[11] 更 上 新 亭[12] 望，　大 不 如 前 洒 泪 时 。

——选自顾嗣立《元诗选》初集卷二十六，清文渊阁四库全书本

作者简介

虞集，生平简介见前文。

注释

[1] 文山丞相：指文天祥。文天祥，字宋瑞，号文山，1276年（德祐二年）任右丞相，1283年（至元二十年）在燕京就义。

[2] 金戈挽落晖：《淮南子·览冥训》："鲁阳公与韩构难，战酣，日暮，援戈而撝之，日为之反三舍。"后用于比喻人力胜天。此句反用其意，意谓落日难挽。金戈：借指雄师劲旅，威武的军士。宋·辛弃疾《永遇乐·京口北固亭怀古》："想当年，金戈铁马，气吞万里如虎。"元·萨都剌《登歌风台》："淮阴少年韩将军，金戈铁马立战勋。"明·张四维《双烈记·家庆》："金戈绣袄马前呼，野外人家惊未睹。"落晖：夕阳。晋·陆机《拟东城一何高》："三间结飞簪，大鼟嗟落晖。"唐·司空图《杨柳枝寿杯词》："莫言万绪牵愁思，缉取长绳系落晖。"唐·王绩《野望》："树树皆秋色，山山唯落晖。"此处以"落晖"比喻垂亡的宋朝。

[3] 南冠：楚冠，喻囚犯。《左传·成公九年》："晋侯观于军府，见钟仪，问之曰：'南冠而絷者，谁也？'有司对曰：'郑人所献楚囚也。'"唐·骆宾王《咏蝉》："西陆蝉声唱，南冠客思深。"唐·李白《流夜郎闻酺不预》："北阙圣人歌太康，南冠君子窜遐荒。"明·夏完淳《别云间》："三年羁旅客，今日又南冠。"

[4] 北风：宋元诗文多以此比喻北方金、元之势力。以上两句意思是说，文天祥虽然竭力挽救宋朝的灭亡，但他已被俘成了囚徒，对元军席卷天下之势终于无可奈何。

[5] 子房：指西汉的著名谋士张良。张良，字子房，家相韩五世。秦灭韩，张良图谋恢复韩国，结交刺客，刺杀秦始皇于博浪沙，误中副车。秦末农民起义中，张良率部投奔刘邦，辅佐刘邦兴汉。刘邦评其曰："运筹于帷幄之中，决胜于千里之外。"

[6] 诸葛：指诸葛亮。诸葛亮，字孔明，号卧龙，三国辅佐汉裔刘备建蜀汉，曾六出祁山，谋恢复汉室，终因积劳成疾，病逝于五丈原军中。

[7] 宁：岂、难道。《诗·郑风·子衿》："子宁不来。"汉·司马迁《史记·陈涉世家》："王侯将相宁有种乎？"唐·李朝威《柳毅传》："宁止不避。"清·袁枚《祭妹文》："宁知此为归骨所。"

[8] 汉祚：汉朝的皇位和国统，后常指汉民族之国统。汉·班固《东都赋》："往者王莽作逆，汉祚中缺。"汉·蔡琰《胡笳十八拍》："我生之初尚无为，我生之后汉祚衰。"晋·陆机《汉高祖功臣颂》："文武四充，汉祚克广。"唐·杜甫《咏怀古迹》："运移汉祚终难复，志决身歼军务劳。"

[9] 鼎湖：地名。传说黄帝铸鼎荆山下，鼎成，乘龙上天，后人因名其处曰鼎湖。唐·顾况《相和歌辞·短歌行》："轩辕黄帝初得仙，鼎湖一去三千年。"后世或以借指帝王，或以借指皇帝驾崩，此处隐指南宋最后一个皇帝赵昺之死。《周书·静帝纪》："先皇晏驾，万国深鼎湖之痛，四海穷遏密之悲。"清·孔尚任《桃花扇·设朝》："盼望，兵燹难消，松楸多恙，鼎湖弓剑无人葬；吾怎忍垂旒正冕，受贺当阳。"

[10] 月明华表鹤归迟：借喻文天祥被俘而死。语出《搜神后记》："丁令威，本辽东人，学道于灵虚山。后化鹤归辽，集城门华表柱。时有少年举弓欲射之，

鹤乃飞，徘徊空中而言曰：'有鸟有鸟丁令威，去家千年今始归。城郭如故人民非，何不学仙冢累累。'遂高上冲天。"华表：立在宫殿、桥梁、城垣、坟墓等大型建筑物前的石柱。北周·庾信《燕歌行》："定取金丹作几服，能令华表得千年。"唐·杜甫《陪李七司马皂江上观造竹桥》诗："天寒白鹤归华表，日落青龙见水中。"明·冯梦龙《古今小说·羊角哀舍命全交》："四围筑墙栽树，离坟三十步建享堂，塑伯桃仪容，立华表，柱上建牌额。"

[11] 不须：不用、不必。汉·卓文君《白头吟》："凄凄复凄凄，嫁娶不须啼。"南朝宋·范晔《后汉书·逸民传·周党》："臣闻尧不须许由、巢父，而建号天下；周不待伯夷、叔齐，而王道以成。"唐·张志和《渔歌子》："青箬笠，绿蓑衣，斜风细雨不须归。"清·叶燮《迎春》："不须迎向东郊去，春在千门万户中。"

[12] 新亭：又名劳劳亭、中兴亭，故址在今江苏省南京市南。西临大江，东吴时是饯送、迎宾、宴集之所，但到了东晋成为"兵冲"之地。南宋史正志《新亭记》："南去城十二里，有岗突然起于丘墟垅堑中，其势回环险阻，意古之为壁垒者，或曰此六朝所谓新亭是也。"南朝宋·刘义庆《世说新语·言语》："过江诸人，每至美日，辄相邀新亭，藉卉饮宴。周侯中坐而叹曰：'风景不殊，正自有山河之异！'皆相视流泪。唯王丞相愀然变色曰：'当共戮力王室，克复神州，何至作楚囚相对！'"此处是说，南宋已亡，而今局势比偏安于江南一隅的东晋也大不如了。

作品要解

陶宗仪《南村辍耕录》曰："读此诗而不下泪者几希。"顾嗣立《元诗选》曰："（此诗）意到，气到，神到；挽文山诗，此为第一。"

文天祥是南宋末抗元的民族英雄，不但受到南宋民众的爱戴，元朝统治者也大力提倡他的忠君爱国精神，故作者可以公开祭奠和缅怀文天祥。

此诗不仅着力歌颂了文天祥力图恢复汉室至死不渝的精神，也流露出家国之思和遗民之痛。此诗大量用典，却不晦涩生硬。首联反用"金戈挽落晖"的

诗
歌

典故，借谓颓败的宋朝已经积重难返，文天祥虽然竭力挽救宋朝的灭亡，但他已被俘成了囚徒，对元军席卷天下之势却也无可奈何。颔联借张良为韩报仇刺秦不得和诸葛亮辅佐蜀国恢复汉室却积病无果的两个典故，不仅表现文天祥的文韬武略和竭力挽救宋朝的壮志，同时表达无力回天的无可奈何。颈联借黄帝在鼎湖升天的典故和古人修道化鹤归来立于华表这两个典故，暗示南宋灭亡、皇帝驾崩和文天祥被俘至死最终魂魄难归的悲惨结局，表明对时势的无奈感叹、对文天祥败北的惋惜和对南宋灭亡的追思。尾联借用新亭相泣的典故，抒发克复宋室的雄心和局势甚至不如偏安一隅的东晋的无望之叹。

早发黄河即事

萨都剌

晨牵大河[1]上，曙色[2]满船头。
依依[3]树林出，惨惨[4]烟雾收。
村墟[5]杂鸡犬，门巷[6]出羊牛。
炊烟动茅屋，秋稻上垄丘[7]。
尝新[8]未及试，官租急徵求。
两河水平堤[9]，夜有盗贼忧。
长安里中儿[10]，生长不识愁。
朝驰五花马[11]，暮脱千金裘[12]。
斗鸡五坊[13]市，酣歌[14]最高楼。
绣被[15]夜中酒[16]，玉人[17]坐更筹[18]。
岂知农家子，力穑[19]望有秋[20]。
短褐[21]长不充，粝食[22]长不周[23]。
丑妇有子女，鸣机[24]事耕畴[25]。
上以充国赋，下以祀松楸[26]。
去年[27]筑河防，驱夫如驱囚。
人家废耕织[28]，嗷嗷[29]齐东州[30]。
饥饿半欲死，驱之长河流。
河源[31]天上来，趋下[32]性所由。
古人有善备[33]，鄙夫[34]无良谋[35]。
我歌两岸曲，庶达公与侯。
凄风[36]振枯槁[37]，短发凉飕飕[38]。

——选自萨都剌《萨天锡诗集》，四部丛刊景明弘治本

作者简介

　　萨都剌（约 1272—1355），字天锡，号直斋，西域回回（一说蒙古人）。萨都剌本朱氏子，其父养为己出。泰定四年进士，授应奉翰林文字，擢御史于南台，以弹劾权贵，左迁镇江录事达鲁花赤，至正三年擢江浙行省郎中，迁江南行台侍御史，明年左迁淮西江北道经历，后入方国珍幕府卒。博雅多工，诗才清丽，名冠一时，虞集雅重之。风流俊逸而性好游，晚年寓居武林，每风日晴好，辄肩一杖，挂瓢笠踏芒桥，凡深岩邃壑无不穷其幽胜，兴至则发为诗歌。著有《雁门集》八卷、《西湖十景词》一卷。

注释

　　[1] 大河：即黄河。唐·韦应物《自巩洛舟行入黄河即事，寄府县僚友》："夹水苍山路向东，东南山豁大河通。"唐·韦庄《河清县河亭》："人事任成陵与谷，大河东去自滔滔。"毛泽东《沁园春·雪》："望长城内外，惟余莽莽；大河上下，顿失滔滔。"

　　[2] 曙色：拂晓时的天色。南朝梁·简文帝《守东平中华门开》："薄云初启雨，曙色始成霞。"唐·杜甫《客亭》："秋窗犹曙色，落木更天风。"唐·李白《宫中行乐词》："绣户香风暖，纱窗曙色新。"

　　[3] 依依：依稀、隐约。《诗经·采薇》："昔我往矣，杨柳依依。"晋·陶渊明《归园田居》："暧暧远人村，依依墟里烟。"

　　[4] 惨惨：昏暗、萧瑟貌。唐·王昌龄《塞下曲》："边头何惨惨，已葬霍将军。"宋·李清照《声声慢》："寻寻觅觅，冷冷清清，凄凄惨惨戚戚。"明·李梦阳《台寺夏日》："积雪洞门常惨惨，炎天松柏转萧萧。"

　　[5] 村墟：村庄、村落。北周·庾信《寒园即目》："寒园星散居，摇落小村墟。"唐·杜甫《季秋江村》："乔木村墟古，疏篱野蔓悬。"唐·高适《寄宿田家》："村墟日落行人少，醉后无心怯路歧。"

[6] 门巷：门庭里巷。《后汉书·郎顗传》："公府门巷，宾客填集。"唐·杜甫《遣兴》："客子念故宅，三年门巷空。"唐·韩偓《幽独》："门巷掩萧条，落花满芳草。"唐·雍陶《城西访友人别墅》："村园门巷多相似，处处春风枳壳花。"清·龚自珍《绮寮怨》词："烟锁登临，门巷昼沉沉。"

[7] 垄丘：田垄、山丘。

[8] 尝新：古代于孟秋以新收获的五谷祭祀祖先，后尝食新谷。唐·杜甫《野人送朱樱》："金盘玉箸无消息，此日尝新任转蓬。"唐·杜甫《茅堂检校收稻》："御夹侵寒气，尝新破旅颜。"

[9] 水平堤：水位与堤面持平，此谓洪水即将泛滥。宋·秦观《阮郎归》："退花新绿渐团枝，扑人风絮飞。秋千未拆水平堤，落红成地衣。"宋·蔡伸《浣溪沙·漠漠新田绿未齐》："漠漠新田绿未齐，柳阴阴下水平堤。"

[10] 长安里中儿：代指富家子弟。

[11] 五花马：即鬃毛被剪成五瓣花形的马（一说，为马之毛色作五花文者）。唐开元、天宝年间，喜将马的鬃毛修剪成瓣以为饰，分成三瓣者称为"三花马"，分成五瓣的称为"五花马"，亦称"五花"。后遂以"五花马"代称良骥。唐·李白《将进酒》："五花马，千金裘，呼儿将出换美酒，与尔同销万古愁！"唐·李白《相逢行》："朝骑五花马，谒帝出银台。"唐·杜甫《高都护骢马行》："五花散作云满身，万里方看汗流血。"

[12] 千金裘：珍贵的皮衣。语出《史记·孟尝君列传》："此时孟尝君有一狐白裘，直千金，天下无双。"唐·李白《君马黄》："各有千金裘，俱为五侯客。"

[13] 五坊：唐代为皇帝饲养猎鹰、猎犬的官署，至宋初始废。《新唐书·百官志》："闲厩使押五坊，以供时狩：一曰雕坊，二曰鹘坊，三曰鹞坊，四曰鹰坊，五曰狗坊。"宋·李清照《浯溪中兴颂诗和张文潜》："五坊供奉斗鸡儿，酒肉堆中不知老。"

[14] 酣歌：沉溺于欢歌中。《书经·伊训》："敢有恒舞于宫，酣歌于室，时谓巫风。"唐·殷尧藩《九日》："酣歌欲尽登高兴，强把黄花插满头。"清·方苞《狱中杂记》："日与其徒置酒酣歌达曙。"

[15] 绣被：绣花的被子。唐·李白《春怨》："白马金羁辽海东，罗帷绣被卧

春风。"唐·李商隐《碧城三首》:"鄂君畅望舟中夜，绣被焚香独自眠。"宋·柳永《蝶恋花·风栖梧》:"酒力渐浓思春荡，鸳鸯绣被翻红浪。"

[16] 中酒：醉酒。晋·张华《博物志》:"人中酒不解，治之以汤，自渍即愈。"唐韦庄《晏起》:"尔来中酒起常迟，卧看南山改旧诗。"唐·杜牧《睦州四韵》:"残春杜陵客，中酒落花前。"清·阮葵生《茶余客话》:"一日面忽发赤，如中酒状。"

[17] 玉人：美人。唐·杜牧《寄扬州韩绰判官》:"二十四桥明月夜，玉人何处教吹箫。"宋·贺铸《减字浣溪沙·楼角初销一缕霞》:"玉人和月摘梅花。"宋·谢枋得《蚕妇吟》:"不信楼头杨柳月，玉人歌舞未曾归。"

[18] 更筹：古时夜间报更用以计时的竹签，用以代指夜间的时间。南朝梁·庾肩吾《奉和春夜应令》:"烧香知夜漏，刻烛验更筹。"唐·李德裕《岭外守岁》:"冬去更筹尽，春随斗柄回。"宋·吴潜《水调歌头·江淮一览》:"欲破诸公磊块，且倩一杯浇酹，休要问更筹。"

[19] 力穑：努力辛勤的耕作。《书·盘庚上》:"若农服田力穑，乃亦有秋。"宋·苏轼《次韵段缝见赠》:"季子东周负郭田，须知力穑是家传。"清·刘大櫆《慎始》:"〔行乞者〕有时而胜于力穑之农夫。"

[20] 有秋：丰收，有收成。《书·盘庚上》:"若农服田力穑，乃亦有秋。"晋·陶潜《丙辰岁八月中于下潠田舍获》:"司田春有秋，寄声与我谐。饥者欢初饱，束带候鸣鸡。"唐·元稹《范季睦授尚书仓部员外郎》:"乃诏执事，聿求其才，乘我有秋，大实仓廪。"明·李贽《复杨定见书》:"如种田相似，年年不辍，时时不改，有秋之获如此，无成之岁亦如此，安可以一耕不获而遂弃前事耶？"

[21] 短褐：一种古代贫民穿的粗布短衣。《墨子·非乐上》:"昔者齐康公，兴乐万，万人不可衣短褐，不可食糟糠。"逯钦立注:"短褐，粗布短衣。"明·杨士奇《汉江夜泛》:"短褐不掩胫，岁暮多苦寒。"

[22] 粝食：粗米食。《汉书·外戚传下·孝成许皇后》:"妾夸布服粝食。"唐·姚合《哭费拾遗徵君》:"服儒师道旨，粝食卧中林。"明·唐顺之《赠郡侯郭文麓升副使序》:"闻侯之夫人亦乐于粝食敝衣，与侯所嗜好无异。"

[23] 周：周备。

[24] 鸣机：谓织布。宋·陆游《与子虞子坦坐龟堂后东窗偶书》："鸣机织芑葛，暑服亦已成。"清·张玉谷《乌夜啼》："参横月落庭乌啼，窗前有女犹鸣机。"清·褚人获《坚瓠三集·霍洞》："一身勿暇私自怜，鸣机轧轧明窗前。"

[25] 耕畴：耕种田地。

[26] 祀松楸：祭祖先。古人墓地上常种松树和楸树，故常以松楸借作墓地。南朝齐·谢朓《齐敬皇后哀策文》："陈象设于园寝兮，映舆镂于松楸。"唐·刘禹锡《酬乐天见寄》："若使吾徒还早达，亦应箫鼓入松楸。"

[27] 去年：指至正九年（1349）。《元史·顺帝纪》："三月，丁酉，坝河浅涩，以军士、民夫各一万浚之。"

[28] 耕织：耕种纺织，犹言农桑。《管子·幼官》："三会诸侯，令曰：'田租百取五，市赋百取二，关赋百取一，毋乏耕织之器。'"汉·贾谊《新书·过秦论》："内立法度，务耕织，修守战之具。"《后汉书·逸民传·梁鸿》："乃共入霸陵山中，以耕织为业。"宋·范成大《夏日田园杂兴》："童孙未解供耕织，也傍桑阴学种瓜。"清·方文《述哀》："方技知卜医，可以代耕织。"

[29] 嗷嗷：哀鸣声、哀号声。唐·杜甫《送韦讽上阆州录事参军》："方方哀嗷嗷，十载供军食。"宋·欧阳修《绿竹堂独饮》："残花不共一日看，东风送哭声嗷嗷。"清·赵翼《二麦将收旬大雨感赋》："米价经年节节高，茅簷待哺正嗷嗷。"

[30] 东州：辽国初年以渤海人降户设置东州。《辽史·圣宗纪》："太平六年（1026），以参知政事吴叔达责授将作少监，出为东州刺史。"

[31] 河源：黄河的源头。此句化用李白《将进酒》"黄河之水天上来"句意。

[32] 趋下：水奔流而下状。汉·司马迁《史记·货殖列传序》："故物贱之征贵，贵之征贱，各劝其业，乐其事，若水之趋下，日夜无休时。"唐·章孝标《瀑布》："非趋下流急，热使不得住。"

[33] 善备：完善的筹备。

[34] 鄙夫：鄙陋浅薄之人。此句以《左传·庄公十年》："肉食者鄙，未能远谋"，谴责当权者之无能。

[35] 良谋：良计、良策。唐·王维《夷门歌》："非但慷慨献良谋，意气兼将身命酬。"唐·李涉《咏古》："顺天行杀机，所向协良谋。"

[36] 凄风：寒风。《左传·昭公四年》：“春无凄风，秋无苦雨。”杜预注：“凄，寒也。”汉·王粲《赠蔡子笃》：“烈烈冬日，肃肃凄风。”晋·陆机《赠尚书郎顾彦先》：“凄风迕时序，苦雨遂成霖。”唐·柳宗元《笼鹰词》：“凄风淅沥飞严霜，苍鹰上击翻曙光。”

[37] 枯槁：枯萎的草木。《老子·六十三章》：“草木之生也柔脆，其死也枯槁。”《淮南子·原道训》：“今夫徙树者，失其阴阳之性，则莫不枯槁。”《汉书·宣帝记》：“醴泉滂流，枯槁荣茂。”

[38] 飕飕：清冷、萧瑟貌。唐·王昌龄《长歌行》：“旷野饶悲风，飕飕黄蒿草。”宋·吴文英《唐多令·惜别》：“纵芭蕉、不雨也飕飕。”宋·张元干《水调歌头·今夕定何夕》：“坐中庭，风露下，冷飕飕。”

作品要解

元顺帝至正四年（1344）黄河决堤，沿岸水旱成灾，然至正九年（1349）才下诏修复决堤。此诗作于元顺帝至正十年（1350）通过描写自己眼中所见，用贫富对比的手法，表现了人民的苦难和执政者的暴虐、享乐、昏庸，并提出治理黄河之见解。

从“晨发大河上”至“夜有盗贼忧”，叙写诗人眼中所见之景，映照的曙色霞光下的船头、依稀可见的树木、淡淡消失的炊烟、穿梭于村庄的鸡犬、刚出巷口悠然的牛羊，似乎是一派祥和宁静。然而笔锋一转，由乐转忧：刚刚收获的粮食未曾尝新，就被官家强行征走；黄河水位又已满堤，随时皆有暴洪的危险；夜晚还要提防盗贼的侵扰。平静的表象与暗底的汹涌形成小对比，揭示黄河沿岸人民生活的苦难。

从“长安里中儿”到“玉人坐更筹”八句，诗人由眼中之景、之忧，转写都市富贵子弟骄奢淫逸的生活，与前部分形成更加强烈的反差。都市里的贵族子弟却全然不知生活的艰辛，每日骑着“五花马”、穿着“千金裘”、流连于“五坊”、沉溺于酒坊，终日终夜过着醉生梦死的生活。

从"岂知农家子"到"下以祀松楸"八句，以"岂知"领起，又由富家纨绔转入民间疾苦，再次形成鲜明对照：富家子弟斗鸡酣歌沉溺于享乐，普通的农家子特别是黄河沿岸的灾民则日日耕穑盼秋收。围绕在富家子弟身边是享受不尽的名马、金服、美酒、玉人；而对于农家子而言，即便是粗布短褐、粗米粝饭也常常衣不蔽体、食不果腹。富家子弟终日饮酒作乐、美人相伴，不识人间愁苦；而农家子及妇上忧赋税、下忧生活，终年耕种织作仍难继温饱。

从"去年筑河防"到"驱之长河流"六句，由富家子弟与农家子的强烈对比，引入灾民的劳役之苦。富家子终日享乐却可不劳而获，免征徭役；农家子生活得如此凄苦，却不仅要承受水患肆虐之患，还要承受修筑河堤的徭役之苦，即便已经饿得半死仍要被驱赶入河流。他们不仅要遭受非人的驱赶、奴役，还因无力耕织饱受饥饿之苦。

接着诗人批评当前治理黄河之策，谴责执政者的昏庸无能，并警告统治者治理黄河要遵循自然规律，吸取古人治黄的经验，而不是臆想妄为，徒自劳民伤财，置人民于水火。最后诗人自叙作诗的目的，乃为希望将民情得以上达，希望统治者能听取自己的意见，然而他也知晓此事之难，徒剩"凄风振枯槁，短发凉飕飕"之悲情。

此诗直陈利弊，通过富家子与农家子的强烈对比，深化不同阶层之间的差异，使黄河沿岸灾民之苦跃然纸上，直冲读者眼球。然而诗人的情怀并未仅仅流于浅层的同情和谴责，而是渴望将民情上达以引起当权者注意。其不仅指出赋税、水患、盗贼、徭役乃为黄河沿岸灾民的四大忧患，并提出遵循自然规律的治理黄河水患的良策。由此一个忧国忧民而又凄凄然然的诗人形象才完整地傲立于寒风之中，更添悲壮和坚毅之感。

墨　梅[1]

王冕

我 家 洗 砚 池[2] 头 树 ， 个 个 花 开 淡 墨[3] 痕 。
不 要 人 夸 好 颜 色 ， 只 留 清 气[4] 满 乾 坤[5] 。

——选自王冕《竹斋集》续集，清文渊阁四库全书本

元代文学作品选

作者简介

王冕（1287—1359），字元章，号煮石山农，别号竹斋生、会稽山农、会稽外史、九里先生、江南野人、梅花屋主等，诸暨（今浙江诸暨）人。自幼贫，父使牧牛，窃入学舍听诸生诵书，辄能记忆。贫力学，科第不中，遂放旷。每大言天下将乱，时海内无事咸斥为狂。携妻子隐九里山，树梅千株桃杏半之，自号"梅花屋主"。平生嗜画梅，创没骨梅花法，求者踵至。早工诗律，宋濂叙之谓："兼谢康乐、岑嘉州、韦苏州之长。"杨维桢亦爱其兼工诸体，特加评点。其为名人推许如此。有《竹斋集》存世。

注释

[1] 墨梅：墨画的梅花。创始于北宋华光法师，南宋的扬补之创造出"圈花法"——用墨涂于绢上，烘托出梅花的白葩的方法。王冕在圈花方法上，改创"钩圈略异杨家法"，并独创用胭脂画没骨梅花，对后世影响很大。范成大《范村梅菊谱》："近世始画墨梅，江西扬补之者尤有名，其徒仿之者实繁，盖吴仲圭、王元章皆用其法。"

[2] 洗砚池：又名"砚池""墨池""鹅池"，王羲之洗墨处。宋·曾巩《墨池

记》：“羲之尝慕张芝，临池学书，池水尽黑，此其为故迹，岂信然邪？”

[3] 淡墨：水墨画中四种墨色，即清墨、淡墨、浓墨、焦墨其一。宋·陆游《秋夜独醉戏归》：“醉手题诗淡墨斜。”宋·孙应时《借韵跋林肃翁题诗》：“昔冠南宫淡墨书，当年万卷各各糊。”宋·梅尧臣《看山寄宋中道》：“研青点无光，淡墨近有迹。”

[4] 清气：指梅花的清香之气，亦借指高洁正大之气。《楚辞·九歌·大司命》：“高飞兮安翔，乘清气兮御阴阳。”南宋·王僧达《答颜延年》：“崇情符远迹，清气溢素襟。”元·宫天挺《范张鸡黍》：“可惜你腹中大才，胸中清气，都做了江山之秀。”

[5] 乾坤：八卦中的两卦，乾为天，坤为地，以乾坤代表天地、阴阳、国家等。《易·系辞下》：“黄帝尧舜垂衣裳而天下治，盖取诸《乾》《坤》。”汉·班固《典引》：“经纬乾坤，出入三光。”金·元好问《自题中州集后》：“万古骚人呕肺肝，乾坤清气得来难。”宋·杨万里《得亲老家问》：“乾坤裂未补，簪笏达何荣？”

作品要解

　　王冕善画梅并善诗，成廷珪《题徐仲原所藏王冕画红梅》曰：“罗浮仙子绛绡裳，也欲随时学艳妆。今日北人浑见惯，杏花同色不同香。”丁鹤年《题会稽王冕翁画梅》：“永和笔阵在山阴，家法惟君悟最深。寓得梅花兼二妙，右军风致广平心。”《四库全书简明目录》评其诗曰：“冕本狂生，天才纵逸。其体排宕纵横，不可拘以常格。”刘基评其诗曰：“盖直而不绞，质而不俚，豪而不诞，奇而不怪，博而不滥，有忠君爱民之情，去恶拔邪之志，恳恳悃悃见于词意之表，非徒作也，因大敬焉。”

　　此诗即是一首题画诗，通过赞美梅花怡然自处、不求人赞，但给人间留满清香的品格，表达自己的纵况自适的人生态度和不向世俗低头的高尚情操。一、二两句化用王羲之“临池学书，池水尽黑”的典故，直接描写墨梅朵朵盛开、浓淡相晕之态；三、四两句则转入墨梅的高风亮节。作者没用太多的笔墨描写墨梅之美，却转而写其高洁之姿，赞扬墨梅不求以花态吸引世人之夸赞，只愿独留怅然高气于天地之间，表达作者鄙薄流俗人生态度和独善其身、孤芳自赏的道德情操。这首诗将画格、诗格、人格有机地融为一体，抒发自己的立身之德，笔墨简练，诗意自现。

庐山瀑布谣并序

杨维桢

甲申[1]秋八月十六夜，予梦与酸斋[2]仙客游庐山，各赋诗。酸斋赋《彭郎词》[3]，予赋《瀑布谣》。

银河忽如瓠子[4]决，泻诸五老[5]之峰前。
我疑天孙织素练[6]，素练脱轴垂青天。
便欲手把并州剪[7]，剪取一幅玻璃烟[8]。
相逢云石子[9]，有似捉月仙[10]。
酒喉无耐夜渴甚，骑鲸[11]吸海枯桑田。
居然化作十万丈，玉虹[12]倒挂清冷渊。

——选自杨维桢《铁崖古乐府》卷三，四部丛刊景明成化本

作者简介

杨维桢（1296—1370），字廉夫，号铁崖、铁笛道人，又号铁心道人、铁冠道人、铁龙道人、梅花道人等，晚年自号"老铁""抱遗老人""东维子"，会稽（浙江诸暨）枫桥全堂人。少时，日记书数千言。父宏，筑楼铁崖山中，绕楼植梅百株，聚书数万卷，去其梯，俾诵读楼上者五年，因自号铁崖。元泰定四年成进士，署天台尹，改钱清场盐司令。狷直忤物，十年不调。会修辽、金、宋三史时，维桢著《正统辩》千余言，总裁官欧阳元功读且叹曰："百年后，公论定于此矣。"将荐之而不果，转建德路总管府推官。擢江西儒学提举，未上，会兵乱，避地富春山，徙钱塘。张士诚累招之，不赴，遣其弟士信咨访之，因撰五论，具书复士诚，反覆告以顺逆成败之说，士诚不能用也。又忤达识丞相，徙居松江之上，海内缙绅大夫与东南才俊之士，造门纳履无虚日。酒酣以往，笔墨横飞。或戴华阳巾，披羽衣坐

船屋，吹铁笛，作《梅花弄》。或呼侍儿歌《白雪》之辞，自倚凤琶和之。宾客皆蹁跹起舞，以为神仙中人。杨维桢诗名擅一时，号铁崖体，与永嘉李孝光、茅山张羽、锡山倪瓒、昆山顾瑛为诗文友，碧桃叟释臻、知归叟释现、清容叟释信为方外友。张雨称其古乐府出入少陵、二李间，有旷世金石声。宋濂称其论撰，如睹商敦、周彝，云雷成文，而寒芒横逸。诗震荡陵厉，鬼设神施，尤号名家云。维桢徙松江时，与华亭陆居仁及侨居钱惟善相倡和。两人既殁，与维桢同葬干山，人目为三高士墓。有《铁崖先生古乐府》《东维子集》等行世。

注释

[1] 甲申：元顺帝至正四年（1344）。

[2] 酸斋：即贯云石（1286—1324）。贯云石，原名小云石海涯，元朝畏兀儿人，精通汉文，著名诗人、散文作家。据蒋一葵《尧山堂外纪》的记载，因贯云石的父亲名为"贯只哥"，即以"贯"为姓，名"小云石海涯"，自号"酸斋"，与号"甜斋"的徐再思齐名，世称"酸甜乐府"。任讷辑《酸斋乐府》存于世。

[3]《彭郎词》："……相逢渔子问二姑，大姑不如小姑好。小姑昨夜妆束巧，新月半痕玉梳小。彭郎欲娶无良媒，飞向庐山寻五老。五老颓然不肯起，彭郎怒踢香炉倒。"

[4] 瓠子：亦称瓠子口，古地名，在今河南濮阳市西南。《史记·河渠书》："汉兴三十九年，孝文时河决酸枣，东溃金堤，于是东都大兴卒塞之。其后四十有余年，今天子（武帝）元光之中，而河决于瓠子，东南注钜野，通于淮、泗。……天子既临河决，悼功之不成，乃作歌曰：'瓠子决兮将奈何？皓皓旰旰兮闾殚为河！殚为河兮地不得宁，功无已时兮吾山平。吾山平兮钜野溢，鱼沸郁兮柏冬日。延道弛兮离常流，蛟龙骋兮方远游。归旧川兮神哉沛，不封禅兮安知外！为我谓河伯兮何不仁，泛滥不止兮愁吾人？啮桑浮兮淮、泗满，久不反兮水维缓。'"

[5] 五老：即五老峰，庐山南面峰名。因山的绝顶被垭口所断，分成并列的五个山峰，仰望俨若席地而坐的五位老翁，故称为"五老峰"。唐·李白《登庐山五

老峰》:"庐山东南五老峰,青天削出金芙蓉。九江秀色可揽结,吾将此地巢云松。"

[6] 素练:白色绢帛,常用以比喻云、水、瀑布等。《墨子·节葬下》:"文绣素练,大鞅万领。"唐·李质《宿日观东房诗》:"洞霞飘素练,藓壁画阴窗。"

[7] 并州剪:亦作"并剪",古时并州(今山西太原一带)所产剪刀,以锋利著称。唐·杜甫《戏题画山水图歌》:"焉得并州快剪刀,翦取吴松半江水。"清·赵翼《瓯北诗话·白香山诗》:"且其笔快如并剪,锐如昆刀,无不达之隐,无稍晦之词。"清·陈廷焯《白雨斋词话》:"张玉田词如并翦哀梨,爽豁心目,故诵之多。"

[8] 玻璃烟:用以形容瀑布奔腾而下时飞起的水汽和烟雾。

[9] 云石子:即贯云石。

[10] 捉月仙:指李白。传李白晚年酒后泛舟江中,见江中月影,欲俯身捉取,竟溺水而仙去。宋·华岳《捉月仙》:"缆解西风拍岸颠,雁拖秋色上航船。挂帆未作乘风客,举棹先惊捉月仙。楚些有渊心石殒,贺狂无井眼花眠。殷勤为酹一杯酒,断送西江浪拍天。"

[11] 骑鲸:骑鲸背以游海上,喻仙家、豪客。李白曾自署为"海上骑鲸客"。

[12] 玉虹:白虹,比喻明洁的瀑布或流水。唐·李贺《北中寒》诗:"争溃海水飞凌喧,山瀑无声玉虹悬。"宋·苏轼《郁孤台》:"山为翠浪涌,水作玉虹流。"宋·杨万里《和昌英叔雪中春酌》:"南溪春寒强似冬,南溪春水走玉虹。"宋·陆游《故山》:"落涧泉奔舞玉虹,护丹松老卧苍龙。"

作品要解

此篇乃为记梦之作。从序言可知,此诗是作者有感于梦中与贯云石同游庐山,因贯云石赋《彭郎词》而做此诗。贯云石《彭郎词》云:"相逢渔子问二姑,大姑不如小姑好。小姑昨夜妆束巧,新月半痕玉梳小。彭郎欲娶无良媒,飞向庐山寻五老。五老颓然不肯起,彭郎怒踢香炉倒。"诗中的大姑、小姑是指独立于江中的大小孤山,彭郎是指江侧一石矶,五老、香炉是庐山之高峰。

贯云石以拟人之法将庐山之景赋予诙谐滑稽之态，妙化生姿而滑稽谑浪。

杨维桢《瀑布谣》诗分两段，前段以正面作比拟，以奇特大胆的想象和突兀之笔，表现出了庐山瀑布的雄伟壮观，使人仿佛看到庐山瀑布奔腾咆哮之势、垂天落地之姿、飞流溅沫之声，惊心动魄又震人心眩。下半段则转入美丽的遐想，以贯云石比作诗仙李白，脱落形骸而不拒流俗，酒后口渴难耐竟然把海水喝干，随后倾泻而成这飞流直下的瀑布，像一道白色的长虹高高地挂在清凉的深渊之上。奇景奇人相得成趣，气绝纵横、波谲云诡、迷离惝恍。

散文

元代文学作品选

送秦中 [1] 诸人引 [2]

元好问

关中 [3] 风土 [4] 完厚 [5]，人质直 [6] 而尚义，风声 [7] 习气 [8]，歌谣慷慨，且有秦、汉之旧。至于山川之胜，游观之富，天下莫与为比。故有四方之志者，多乐居焉。

予年二十许时，侍先人 [9] 官略阳 [10]，以秋试 [11] 留长安中八九月。时纨绮 [12] 气未除，沉涵 [13] 酒间。知有游观之美而不暇也。长大来，与秦人游益多，知秦中事益熟，每闻谈周、汉都邑 [14] 及蓝田 [15]、鄠、杜 [16] 间风物 [17]，则喜色津津 [18] 然动于颜间。二三君多秦人，与余游，道相合而意相得也。常约近南山 [19]，寻一牛田 [20]，营五亩之宅 [21]，如举子 [22] 结夏课 [23] 时，聚书深读，时时酿酒为具 [24]，从宾客游，伸眉高谈，脱屣 [25] 世事，览山川之胜概 [26]，考前世之遗迹，庶几乎不负古人者。然予以家在嵩前 [27]，暑途千里，不若二三君之便于归也。

清秋扬鞭，先我就道，矫首 [28] 西望，长吁青云。今夫世俗惬意事，如美食大官，高赀 [29] 华屋 [30]，皆众人所必争而造物者之所甚靳 [31]，有不可得者。若夫闲居之乐，澹乎其无味，漠乎其无所得，盖其放于方之外者之所贪，人何所争，而造物者亦何靳耶？行矣诸君，明年春风，待我于辋川之上矣。

——选自元好问《遗山集》卷第三十七，四部丛刊景明弘治本

作者简介

元好问（1190—1257），字裕之，号遗山，世称遗山先生。山西秀容（今山西忻州）人。生于金章宗明昌元年（1190）七月初八，于元宪宗蒙哥七年（1257）九月初四日，卒于获鹿（在今河北省）寓舍，归葬故乡系舟山下山村（今忻县韩岩村）。兴定进士，历任内乡令、南阳令、尚书省掾、左司都事、行尚书省左司员外

元代文学作品选

郎，金亡不仕。工诗文，在金元之际颇负重望。其诗奇崛而绝雕琢，巧缛而不绮丽，形成河汾诗派。晚年致力收集金君臣遗言往事，多为后人纂修金史所本。著有《杜诗学》《东坡诗雅》《锦畿》《诗文自警》《壬辰杂编》《遗山先生文集》四十卷、《续夷坚志》四卷、《遗山先生新乐府》五卷等，传世有《遗山先生文集》，编有《中州集》，现有清光绪读书山房重刊本《元遗山先生全集》等。

注释

[1] 秦中：指今陕西中部平原地区，因春秋战国时地属秦国而得名，也称关中。明·董其昌《节寰袁公行状》："念其昌与公（袁可立）同举于兰阳陆宗伯之门，更有秦中武公（武之望）、闽中林公（林廷奎），皆以不善宦。"

[2] 引：文体名。明·徐师曾《文体明辨·引》："唐以后始有此体，大略如序而稍为短简，盖序之滥觞也。"

[3] 关中：指陕西中部秦岭以北，子午岭、黄龙山以南，陇山以东，潼关以西的区域。汉·司马迁《史记·高祖本纪》："沛公曰：'秦富十倍天下，地形强。今闻章邯降项羽，项羽乃号为雍王，王关中。今则来，沛公恐不得有此。可急使兵守函谷关，无内诸侯军，稍征关中兵以自益，距之。'"颜师古注："自函谷关以西，总名关中。"晋·潘岳《关中记》："秦西以陇关为限，东以函谷为界，二关之间是为关中。"

[4] 风土：指某地特有的自然环境和风俗习惯等。《国语·周语上》："是日也，瞽帅、音官以（省）风土。廪于籍东南，钟而藏之，而时布之于农。"《后汉书·张堪传》："帝尝召见诸郡计吏，问其风土及前后守令能否。"

[5] 完厚：富庶肥沃。

[6] 质直：朴实正直。《论语·颜渊》："夫达也者，质直而好义。"刘宝楠《正义》："质直而好义者，谓达者之为人，朴质正直，而行事知好义也。"宋·欧阳修《论杜衍范仲淹等罢政事》："琦则纯正而质直，弼则明敏而果锐。"

[7] 风声：教化、风气。《尚书·毕命》："彰善瘅恶，树之风声。"孔传："明

其为善，病其为恶；立其善风，扬其善声。"唐·刘知几《史通·直书》："史之为务，申以劝诫，树之风声。"

[8] 习气：习惯、习性。宋·苏轼《再和潜师》："东坡习气除未尽，时复长篇书小草。"清·黄宗羲《明夷待访录·财计》："治天下者既轻其赋敛矣，而民间之习气未去，蛊惑不除，奢侈不革，则民仍不可使富也。"

[9] 先人：亡父。《左传·宣公十五年》："尔用先人之治命，余是以报。"汉·司马迁《史记·仲尼弟子列传》："孤不幸，少失先人，内不自量。"此特指元好问已过世的养父元格。

[10] 略阳：郡名，隶属于汉中，"以其用武之地曰略，治在象山之南曰阳"，而名略阳。

[11] 秋试：乡试。因于每年秋天举行，故称秋试，也称秋闱。

[12] 纨绮：纨绔子弟。明·文征明《题赵仲光梅花杂咏》："有王孙风度，而无纨绮故习。"

[13] 沉涵：沉溺。

[14] 都邑：京城、京都。西周都镐京，在今陕西西安市西南；西汉都长安，即今西安市。

[15] 蓝田：县名，在今陕西省，以产美玉著名。

[16] 鄠、杜：鄠县与杜陵，秦汉邑名，皆位于今陕西境内，有杜曲、杜陵等胜地。

[17] 风物：风光景物。晋·陶渊明《游斜川》："天气澄和，风物闲美。"清·钱谦益《南征吟小引》："睢阳袁伯应（袁可立子），以名臣子之牵丝郎署，负文武大略。博雅好古，散华落藻，轺轩问俗，戎车出塞，山水登临，友朋谈燕，揽采风物，伸写情性。"

[18] 津津：喜乐貌。宋·范成大《吴船录》："寺有唐画罗汉一板，笔迹超妙，眉目津津，欲与人语。"

[19] 南山：即终南山，位于秦岭山脉中段，在今陕西省西安市南。《汉书·地理志》："扶风武功县有太一山，古文以为终南。"宋·程大昌《雍录》："毛氏曰：'终南，周之名山中南也，中南即终南也。'"唐·李白《望终南山寄紫阁隐

者》："出门见南山，引领意无限。秀色难为名，苍翠日在眼。有时白云起，天际自舒卷。心中与之然，托兴每不浅。"

[20] 一牛田：一头牛可以耕完的田地，谓一小块田地。

[21] 五亩之宅：语出《孟子·梁惠王上》："五亩之宅，树之以桑，五十者可以衣帛矣。"

[22] 举子：即为举人，授予通过乡试者。

[23] 夏课：指举子落第后寄居在京师过夏，课读为文，谓之过夏，结课而出谓之夏课。唐·李肇《唐国史补》："退而肄业，谓之过夏。执业以出，谓之夏课。"五代·王定保《唐摭言·述进士下》："执业以出，谓之夏课。"自注："亦作秋卷也。"

[24] 为具：置办酒食。汉·司马迁《史记·滑稽列传》"为具牛酒饭食，（行）十余日。"

[25] 脱屣：脱掉鞋子，以喻摆脱、无所顾忌。《汉书·郊祀志上》："嗟乎！诚得如黄帝，吾视去妻子如脱屣耳！"颜师古注："屣，小履。脱屣者，言其便易，无所顾也。"宋·王禹偁《潘阆咏潮图序》："脱屣场屋，耻原夫之流；栖心云泉，有终焉之计。"

[26] 胜概：美景。唐·李白《夏日陪司马武公与群贤宴姑熟亭序》："此亭跨姑熟之水，可称为姑熟亭焉。嘉名胜概，自我作也。"清·魏源《武夷九曲诗》："精舍第五曲，亦复少胜概。"

[27] 嵩前：嵩山之南。元好问在金宣宗兴定二年（1218）从河南宜阳县移家居登封县，因登封县在嵩山以南，故称嵩前。

[28] 矫首：昂首、抬头。唐·杜甫《又上后园山脚》诗："穷秋立日观，矫首望八荒。"

[29] 高赀：资财雄厚。《汉书·地理志下》："汉兴，立都长安，徙齐诸田，楚昭、屈、景及诸功臣家于长陵。后世世徙吏二千石、高赀富人及豪杰并兼之家于诸陵。"颜师古注："赀，读与资同。高赀，言多财也。"《新唐书·陈子昂传》："父元敬，世高赀，岁饥，出粟万石赈乡里。"

[30] 华屋：华美的屋子。《战国策·秦策一·苏秦始将连横》："见说赵王于华

屋之下。"《史记·滑稽列传》："楚庄王之时，有所爱马，衣以文绣，置之华屋之下，席以露床，啖以枣脯。"

[31] 靳：吝惜。《后汉书·崔石传》："悔不小靳，可至千万。"

作品要解

　　此文为友人送行而作的赠序，却少见哀婉忧伤之词，而是以"风土完厚"为题旨，通过山川之盛、高赀华屋之争与世俗惬意事遥相呼应，将赞、悔、慕、愿、盼之情层序迭出地排遣开来：盛赞秦中的风土人情和山川名胜；惜叹弱冠之时流连于其间却无暇观赏的遗憾；遥想有朋相赴秦中之约；喟叹友人归秦却不能相伴的惜别之情；讽刺沉溺于名利的醉生梦死；抒发向往田园生活的志趣和远离世俗尘嚣的心愿。

　　文章层次丰富、情感浓郁而寄意遥深，无愧于清人李祖陶（《金元明八大家文选》）"情深，意远，气岸。妙极老苍"的评价。

市隐[1]斋记

元好问

吾友李生为予言："予游长安，舍[2]于娄公所。娄，隐者也，居长安市三十年矣。家有小斋，号曰市隐，往来大夫士[3]多为之赋诗，渠[4]欲得君作记。君其以我故为之。"

予曰："若[5]知隐乎？夫隐，自闭[6]之义也。古之人隐于农、于工、于商、于医卜、于屠钓，至于博徒[7]、卖浆[8]、抱关吏[9]、酒家保[10]，无乎不在[11]。非特[12]深山之中，蓬蒿[13]之下，然后为隐。前人所以有大小隐[14]之辨者，谓初机之士[15]，信道未笃，不见可欲[16]，使心不乱，故以山林为小隐；能定能应，不为物诱，出处[17]一致，喧寂[18]两忘，故以朝市[19]为大隐耳。以予观之，小隐于山林，则容或[20]有之，而在朝市者未必皆大隐也。自山人[21]索高价之后，欺松桂而诱云壑[22]者多矣，况朝市乎？今夫干没[23]氏之属，胁肩[24]以入市，叠足[25]以登垄断[26]，利嘴长距[27]，争捷求售，以与佣儿贩夫血战于锥刀[28]之下。悬羊头，卖狗脯[29]，盗跖行，伯夷语[30]，曰'我隐者也'而可乎？敢问娄公之所以隐，奈何？"

曰："鬻书以为食，取足而已，不害其为廉；以诗酒游诸公间，取和而已，不害其为高。夫廉与高，固古人所以隐，子何疑焉？"

予曰："予得之矣，予为子记之。虽然，予于此犹有未满焉者。请以韩伯休[31]之事终其说。伯休卖药都市，药不二价，一女子买药，伯休执价不移。女子怒曰：'子韩伯休邪？何乃不二价？'乃叹曰：'我本逃名，乃今为儿女子[32]所知！'弃药径去，终身不返。夫娄公固隐者也，而自闭之义，无乃与伯休异乎？言，身之文也，身将隐，焉用文之？是求显也。奚以此为哉？予意大夫士之爱公者，强为之名耳，非公意也。君归，试以吾言问之。"

贞祐丙子[33]十二月日，河东[34]元某记。

—— 选自元好问《遗山集》卷第十九，四部丛刊景明弘治本

作者简介

元好问，生平简介见前文。

注释

[1] 市隐：隐居于朝市。《晋书·邓粲列传》："粲笑答曰：'足下可谓有志于隐而未知隐。夫隐之为道，朝亦可隐，市亦可隐。隐初在我，不在于物。'"唐·皎然《五言酬崔侍御见赠》："市隐何妨道，禅栖不废诗。"宋·陆游《忆昨》："先主庙中逢市隐，丈人观里识巢仙。"元·张养浩《久雨初霁书所寓壁》："市隐静于野，客居闲似家。"

[2] 舍：居住、留宿。《庄子·山木》："夫子出于山，舍于故人之家。"

[3] 大夫士：即士大夫，士人和官吏的统称。

[4] 渠：代词他。《玉台新咏·古诗为焦仲卿妻作》："渠会永无缘。"

[5] 若：代词汝、你。《汉书·匈奴传上》："若肯发兵助我乎？"《国语·晋语四》："命曰三日，若宿而至。"《史记·陈涉世家》："若为佣耕，何富贵也。"

[6] 自闭：自我封闭，以与世俗隔绝开来。

[7] 博徒：赌徒。《史记·魏公子列传》："今吾闻之，乃妄从博徒卖浆者游，公子妄人耳。"唐·白居易《悲哉行》："朝从博徒饮，暮有倡楼期。"叶圣陶《穷愁》："赌窟既破，全市喧传，群来聚视博徒何如人。"

[8] 卖浆：出售茶水、酒等。《史记·货殖列传》："卖浆，小业也，而张氏千万。"明·冯梦龙《东周列国志》："赵有处士毛公藏于博徒，薛公藏于卖浆家。"明·归有光《白庵程翁八十寿序》："下至卖浆贩脂之业。"

[9] 抱关吏：把守城门的小吏。语出《史记·魏公子列传》："嬴乃夷门抱关者也，而公子亲枉车骑，自迎嬴于众人广坐之中。"唐·罗隐《早春送张坤归大梁》："为谢东门抱关吏，不堪惆怅满离杯。"

[10] 酒家保：即酒保，旧时酒店或客栈里跑堂的，又称店小二。《汉书·栾

布传》："〔栾布〕穷困，卖庸于齐，为酒家保。"颜师古注："谓庸作受顾也。为保，谓保可任使。"《后汉书·杜根传》："因得逃窜，为宜城山中酒家保。"李贤注："言为人佣力保任而使也。"元·揭傒斯《徐州对酒和曾编修》："自古英雄得志人，未遇犹为酒家保。"

[11] 无乎不在：无所不在。《庄子·杂篇·天下》："天下之治方术者多矣，皆以其有为不可加矣！古之所谓道术者，果恶乎在？曰：'无乎不在。'"

[12] 特：但、只。汉·司马迁《史记·廉颇蔺相如列传》："特以诈佯为。"

[13] 蓬蒿：蓬草与蒿草，借指野草田间。

[14] 大小隐：大隐、中隐、小隐为隐士的三种境界，所谓小隐隐于野，中隐隐于市，大隐隐于朝。晋·王康琚《反招隐诗》："小隐隐陵薮，大隐隐朝市。伯夷窜首阳，老聃伏柱史。"唐·白居易《中隐》："大隐住朝市，小隐入丘樊。丘樊太冷落，朝市太嚣喧。不如作中隐，隐在留司官。"

[15] 初机之士：指初学之人。《碧岩录》："久参上士不待言之，后学初机直须究取。"明·刘元卿《贤奕编·应谐》："初机士偶一解，而即訑訑自矜有得。"

[16] 可欲：足以引起欲望的事物。《老子》："不见可欲，使民心不乱。"晋·葛洪《抱朴子·诘鲍》："见可欲则真正之心乱，势利陈则劫夺之涂开。"

[17] 出处：出仕及退隐。汉·蔡邕《荐皇甫规表》："修身力行，忠亮阐著，出处抱义，皦然不污。"唐·韩愈《与崔群书》："无入而不自得，乐天知命者，固前修之所以御外物者也。况足下度越此等百千辈，岂以出处近远累其灵台邪！"

[18] 喧寂：喧闹与寂静。唐·灵一《自大林与韩明府归郭中精舍》："禅门有通隐，喧寂共忘机。"唐·姚合《送孙山人》："喧寂一为别，相逢未有期。"

[19] 朝市：朝廷与市肆，泛指名利场。晋·陶渊明《感士不遇赋》："拥孤襟以毕岁，谢良价于朝市。"宋·苏轼《发广州》："朝市日已远，此身良自如。"元·刘时可《春日田园杂兴》："坐睡略无朝市梦，踏歌时有里闾游。"

[20] 容或：或许、也许。《后汉书·朱浮传》："臣恐自今以往，将有所失。求之密迩，容或未尽，而四方之学，无所劝乐。"

[21] 山人：隐士。唐·王勃《赠李十四》："野客思茅宇，山人爱竹林。"明·沈德符《万历野获编》："山人之名本重，如李邺侯仅得此称，不意数十年出游

无籍之辈，亦谓之山人。"

[22] 欺松桂而诱云壑：南齐人周颙隐居钟山（今江苏江宁北），后应诏为海盐令，孔稚圭作《北山移文》，借山灵之口，指斥他假充隐士，称他"诱我松桂，欺我云壑"。诱，引诱，欺骗。

[23] 干没：侥幸获利。晋·袁宏《后汉纪·灵帝纪》："育欲以齐民易丑虏，射乾没以要功。"晋·葛洪《抱朴子·安贫》："忘发肤之明戒，寻乾没于难冀。"

[24] 胁肩：耸起肩膀，形容谄媚的样子。《孟子·滕文公》："胁肩谄笑，病于夏畦。"

[25] 叠足：拥挤貌。

[26] 登垄断：指操纵、把持集市，以牟取高利。《孟子·公孙丑下》"必求龙断而登之，以左右望，而罔市利"。"龙"，通"垄"。

[27] 距：爪。《说文》："距，鸡距也。"《汉书·五行志》："不鸣不将无距。"

[28] 锥刀：微利。南朝宋·鲍照《代边居行》："悠悠世中人，争此锥刀忙。"唐·杜甫《遣遇》："闻见事略同，刻剥及锥刀。"

[29] 悬羊头，卖狗脯：同"挂羊头卖狗肉"，意谓表里不一，行欺诈之举。宋·释普济《五灯会元》："悬羊头，卖狗肉，坏后进，初几灭。"宋·释惟白《续传灯录》："悬羊头，卖狗肉，知它有甚凭据。"

[30] 盗跖行，伯夷语：同上意。盗跖相传为春秋末期的大盗，名跖，柳下屯（今山东西部）人。《荀子·不苟》："盗跖吟口，名声若日月，与舜禹俱传而不息；然而君子不贵者，非礼义之中也。"伯夷为商周时期品德高洁之士，商孤竹君之子，武王灭商后，因耻食周粟，与叔齐饿死于首阳山。《史记·伯夷列传》："若伯夷、叔齐，可谓善人者非邪？积仁洁行，如此而饿死。且七十子之徒，仲尼独荐颜渊为好学。然回也屡空，糟糠不厌，而卒蚤夭。天之报施善人，其何如哉？盗跖日杀不辜，肝人之肉，暴戾恣睢，聚党数千人，横行天下，竟以寿终，是遵何德哉？"

[31] 韩伯休：即韩康，字伯休，霸陵（今陕西长安县东）人，初于市卖药，后被人识出，弃药而隐于霸陵山中。汉·皇甫谧《高士传》："韩康字伯休，一名恬休，京兆霸陵人。常采药名山卖于长安市，口不二价三十余年。时有女子从康买药，康守价不移。女子怒曰：'公是韩伯休耶，乃不二价乎？'康叹曰：'我本欲

避名，今小女子皆知有我，何用药为？'乃遁入霸陵山中。"南朝陈·徐陵《长安道》："韩康卖良药，董偃鬻明珠。"唐·白居易《酬梦得贫居咏怀见赠》："病添庄舄吟声苦，贫欠韩康药债多。"

[32] 儿女子：妇孺之辈。汉·司马迁《史记·高祖本纪》："此非儿女子所知也。"唐·韩愈《与华州李尚书书》："拜辞之后，窃念旬朔不即获侍言笑，东望殒涕，有儿女子之感。"

[33] 贞祐丙子：金宣宗（完颜珣年号）贞祐四年（1216）。

[34] 河东：古地名。元好问家乡忻州秀容（今山西忻县）古属河东，故称。

作品要解

此文本为元好问受友人之托为娄隐者所写的传记文，然既不记叙娄隐者的生平，也不赞美娄隐者的品德，而是以批判和论证的口吻，讽刺了沽名于"大隐隐于市"的伪隐者。

此文以元好问与李姓友人的对话行之，开篇即以李姓友人之口带出写作缘由："往来大夫士多为之赋诗，渠欲得君作记。"一语实以带出娄隐者沽名钓誉的虚伪面目。如其为真隐者，避人且不及，又岂会往游士大夫之间，又请元好问为之序以自高？故元好问针对此疑，先举古之真隐士阐述隐之"自闭"真谛和隐的三个境界，进而陡然一转，阐述"在朝市者未必皆大隐也"，很多隐于市者，多为名利所诱惑，大行挂羊头卖狗肉的虚伪行径，并反问娄隐者之隐是何？李姓友人何以"不害其廉""不害其高"为之辩护？元好问进而则以韩康卖药之典论说之。论述脉络清晰，行文自然流畅，取得理胜词白的艺术效果。

录鬼簿序

钟嗣成

贤愚寿夭，死生祸福之理，固兼乎气数[1]而言，圣贤未尝不论也。盖阴阳之屈伸[2]，即人鬼之生死。人而知夫生死之道，顺受其正[3]，又岂有岩墙桎梏之厄哉？

虽然，人之生斯世也，但以已死者为鬼，而不知未死者亦鬼也，酒罂饭囊[4]，或醉或梦，块然[5]泥土者，则其人与已死之鬼何异？此固未暇[6]论也。其或稍知义理[7]，口发善言，而于学问之道，甘于暴弃[8]，临终之后，漠然无闻，则又不若块然之鬼为愈也。予尝见未死之鬼，吊已死之鬼，未之思也，特一间耳。独不知天地开辟，亘古及今，自有不死之鬼在，何则？圣贤之君臣，忠孝之士子，小善大功，著在方册[9]者，日月炳焕[10]，山川流峙[11]，及乎千万劫无穷已，是则虽鬼而不鬼者也。

余因暇日，缅怀故人，门第卑微，职位不振[12]，高才博识，俱有可录，岁月弥久，淹没无闻，遂传其本末，吊以乐章[13]；复以前乎此者，叙其姓名，述其所作，冀乎初学之士，刻意[14]词章[15]，使冰寒于水[16]，青胜于蓝，则亦幸矣。名之曰录鬼簿。

嗟乎！余亦鬼也。使已死未死之鬼，作不死之鬼得以传远，余又何幸焉？若夫高尚之士，性理之学，以为得罪于圣门者，吾党且啖蛤蜊[17]，别与知味者道。

至顺元年[18]，龙集[19]庚午月建甲申[20]二十二日辛未，古汴[21]钟嗣成序。

——选自钟嗣成《录鬼簿》，《中国古典戏曲论著集成》本

作者简介

钟嗣成（约1279—约1360），字继先，号丑斋。自署"古汴"（今河南开封

元代文学作品选

市）人。一说杭州人。尚未成年之时，他便生活在杭州。说自己与赵君卿，“总角时……同里闬，同发蒙，同师邓善之、曹克明、刘声之三先生，又于省府同笔砚”（《录鬼簿》）；朱凯也说他是“善之邓祭酒、克明曹尚书之高弟”（《录鬼簿·后序》）。其交游活动，也是以杭州为中心。知名曲家施君美，钱塘人；曾瑞卿，大兴人，家于钱塘；而钟嗣成和他的朋友们，便常“至其家”“获闻言论”（《录鬼簿》）。而且，钟嗣成说睢景臣“大德七年，公自维扬来杭，余与之识”。与“居杭州”的周文质，尤其友情挚笃，钟嗣成说，“余与之交二十年，未尝跬步离也”（《录鬼簿》）。钟嗣成一生坎坷，“累试于有司，命不克遇，从吏则有司不能辟，亦不屑就，故其胸中耿耿者”。孙楷第考其“曾为江浙行省掾史”。其一生最大成就，是撰写了《录鬼簿》一书。该书记载了金元曲家一百五十二人，几使两代知名曲家，囊括殆尽。著录杂剧名目，已达四百五十二种，占了现存五百可考元人杂剧剧目的百分之八十以上。所作杂剧七种：《章台柳》《钱神论》《蟠桃会》《郑庄公》《斩陈馀》《诈游云梦》《冯驩烧券》，均佚传，仅存小令五十九首，套数一套，其中，有十九支小令为吊宫大用等十九位曲家而作，成为后人研究元曲的最重要的资料。明初朱权《太和正音谱》评其词“如腾空宝气”。

注释

[1] 气数：气运、命运。汉·荀悦《申鉴·俗嫌》：“夫岂人之性哉，气数不存焉。”《红楼梦》：“此亦关人之气数，所以我出来止住你们。”

[2] 屈伸：进退、变化。《荀子·不苟》：“与时屈伸，柔从若蒲苇，非慑怯也。”《宋书·宗室传·道规》：“兵法屈申有时，不可苟进。”

[3] 顺受其正：顺天理正道而行，接受正常的命运。此句谓顺应天道之理，就是接受正常的命运，又怎会有危险和囚禁之厄难？语出《孟子·尽心上》：“莫非命也，顺受其正。是故知命者不立乎岩墙之下。尽道而死者，正命也；桎梏死者，非正命也。”岩墙：将要倒塌的墙，借指危险之地。朱熹《孟子集注》：“岩墙，墙之将覆者。”晋·袁宏《后汉纪·桓帝纪》：“天广而无以自覆，地厚而无以自载；蹈

陆有沉沦之忧，岩墙有镇压之患。"桎梏：囚禁、拘禁。《后汉书·陈蕃传》："〔朱震〕收葬蕃尸，匿其子逸于甘陵界中。事觉系狱，合门桎梏。"

[4] 酒罂饭囊：即酒囊饭袋，喻无用之人。语出汉·王充《论衡·别通》："饱食快饮，虑深求卧，腹为饭坑，肠为酒囊。"元·王子一《主入桃源》："饭囊衣架，塞满长安乱似麻。"清·钱谦益《后饮酒》（其六）："清辰开酒罂，有物如凝脂。"

[5] 块然：木然无知。明·张居正《葬地论》："若体魄，块然无知，与土石等耳，虽得吉地，岂能使之通灵乎？"

[6] 未暇：没有时间。汉·张衡《东京赋》："因秦宫室，据其府库，作洛之制，我则未暇。"南朝梁·刘勰《文心雕龙·铭箴》："曾名品之未暇，何事理之能闲哉！"

[7] 义理：道理、准则。《韩非子·难言》："故度量虽正，未必听也；义理虽全，未必用也。"宋·苏轼《与章子厚书》："追思所犯，真无义理。"

[8] 甘于暴弃：自甘暴弃之意，谓自甘堕落、不思进取。明·陈龙正《复塞庵阁老书》："若云胸怀荡荡，无复夔夔，去暴弃几何？"孙中山《讨袁宣言》："吾人既主讨贼，而一蹶不振，非只暴弃，其于谋国亦至不忠。"

[9] 方册：史册。汉·蔡邕《东鼎铭》："保乂帝家，勋在方册。"唐·张九龄《贺赦表》："臣闻古之王政，虽在方册，将崇旧典，必俟圣君。"唐·韩愈《与孟尚书书》："圣贤事业，俱在方册。"

[10] 炳焕：亮丽。《文选·张衡》："龙雀蟠蜿，天马半汉，瑰异谲诡，灿烂炳焕。"薛综注："灿烂炳焕，絜白鲜明之貌。"明·冯梦龙《东周列国志》第二六回："寡人忽若身在云中，缥缈无际，至一宫阙，丹青炳焕。"

[11] 山川流峙：流水奔腾，高山耸立。

[12] 不振：不高。

[13] 吊以乐章：《录鬼簿》所写悼词。

[14] 刻意：潜心致志、费尽心思。南朝梁·刘勰《文心雕龙·通变》："才颖之士，刻意学文。"

[15] 词章：诗文。唐·韩愈《柳子厚墓志铭》："居闲益自刻苦，务记览，为词章。"

[16] 冰寒于水：喻后来居上、青出于蓝。语出《荀子·劝学》："冰，水为之，而寒于水。"

[17] 且啖蛤蜊：同"且食蛤蜊"，喻置之不问。语出《南史·王融传》："融躁于名利，自恃人地，三十内望为公辅。初为司徒法曹，诣王僧祐，因遇沈昭略，未相识。……昭略云：'不知许事，且食蛤蜊。'"

[18] 至顺元年：即 1330 年。至顺为元文宗图帖睦尔的年号，该年号在元宁宗、元惠宗时被重复使用，共计 4 年。

[19] 龙集：岁次。汉·王莽《铜权铭》："岁在太梁，龙集戊辰。"唐·张说《故洛阳尉赠朝散大夫马府君碑》："今龙集戊申，将返葬故国。"

[20] 月建甲申：即甲申月，七月。

[21] 古汴：汴梁，今河南省开封市。宋·苏辙《水调歌头·徐州中秋》："同泛清河古汴，船上载凉州。"

作品要解

《录鬼簿》初稿成于至顺元年（1330），元统二年（1334）和至正五年（1345）先后又作过两次修订，将所知 152 位戏曲家分为 7 类：董解元等"前辈已死名公，有乐府行于世者"31 人；郝新庵等"方今名公"10 人；关汉卿等"前辈已死名公才人，有所编传奇行于世者"56 人；宫天挺等"方今已亡名公才人，余相知者，为之作传，以《凌波曲》吊之"19 人；胡正臣等"已死才人不相知者"11 人；黄公望等"方今才人相知者，纪其姓名行实并所编"21 人；高可通等"方今才人，闻名而不相知者"4 人。书中并作小传、悼词等，记录剧作家的里籍、生平、著述情况，可补史书之不足。

此文乃作者为《录鬼簿》所作序，以鬼神之喻叙述了作书缘起，表达了自己的戏曲观。《录鬼簿》中的小传、悼词和《自序》《后记》，表露了作者对戏曲创作的看法。一方面，他同大多数戏曲家一样沉沦下寮，心中难免积愤，但他却并没有为此放弃戏曲，而是希望以己之力，为那些高才博识却无缘如史的戏曲家著书立传，使其青史留名，同时冀希于后学刻意词章，推进词曲之学；另一方面，也表达了对"酒罂饭囊，或醉或梦，块然泥土"等未死之鬼的鄙夷和批判。为文犀利明辨，幽默讥讽，振聋发聩。

序江汉先生[1]事实

姚燧

某岁乙未[2]，王师[3]徇地[4]汉上[5]。军法，凡城邑以兵得者，悉坑之。德安[6]由尝逆战[7]，其斩刈首馘[8]，动以十亿计。

先公[9]受诏[10]，凡儒服挂俘籍[11]者，皆出之。得故江汉先生，见公戎服而髦，不以华人[12]士子遇之。至帐中，见陈琴书，愕然曰："公亦知事此耶？"公为之一莞。与之言，信奇士，即出所为文若干篇。以九族[13]殚残[14]不欲北，因与公诀，薪[15]死。公止共宿，实羁縻之[16]。

既觉，月色烂然，惟寝衣留故所。公遽鞍马，周号于积尸间，无有也[17]。行及水裔[18]，见已被发脱履，仰天而祝，盖少须臾蹈水未入也。公曰："果天不生君，与众已同祸矣。其全之，则上承千百年之统，而下垂千百世之绪者，将不在是身耶？徒死无义，可保君而北，无他也。"至燕，名益大著。北方经学，实赖鸣之，游其门者将百人，多达材其间[19]。

燧生也后，不及拜其屦前。获识其子卿月者七年矣，凡再见之。初以府僚[20]见之洛阳，虽尝以好兄，余犹未语此。今以宪属[21]来邓，始及之。且德先公不忘也。

燧曰："呜呼！自先公言之，夫既受诏，出之军中，而使之死不以命，非善其职。且儒同出者将千数，才得如先生一人，而使之泯没无闻，非崇其道。此公所惧，而必生之也。自先生观之，孰亲于其七尺之躯，而大其所关？人持瓦缶[22]将败之，犹有惜而不果者。必茹毒罹祸[23]，不可一日居故忍而为此。出处非不思也。乃中夜以兴，蹀膏血以御魑魅，径林莽以触虎豹，而始及水，仰天而祝，其行非不决也[24]。夫思而后行，行之以决，则其势多难夺于中路[25]。使非先公自行，而他人赴之，能舍所忍为，以回其复生之志，收其已游之魄，反就是一日不可居之祸毒乎[26]？由是言之，先生之死，求以无辱，不以全归[27]。其生也，不以有赴，而以知己。此其胸中揆制[28]一时，相为高下之权衡也。然古之人，为知己死者有之，无有为知己而生者。先生以古人所不为者，报之先公。而先公所受先生也多矣，奚德哉！"

卿月与余，相视一泫。卿月归，序所与言者赠之。

——选自姚燧《牧庵集》卷四，清武英殿聚珍版丛书本

作者简介

姚燧（1238—1313），字端甫，号牧庵，河南（今河南洛阳）人。燧生三岁而孤，育于伯父枢。年十三，见许衡于苏门。十八，始受学于长安。至正七年，为秦王府文学；至正八年辞去中书左丞，转任集贤大学士、兼国子祭酒；至元二十三年，以翰林直学士征召，累官至荣禄大夫、集贤大学士、翰林学士承旨，知制诰兼修国史，主修《成宗实录》《武宗实录》。至大元年，燧年已七十，起为太子宾客。未几，除承旨学士，寻拜太子少傅。明年，授荣禄大夫。四年，得告南归。明年复召，燧以病，俱不赴。皇庆二年（1313）卒于家，年七十六，谥曰文。燧之学，有得于许衡，穷理致知，反躬实践，为世名儒。燧穷理善文，为文闳肆该洽，豪而不宕，刚而不厉，舂容盛大，有西汉风，宋末弊习，为之一变。盖自延祐以前，文章大匠，莫能先之。然颇恃才，轻视赵孟頫、元明善辈，故君子以是少之。所作碑志、传记居多，多为歌颂应酬之作。原有集，已散失，清人辑有《牧庵集》。

注释

[1] 江汉先生：即赵复，字仁甫，德安人也，家江汉之上，以江汉自号，故称之曰江汉先生。

[2] 某岁乙未：元太宗乙未年，即南宋端平二年（1235）。时年太子阔出帅师伐宋，赵复以尝逆战而败。

[3] 王师：天子的军队、国家的军队，此指蒙古军队。《诗·周颂·酌》：

元代文学作品选

"于铄王师，遵养时晦。"《三国志·吴志·陆逊传》："蛮夷猾夏……拒逆王师。"宋·陆游《示儿》："王师北定中原日，家祭无忘告乃翁。"

[4] 徇地：掠夺土地。汉·司马迁《史记·陈涉世家》："当此之时，诸将之徇地者不可胜数。"清·黄宗羲《参议密庵陆公墓碑》："当其在裕，徇地之师相望，绛标寸纸，一日数里。"

[5] 汉上：汉水一带。

[6] 德安：赵复居住之地，今湖北省安陆市。

[7] 逆战：迎战、抗战。南朝宋·范晔《后汉书·匈奴传》："南单于遣兵拒之，逆战不利。"

[8] 刈首馘：战时获俘，割其左耳以献。刈：割、断、杀。《广雅》："刈，断也。又，杀也。"《诗经·汉广》："翘翘错薪，言刈其蒌。"《大戴礼记》："及后世贪者之用兵也，以刈百姓。"《诗经·皇矣》："攸馘安安。"朱熹《集传》："馘，割耳也。军法获者不服，则杀而献其左耳。"宋·曾巩《曾巩文集·赏功制一》："王师西讨，尔能奋力行阵，斩献首馘。稽诸赏典，宜进官荣。尔尚勉哉，益图来效。"清·黄宗羲《太垣靳公传》："国家新造，攻城略地，俘累即为军赏，斩刈首馘之余，汩没于奴隶。"

[9] 先公：指姚燧的伯父姚枢。姚枢（1203—1280），字公茂，号雪斋、敬斋，洛阳人。元世祖忽必烈即位后，姚枢以藩府旧臣预议朝政，累任东平宣抚使、大司农、中书左丞、河南行省金事、昭文馆大学士、翰林学士承旨。

[10] 受诏：指姚枢奉诏即军中求儒、道、释、医、卜士之事。

[11] 俘籍：登记俘虏的名册。

[12] 华人：汉人。南朝宋·谢灵运《辨宗论·问答附》："良由华人悟理无渐而诬道无学，夷人悟理有学而诬道有渐。"

[13] 九族：泛指亲族。《尚书·尧典》："克明俊德，以亲九族。"《幼学琼林·祖孙父子》："何谓九族？高、曾、祖、考、己身、子、孙、曾、玄。"《诗·葛荔序》："周室道衰，弃其九族焉。"郑玄笺："九族者，氢己上至高祖及玄孙之亲。"

[14] 殚残：毁尽、灭绝。《庄子·胠箧》："殚残天下之圣法，而民始可与论议。"宋·叶适《刘子怡墓志铭》："而枬溪之人能团聚生活，不殚残于饥赢者，君

力也。”

[15] 蕲：通“祈”，请求。《庄子·养生主》：“不蕲畜乎樊中。”《吕氏春秋·振乱》：“所以蕲有道行有义者。”

[16]“公止”二句，言姚枢留赵复与其同睡，以防其寻死之事。羁戒：羁绊、防戒。

[17]“公遽鞍马”句，言姚枢骑马于战墟中四处寻复。周号：四处呼喊。积尸：堆积的尸体。东汉·班固《汉书·梅福传》：“于是积尸暴骨，快心胡越，故淮南王安缘间而起。”清·田兰芳《明河南参政袁公墓志铭》：“辇金激众，指挥从容。群力竞奋，积尸齐壖。”

[18] 水裔：水边。屈原《九歌·湘夫人》：“麋何食兮庭中，蛟何为兮水裔。”东汉·刘祯《公宴诗》：“灵鸟宿水裔，仁兽游飞梁。”

[19]“北方经学”之句，言赵复入北讲学，宣扬程朱理学，开创北方经学之事。《元史·赵复传》：“由是许衡、郝经、刘因，皆得其书而尊信之。北方知有程、朱之学，自复始。”

[20] 府僚：王府或府署辟置的僚属。北魏·杨炫之《洛阳伽蓝记·冲觉寺》：“〔清河王〕怿爱宾客，重文藻，海内才子莫不辐辏，府僚臣佐，并选隽俊。”

[21] 宪属：御史台的官属。

[22] 瓦缶：瓦器。唐·李商隐《行次西郊》：“浊酒盈瓦缶，烂谷堆荆囷。”清·田兰芳《答仲方用元韵》：“填壑既俊士，雷鸣任瓦缶。”

[23] 茹毒罹祸：遭受毒害。

[24]“乃中夜以兴”句，言赵复夜半起身，踏尸而不惧鬼怪，穿林莽而不惧虎豹，来到水边向天祷告，可见其坚决求死之心。膏血：尸体。

[25]“夫思而后行”句，意谓赵复经过反复的思考才付诸行动，其行为必果决难以改变。

[26]“使非先公”句，谓如果不是姚燧而是他人，劝说赵复舍弃求死之为，让其萌发求生之意，岂非就是一祸事吗？

[27]“由是言之”句，言赵复赴死，乃为不辱于身、无辱于国；而其弃死择生，不是因为他人之劝阻，乃为得见知己。

[28] 揆制：度量。

作品要解

　　此文记述的是姚燧家伯姚枢劝说南宋儒俘赵复弃死归北，而赵复也不负姚枢的惺惺相惜之情，于北讲学传经，建立北方经学的事迹。据《元史·赵复传》记载：太宗乙未岁，太子阔出帅师伐宋，德安以尝逆战败。姚枢奉诏即军中求儒、道、释、医、卜士，凡儒生挂俘籍者，辄脱之以归，赵复在其中。姚枢与之言，信奇士，然赵复以九族俱残，不欲北，因与枢诀。姚枢恐赵复自裁，故留于帐中共宿。夜中惊醒时，赵复已不在帐中，唯留寝衣，姚枢遽驰马相寻于积尸间，然未得见。行及水边，则见复已被发跣足，仰天而号，欲投水而未人。姚枢以赵复之才学徒死无益劝之，赵复感喟姚枢的知音之情，乃勉强赴北，并与姚枢谋建太极书院，讲学其中，学子从者百余人。北方乃有程、朱之学。

　　姚燧身为姚枢的从子，记录此事不乏自豪荣耀之情，既有对伯父姚枢慧眼识英的赞赏，亦有对赵复博学才识及忠贞大义的肯定。赵复以宋室之亡，欲以身殉国，可称之为忠；而其听从姚枢的劝谏，只身投北，既表现出对知音之情的珍重，又有跨越狭隘社稷忠臣的突破，从而升华为国家民族大义，从而对北方儒学乃至全民族的儒学之计做出贡献。从中可以看出作者对社稷之义与知音之谊、民族大义相互取舍的认识。此文叙事简要、气势流畅，又蕴含深刻的人生道理，颇为耐读。《元史》赞姚燧散文曰："闳肆该洽，豪而不宕，刚而不厉，春容盛大，有西汉风。宋末弊习，为之一变。"此文可称之。

送张叔夏[1]西游序

戴表元

　　玉田张叔夏与余初相逢钱塘西湖上，翩翩然飘阿锡[2]之衣，乘纤离之马[3]，于是风神散朗[4]，自以为承平[5]故家贵游少年不翅[6]也。垂及[7]强仕[8]，丧其行资[9]，则既牢落[10]偃蹇[11]。尝以艺北游[12]，不遇，失意。呕呕[13]南归，愈不遇，犹家钱塘十年。久之，又去，东游山阴、四明、天台间，若少遇者，既又弃之西归。

　　于是余周流授徒，适与相值，问叔夏："何以去来道途，若是不惮烦[14]耶？"叔夏曰："不然。吾之来，本投所贤，贤者贫；依所知，知者死。虽少有遇而无以宁吾居，吾不得已违之，吾岂乐为此哉？"语竟，意色不能无沮然。少焉饮酣气张，取平生所自为乐府词，自歌之，噫呜[15]宛抑，流丽清畅，不惟高情旷度，不可亵企，而一时听之，亦能令人忘去穷达得丧所在。

　　盖钱塘故多大人长者，叔夏之先世高曾祖父，皆钟鸣鼎食[16]，江湖高才词客，姜夔尧章、孙季蕃花翁之徒，往往出入馆谷[17]其门，千金之装，列驷[18]之聘，谈笑得之，不以为异。迨其途穷境变[19]，则亦以望于他人，而不知正复尧章、花翁尚存，今谁知之？而谁暇能念之者？

　　嗟乎！士固复有家世才华如叔夏，而穷甚于此者乎！六月初吉[20]，轻行过门，云："将改游吴公子季札[21]春申[22]君之乡，而求其人焉。"余曰："唯唯。"因次第[23]其辞以为别。

　　——选自戴表元《剡源集》卷十三，清文渊阁四库全书本

作者简介

　　戴表元（1244—1310），字帅初，一字曾伯，号剡源先生，庆元奉化（今浙江奉化）人。宋咸淳间入太学，后登进士第，教授建宁府，迁临安教授，皆不就。

元成宗大德中，荐为信州教授，再调婺州，以疾辞，卒于家。其学识渊博，以文章名重于当世，也工诗，多反映民生疾苦、伤时悯乱之作。以《感旧歌者》《悯民饥》《采藤行》为代表作，文辞浅白，感情真切，但过重摹仿前人，少独创，有《刬源文集》行世。

注释

[1] 张叔夏：即张炎（1248—约1320），字叔夏，号玉田，晚年号乐笑翁，祖籍凤翔成纪（今甘肃天水），寓居临安（今浙江杭州）。南宋著名词人，宋朝名将张俊六世孙，精音律，与蒋捷、王沂孙、周密并称"宋末四大家"，著有《山中白云词》《词源》等。早年居于临安，生活优裕，而宋亡以后，家道中落，贫难自给，曾北游燕赵谋官，失意南归，落拓而卒。

[2] 阿锡：亦作"阿緆"，指精致的丝织品和细布。《汉书·礼乐志》："被华文，厕雾縠，曳阿锡，佩珠玉。"颜师古注："阿，细缯。锡，细布也。"汉·司马相如《子虚赋》："于是郑女曼姬，被阿緆，揄纻缟。"李善注："緆与锡，古字通。"

[3] 纤离之马：古骏马名。《荀子·性恶》："骅骝、骐骥、纤离、绿耳，此皆古之良马也。"汉·司马迁《史记·李斯列传》："服太阿之剑，乘纤离之马。"裴骃《史记集解》曰："纤离、蒲梢，皆骏马名。"明·何景明《画马行》："紫燕纤离各惆怅，其余驽劣何足夸。"

[4] 散朗：飘逸俊朗。南朝宋·刘义庆《世说新语·逸险》："卿形虽散朗而内劲狭，以此处世，难得其死。"宋·叶适《叶君宗儒墓志铭》："父良臣，有尘外趣，虽在田野，而散朗简远，言不及利，对之泊如也。"

[5] 承平：太平。东汉·班固《汉书·食货志》："王莽因汉承平之业，匈奴称藩，百蛮宾服。"

[6] 不翅：不止；不亚于。《庄子·大宗师》："阴阳于人，不翅于父母。"宋·王安石《上田正言书》："今言之而不从，亦当不翅三矣。"

[7] 垂及：将至。宋·苏轼《决壅蔽策》："苻坚以戎狄之种，至为霸王，兵强

国富，垂及升平者，猛之所为，固宜其然也。"

[8] 强仕：亦作"彊仕"，代称四十岁。《礼记·曲礼上》："四十曰强，而仕。"南朝宋·范晔《后汉书·胡广传》："甘奇显用，年乖彊仕，终贾扬声，亦在弱冠。"《梁书·张纲传》："且年甫强仕，方申才力，摧苗落颖，弥可伤惋。"宋·王禹偁《北楼感事》："强仕未为老，望郎不为卑。"

[9] 行资：旅费。南朝宋·刘义庆《幽明录》："晋建武中，剡县冯法作贾，夕宿荻塘，见一女子……求寄载。明旦，船欲发，云：'暂上，取行资。'"北魏·杨炫之《洛阳伽蓝记·凝圆寺》："宋云与惠生割舍行资，于山顶造浮图一所，刻石隶书，铭魏功德。"

[10] 牢落：孤寂无所寄托。晋·陆机《文赋》："心牢落而无偶，意徘徊而不能揥。"唐·张九龄《自彭蠡湖初入江》："牢落谁相顾，逶迤日自愁；更将心问影，于役复何求？"

[11] 偃蹇：困顿、窘迫。《后汉书·梁鸿传》："窃闻夫子高义，简斥数妇，妾亦偃蹇数夫矣。"《新唐书·段文昌传》："宪宗数欲亲用，颇为韦贯之奇诋，偃蹇不得进。"

[12] 以艺北游：元世祖至元二十七年，糜金三千二百四十四两，缮写金字藏经。张炎四十二岁时曾参与其中，次年难返。张炎曾作《阮郎归·有怀北游》："钿车骄马锦相连，香尘逐管弦。瞥然飞过水秋千，清明寒食天。花贴贴，柳悬悬，莺房几醉眠。醉中不信有啼鹃，江南二十年。"

[13] 亟亟：急切、急忙。《二刻拍案惊奇》："〔魏撰之〕见说闻舍人已回，所以亟亟来拜。"清·周亮工《朱静一诗序》："以视近人，亟亟传布，若不能待旦夕者，其浅深静躁为何如？"

[14] 惮烦：畏惧麻烦，嫌麻烦。《孟子·滕文公上》："何为纷纷然与百工交易？何许子之不惮烦？"明·方汝浩《东度记》："果然日日走入这社，一则也觉惮烦，一则也觉没趣。"

[15] 噫呜：感慨悲叹貌。《后汉书·袁安传》："安以天子幼弱，外戚擅权，每朝会进见，及与公卿言国家事，未尝不噫呜流涕。"李贤注："叹伤之貌也。"

[16] 钟鸣鼎食：形容富贵人家生活奢侈豪华。汉·张衡《西京赋》："击钟鼎

食，连骑相过。"唐·王勃《滕王阁序》："闾阎扑地，钟鸣鼎食之家。"张炎出身鼎食之家，六世祖张俊，为宋代名将，曾任枢密使，死后封循王。曾祖张鉴、父张枢亦为一代显赫，故有"钟鸣鼎食"之语。

[17] 馆谷：食宿款待，此处特指姜夔、孙惟信等曾做过张府的门客。《左传·僖公二十八年》："晋师三日馆谷，及癸酉而还。"《北史·周纪上·太祖文帝》："是岁，关中饥，帝馆谷于弘农五十余日。"唐·韩翃《送中兄典郡州》："一路诸侯争馆谷，洪池高会荆台曲。"明·朱权《卓文君》："须延此人于家，馆谷数日，资助他些盘费。"

[18] 列驷：形容马车之多，出行之奢。王勃《王子安集》："县令等或公侯百代，玄貂列驷之门；或文史三冬，吐凤回鸾之客。"

[19] 途穷境变：指张炎境遇发生变化，由豪奢走向困窘。穷途，意喻走投无路或处境困窘。南朝宋·颜延之《五君咏·阮步兵》："物故不可论，途穷能无恸。"唐·杜甫《秋暮枉裴道州手札》："齿落未是无心人，舌存耻作穷途哭。"

[20] 初吉：朔日，即农历初一日。《诗·小雅·小明》："二月初吉，载离寒暑。"毛传："初吉，朔日也。"

[21] 季札：姬姓，名札，又称公子札、延陵季子、延州来季子、季子，周朝吴国人，与孔子并称"南季北孔"，南方第一位儒学大师，也被称为"南方第一圣人"，受封于延陵（今江苏省常州市）。

[22] 春申：本名黄歇，楚国贵族，"战国四公子"之一，曾封于吴地（今上海、苏州一带）。

[23] 次第：依次，按照顺序。《汉书·燕刺王刘旦传》："及卫太子败，齐怀王又薨，旦自以次第当立，上书求入宿卫。"唐·刘禹锡《秋江晚泊》："暮霞千万状，宾鸿次第飞。"

作品要解

此文乃戴表元为送别张炎而作，着重描写了张炎的身世背景及其由盛奢转向困顿的悲戚之运，展现了张炎由适游旷达、不问世事的贵公子向困顿无门、高情旷度的豪迈文人的转变。张炎虽穷困丧其所，然其纵歌乐府的高情旷度，使其不可亵企的形象跃然而出，增添了豪迈之感。该文通过"迨其途穷境变，则亦以望于他人，而不知正复尧章、花翁尚存，今谁知之？而谁暇能念之者？"等语言表达了自己的人生态度。世事变迁，即便曾受张家恩惠的姜夔、孙惟信等尚存于世，又有谁会知道并有暇顾念他呢？

人活一世，难免遭遇变迁，或由贫及贵、或由贵及贫，但世上还有很多家世才华和张炎一样的人，生活得比他还要困顿。此文笔法简洁有度，而又涵感慨于抒发；文辞浅白而感情真切。顾嗣立《元诗选·戴教授表元小传》赞曰："学博而肆，其文清深雅洁，化腐朽为神奇，蓄而始发。"

辋川图记 [1]

刘 因

是图，唐、宋、金源[2]诸画谱皆有，评识者谓惟李伯时[3]山庄可以比之，盖维平生得意画也。癸酉[4]之春，得观之。唐史暨维集[5]之所谓"竹馆""柳浪"等皆可考，其一人与之对谈或泛舟者，疑裴迪[6]也。江山雄胜，草木润秀，使人徘徊抚卷而忘掩，浩然有结庐终焉之想，而不知秦之非吾土[7]也。物之移人[8]，观者如是。而彼方以是自嬉者，固宜疲精极思而不知其劳也。

呜呼！古人之于艺也，适意[9]玩情[10]而已矣。若画，则非如书计[11]乐舞之可为修己治人之资，则又所不暇而不屑为者。魏晋以来，虽或为之，然而如阎立本[12]者，已知所以自耻矣。维以清才[13]位通显[14]，而天下复以高人目之，彼方偃然[15]以前身画师[16]自居[17]，其人品已不足道。然使其移绘一水一石一草一木之精致[18]，而思所以文其身[19]，则亦不至于陷贼而不死，苟免[20]而不耻，其紊乱错逆[21]如是之甚也。岂其自负者固止于此，而不知世有大节，将处己于名臣乎？斯亦不足议者。

子特以当时朝廷之所以享盛名，而豪贵之所以虚左而迎[22]，亲王之所以师友而待者，则能诗能画、背主事贼之维辈也。如颜太师[23]之守孤城，倡大义，忠诚盖一世，遗烈振万古，则不知其作何状，其时事可知矣。后世论者，喜言文章以气为主[24]，又喜言境因人胜，故朱子[25]谓维诗虽清雅，亦萎弱少气骨，程子[26]谓绿野堂[27]宜为后人所存，若王维庄，虽取而有之，可也。呜呼！人之大节一亏，百事涂地[28]，凡可以为百世之甘棠[29]者，而人皆得以刍狗[30]之。彼将以文艺高逸自名者，亦当以此自反[31]也。

予以他日之经行[32]，或有可以按之，以考夫俯仰间[33]已有古今之异者，欲如韩文公[34]《画记》，以谱其次第之大概，而未暇，姑书此于后，庶几士大夫不以此自负，而亦不复重此，而向之所谓豪贵王公，或亦有所感而知所趋向焉。三月望日[35]记。

——选自刘因《静修先生文集》卷十八，四部丛刊景元本

作者简介

刘因，生平简介见前文。

注释

[1] 辋川：河川名。在陕西省蓝田县南，自辋谷出，唐代诗人王维隐居于此。王维为其山庄自描《辋川图》，并作组诗数首与裴迪诗，集为《辋川集》。

[2] 金源：黑龙江省哈尔滨市阿城区东阿什河发源地，金国兴起之地，用为代称金国。

[3] 李伯时：即李公麟。李公麟，字伯时，号龙眠居士，舒城（今安徽省舒城县）人，北宋著名画家。李公麟归老后于桐城龙眠山，建造龙眠山庄，并自绘《龙眠山庄图》，为世所宝，苏轼亦为之跋。

[4] 癸酉：元世祖（忽必烈）至元十年（1273），即宋度宗咸淳九年。

[5] 维集：指王维的《辋川集》。《辋川集序》曰："余别业在辋川山谷，其游止有孟城坳、华子冈、文杏馆、斤竹岭、鹿柴、木兰柴、茱萸泮、宫槐陌、临湖亭、南垞、欹湖、柳浪、栾家濑、金屑泉、白石滩、北垞、竹里馆、辛夷坞、漆园、椒园等，与裴迪闲暇，各赋绝句云尔。"

[6] 裴迪：唐代诗人，关中人。早年与王维过从甚密，晚年居辋川、终南山，往来更为频繁。其与王维唱和的《辋川杂咏》，亦收入《辋川集》。

[7] 秦之非吾土：辋川山庄所在地在陕西，曾为秦地。联系上句，意谓辋川江山雄盛、风景秀美，使人流连其中而生终其生老之心，竟然忘记此地并非故土。按，宋亡后，刘因留居北方，却仍留恋宋朝，时刻不忘故国之心，故云"秦之非吾土也"。

[8] 移人：改变人的思想情志。《左传·昭公二十八年》："夫有尤物，足以移人。"《新唐书·刘禹锡传》："叔文实工言治道，能以口辩移人。"宋·苏轼：《居士集·叙》："余以是知邪说之移人。"

[9] 适意：使心意愉悦满足。《古诗十九首·凛凛岁云暮》："眄睐以适意，引领遥相睎。"唐·楼颖《东郊纳凉》："林间求适意，池上得清飙。"宋·陆游《饮酒》："人生适意即为之，醉死愁生君自择。"

[10] 玩情：娱逸纵情。

[11] 书计：文字与计算。六艺中六书九数之学。《礼记·内则》："十年，出就外传，居宿于外，学书计。"《汉书·食货志上》："八岁入小学，学六甲五方书计之事。"《南史·后妃传下·陈武宣章皇后》："后善书计，能诵《诗》及《楚辞》。"

[12] 阎立本：唐代著名画家，虽有应务之才，而尤善图画，工于写真。累迁将作大匠，后代立德为工部尚书，然其为人铭记者仍其为"画师阎立本"。《新唐书·阎立本传》："太宗尝与侍臣学士泛舟于春苑，池中有异鸟，随波容与。太宗击赏，数诏座者为咏，召立本令写焉。时阁外传呼云：'画师阎立本。'时已为主爵郎中，奔走流汗，俯伏池侧，手挥丹粉，瞻望座宾，不胜愧赧。退诫其子曰：'吾少好读书，幸免面墙，缘情染翰，颇及侪流。唯以丹青见知，躬厮役之务，辱莫大焉！汝宜深诫，勿习此末伎。'"故有"已知所以自耻"语。

[13] 清才：卓越的才能。潘岳《杨仲武诔序》："若乃清才俊茂，盛德日新，吾见其进，未见其已也。"

[14] 通显：官位显贵。《后汉书·应劭传》："自是诸子宦学，并有才名，至瑒七世通显。"清·纳兰性德《金缕曲·再赠梁汾》："高才自古难通显，枉教他、堵墙落笔，凌雪书扁。"

[15] 偃然：犹俨然。《新唐书·王锷传赞》："于时天子见海内完治，偃然有攘却四夷之心。"元·刘祁《归潜志》："〔张毂〕以诗酒自放，偃然为西州豪侠魁。"

[16] 前身画师：语出王维《偶然作》："宿世谬词客，前身应画师。"

[17] 自居：自任、自待。《后汉书·桓荣丁鸿传论》："而佚〔张佚〕廷议戚援，自居全德，意者以廉不足乎？"《北史·于谨传》："三老升席，南面冯几而坐，师道自居。"宋·欧阳修《石守道墓志铭》："先生自闲居徂徕后，官于南京，常以经术教授，及在太学，益以师道自居，门人弟子从之者甚众。"

[18] 精致：精巧细密。《新唐书·崔元翰传》："其好学不倦，用思精致。"唐·司空图《疑经后述》："今钟陵秀士陈用拙出其宗人岳所作《春秋折衷论》数十

篇，赡博精致，足以下视两汉迂儒矣。"

[19] 文其身：修养他自己。文：此处为动词，使其文之意。《论语·宪问》："文之以礼乐，亦可以为成人矣。"

[20] 苟免：苟且免于伤害。《礼记·曲礼》："临难毋苟免。"孔颖达《疏》："若君父有难，臣子若苟且免身而不斗，则陷君父于危亡；故云毋苟免。"唐·白居易《读史诗》："苟免勿私喜，鬼得而诛之。"《明史·张逵传》："一不蒙谴，则交相庆贺，以苟免为幸。"

[21] 紊乱错逆：错乱逆悖。紊乱：错乱杂乱。《东周列国志》："武公曰：'长幼有序，不可紊乱。况寤生无过，岂可废长而立幼乎？'"清·林则徐《会批义律于封港后递求诚禀》："且货船若不阻留，则并无殴毙林维喜之案，又何至事务紊乱乎？"错逆：逆悖反常。《后汉书·郎𫖮传》："时气错逆，霾雾蔽日。"明·李东阳《惺惺斋记》："如梦之魇，如疾之眩，颠倒错逆。"

[22] 虚左而迎：古人尚左，空出左边的座位待宾客，以示尊敬，故曰"虚左"。《史记·魏公子列传》："公子于是乃置酒大会宾客。坐定，公子从车骑，虚左，自迎夷门侯生。"

[23] 颜太师：即颜真卿。颜真卿，字清臣，琅琊临沂（今山东临沂）人，曾任监察御史，迁殿中侍御史，因受杨国忠排挤，被贬黜到平原（今属山东）任太守。天宝十四年安禄山反，河朔尽陷，颜真卿起兵独守平原，使安禄山不敢急攻潼关。颜使李平驰奏。玄宗初闻安禄山之变，叹曰："河北二十四郡，岂无一忠臣乎？"后见到李平，乃大喜，顾左右曰："朕不识颜真卿形状何如，所为得如此！"本文"不知其作何状，其时事可知也"，即为言此，颜真卿屡迁遭黜，仍以一己私力举兵守城，可玄宗却不知其情状，可见当时的时事之危。

[24] 文章以气为主：语出曹丕《典论·论文》："文以气为主。气之清浊有体，不可力强而致。"苏辙《上枢密韩太尉书》："以为文者气之所形，然文不可以学而能，气可以养而致。"

[25] 朱子：即朱熹。朱熹，字元晦，又字仲晦，号晦庵，晚称晦翁，谥文，世称朱文公，尊称为朱子。朱熹《向芗林文集后序》："王维、储光羲之诗，非不倏然清远也，然一失身于新莽、禄山之朝，则其平生之所辛勤而仅得以传世者适足为

后人嗤笑之资耳。"魏庆之《诗人玉屑》载朱熹言，曰："王维以诗名开元间，遭禄山乱，陷贼中不能死，事平复幸不诛。其人既不足言，词虽清雅，亦萎弱少气骨。"

[26] 程子：即程颐。程颐，字正叔，汉族，洛阳伊川（今河南洛阳伊川县）人，世称伊川先生，与胞兄程颢共创"洛学"，合称"二程"。

[27] 绿野堂：唐代名臣裴度的别墅，故址当在今河南省洛阳市南。裴度为唐宪宗时宰相，平定藩镇叛乱有功，晚年以宦官专权，才辞官退居绿野堂。此四句意谓，由于裴度的品行引人敬佩，故其绿野堂也值得保留；而王维的辋川山庄则没有保留的必要，即便私人占有也未尝不可。《旧唐书·裴度列传》："〔度〕于午桥创别墅，花木万株，中起凉台暑馆，名曰绿野堂。……度视事之隙，与诗人白居易、刘禹锡酬宴终日，高歌放言，以诗酒琴书自乐，当时名士，皆从之游。"宋·刘克庄《汉宫春·陈尚书生日》："未可卷怀袖手，续平泉庄记，绿野堂诗。"元·马致远《夜行船·秋思》："裴公绿野堂，陶令白莲社。"

[28] 涂地：一败涂地之意，谓彻底失败而不可收拾。唐·温庭筠《马嵬佛寺》："才信倾城是真语，直教涂地始甘心。"宋·苏辙《新论上》："故三季之极，乘之以暴君，加之以虐政，则天下涂地而莫之救。"

[29] 甘棠：木名，喻以引人怀念的召伯之德。《诗经·召南》有《甘棠》篇，乃为怀念召伯而作。《毛诗序》云："《甘棠》，美召伯也。召伯之教，明于南国。"郑玄笺云："召伯听男女之讼，不重烦百姓，止舍小棠之下而听断焉，国人被其德，说其化，思其人，敬其树。"朱熹《诗集传》："召伯循行南国，以布文王之政，或舍甘棠之下。其后人思其德，故爱其树而不忍伤也。"司马迁《史记·燕召公世家》："召公之治西方，甚得兆民和。召公巡行乡邑，有棠树，决狱政事其下，自侯伯至庶人，各得其所，无失职者。召公卒，而民人思召公之政，怀棠树，不敢伐，歌咏之，作《甘棠》之诗。"

[30] 刍狗：古代结草为狗，供祭祀之用，祭祀完毕，即抛弃，后以此比喻轻贱无用的东西。《老子》："天地不仁，以万物为刍狗；圣人不仁，以百姓为刍狗。天地之间，其犹橐籥乎？虚而不屈，动而愈出。多闻数穷，不若守中。"魏源《本义》："结刍为狗，用之祭祀，既毕事则弃而践之。"《庄子·天运》："夫刍狗之未陈也，盛以箧衍，巾以文绣，尸祝齐戒以将之；及其已陈也，行者践其首脊，苏者

取而饗之而已。"

[31] 自反：反躬自问，自我反省。《东周列国志》："贤侯不知其非义，师徒下临敝邑。自反并无得罪，惟贤侯同声乱贼之诛，勿伤唇齿之谊。敝邑幸甚！"

[32] 经行：四念住修行中的身念住的修行方法，以此代修行。

[33] 俯仰间：一低头、一抬头的工夫，形容时间极短。《汉书·晁错传》："以大为小，以强为弱，在俯仰之间耳。"晋·王羲之《兰亭集序》："俯仰之间，已为陈迹。"

[34] 韩文公：即韩愈。韩愈，字退之，世称韩昌黎，其文《画记》突破常见画记文中的论艺观点，不论技法不探画意，而是径以铺排直说的方式详细记述画作之貌。

[35] 望日：农历十五日。《旧唐书·文苑传上·杨炯》："如意元年七月望日，宫中出盂兰盆分送佛寺。"宋·钱易《南部新书》："岁三月望日，宰相过东省看牡丹。"明·唐顺之《观中州进贺长至表笺恭述时寓信阳》："望日扳仙仗，呼嵩绕御林。"

作品要解

此文为刘因书于王维画作《辋川图》后的一篇跋文，却全然无关艺术，打破画记只侧重评介绘画本身的惯常格局，而是另辟蹊径，专记艺文之技与品德性行的讨论，思妙独特，发人深省。

王维之诗、画历受人追捧，然其品行却颇受微词，宋朱熹即曰："王维、储光羲之诗，非不翛然清远矣，然一失身于新莽禄山之朝，则其平生之所辛勤，而反谓以传世者适足为后人嗤笑之资耳。"《诗人玉屑》亦引朱熹之语曰："王维以诗名开元间，遭禄山乱，陷贼中不能死，事平复幸不诛。其人既不足言，词虽清雅，亦萎弱少气骨。"而此文也主要从这个角度展开论述，开篇即以"秦之非吾土"之语，抨击王维流连于山光水色之中背主投贼的失节行为，又以阎立本和颜真卿为例，论述个人技艺与品行之间的关系，艺精虽重要，却不应以此为耀，而应以品行大节为本。

此文虽为王维而发，实则针砭时人时事。唐与宋、安禄山与金兵，历史虽非为一，然又何其相似。刘因乃为留居北方的汉人，但心系宋朝，故其诗文中屡见故国情怀。此文，既以"秦之非吾土"抨击王维，又以此警醒自己，提醒自己时刻不忘国土之念。同时亦以此明心见志，抒发不事二朝的遗民之志。此文笔法犀利、遒健有力，不失为一篇醇正精辟的论辩之文。

送何太虚[1]北游序

吴 澄

士可以游乎？"不出户，而知天下"[2]，何以游为哉！士可以不游乎？男子生而射六矢[3]，示有志乎上下四方也，而何可以不游也？

夫子[4]，上智也，适周而问礼[5]，在齐而闻韶[6]，自卫复归于鲁[7]，而后雅、颂各得其所也。夫子而不周、不齐、不卫也，则犹有未问之礼，未闻之韶，未得所之雅、颂也。上智且然，而况其下者乎？士何可以不游也！

然则彼谓不出户而能知者，非欤？曰：彼老氏[8]意也。老氏之学，治身心而外天下国家者也。人之一身一心，天地万物咸备，彼谓吾求之一身一心有余也，而无事乎他求也，是固老氏之学也。而吾圣人[9]之学不如是。圣人生而知也，然其所知者，降衷[10]秉彝[11]之善而已。若夫山川风土、民情世故、名物[12]度数[13]前言往行[14]，非博其闻见于外，虽上智亦何能悉知也？故寡闻寡见，不免孤陋[15]之讥。取友者，一乡未足，而之一国；一国未足，而之天下；犹以天下为未足，而尚友古之人焉[16]。陶渊明所以欲寻圣贤遗迹于中都[17]也。然则士何可以不游也？

而后之游者，或异乎是。方其出而游乎上国[18]也，奔趋乎爵禄之府，伺候乎权势之门，摇尾而乞怜，胁肩[19]而取媚，以侥幸于寸进[20]。及其既得之，而游于四方也，岂有意于行吾志哉？岂有意于称吾职哉？苟可以寇攘[21]其人，盈厌[22]吾欲，囊橐[23]既充，则扬扬[24]而去尔。是故昔之游者为道，后之游者为利。游则同，而所以游者不同。

余于何弟太虚之游，恶得无言乎哉！太虚以颖敏[25]之资，刻苦之学，善书工诗，缀文[26]研经，修于己，不求知于人，三十余年矣。口未尝谈爵禄，目未尝睹权势，一旦而忽有万里之游，此人之所怪而余独知其心也。

士之能操笔仅记姓名，则曰："吾能书！"属辞[27]稍协声韵，则曰："吾能诗！"言语布置，粗如往时所谓举子业[28]，则曰："吾能文！"阖门[29]称雄，矜己自大，醯瓮之鸡[30]，坎井之蛙[31]，盖不知瓮外之天、井外之海为何如。挟其所以能，自谓足以终吾身、没吾世而无憾。夫如是又焉用游？太虚肯如是哉？书必钟、王[32]，诗必韦、陶[33]，文不柳、韩、班、马[34]不止也。且方窥闯[35]圣人之经，如天如海，而莫可涯[36]，讵敢[37]以平日所见所闻自多[38]乎？此太虚今日之所以游也。

是行也，交从[39]日以广，历涉[40]日以明，识日长而志日超。迹圣贤之迹而心其心，必知士之为士，殆不止于研经缀文工诗善书也。闻见将愈多而愈寡，愈有余而愈不足，则天地万物之皆备于我者，真可以不出户而知。是知也，非老氏之知也。如是而游，光前绝后[41]之游矣，余将于是乎观。

澄所逮事[42]之祖母，太虚之从祖姑[43]也。故谓余为兄，余谓之为弟云。

——选自吴澄《吴文正集》卷三十四，清文渊阁四库全书本

作者简介

吴澄（1249—1333），字幼清、伯清，号草庐，抚州崇仁（今江西崇仁）人。澄生三岁颖悟日发，教之古诗随口成诵；五岁日受千余言，夜读书至旦，母忧其过勤，节膏火不多与澄，候母寝，燃火复诵习。尝举进士不中，后受乐安县丞黄西卿之召，与郑松结庐于布水谷，订《易》《书》《诗》《春秋》《仪礼》《大戴礼记》《小戴礼记》，后以父疾返乡。侍御史程钜夫奉诏求贤江南，起澄至京师，未几以母老辞归；大德末年除江西儒学副提举；至大元年召为国子监丞；皇庆元年升司业；泰定初年任经筵讲官，敕修《英宗实录》；天历三年，朝廷以澄耆老，特命次子京为抚州教授，以便奉养。天历四年六月得疾卒，年八十五。赠江西行省左丞上护军，追封临川郡公，谥文正。澄笃志究经，博考于事物之赜，而达乎圣贤之蕴，程钜夫请置澄所著书于国子监，以资学者。元贞初游龙兴按察司经历郝文，迎至郡学，日听讲论，录其问答凡数千言。元明善以文学自负，尝问澄《易》《诗》《书》《春秋》奥义，叹曰："与吴先生言，如探渊海。"遂执子弟礼终其身。初澄所居草屋数间，程钜夫题曰："草庐"，故学者称之为"草庐先生"。有《吴文正集》《易纂言》《易

篆言外翼》《书篆言》《礼记篆言》《仪礼逸经传》《春秋篆言》等行世。

❖ **注释**

[1] 何太虚：名中，字太虚，一字养正，江西乐安人，通经善文，隐居讲，著有《知非堂稿》等。

[2] 不出户，而知天下：出自老子《道德经》："不出户，知天下；不窥牖，见天道。其出弥远，其知弥少。是以圣人不行而知，不见而名，不为而成。"意谓知晓事物之根本时，不出门户，就能够推知天下的事理；不望窗外，就可以知晓日月星辰运行的自然规律。

[3] 男子生而射六矢：语出《礼记·内则》："国君世子生，告于君，接以大牢，宰掌具。三日，卜士负之，吉者宿齐，朝服寝门外，诗负之。射人以桑弧蓬矢六，射天地四方。"意谓男子应有经营四方的志向。清·龚自珍《与吴虹生书》："男子初生，以桑弧蓬矢，射天地四方。"

[4] 夫子：孔子。上智：有大智慧之人。《论语·季氏》："孔子曰：生而知之者上也。"《孙子兵法·用间》："惟明君贤将，能以上智为间者，必成大功。"《韩非子·有度》："上智捷举中事，必以先王之法为比。"但孔子却非以上智自居而是敏而好学。《论语·述而》："子曰：我非生而知之者，好古，敏以求之者也。"

[5] 适周而问礼：《史记·孔子世家》："鲁南宫敬叔言鲁君曰：'请与孔子适周。'鲁君与之一乘车，两马，一竖子，俱适周问礼，盖见老子云。……孔子自周反于鲁，弟子稍益进焉。"

[6] 在齐而闻韶：《论语·述而》："子在齐闻韶，三月不知肉味，曰：不图为乐之至于斯也。"

[7] 自卫复归于鲁：《论语·子罕》："子曰：吾自卫反鲁，然后乐正，《雅》《颂》各得其所。"

[8] 老氏：老子，姓李名耳，字伯阳，谥号聃，楚国苦县人，曾在东周国都洛邑任守藏史，孔子周游列国时曾向其问礼。

[9] 圣人：孔子。

[10] 降衷：施善、降福。《尚书·汤诰》："惟皇上帝，降衷于下民。"孔《传》："衷，善也。"《国语·吴语》："今天降衷于吴，齐师受服。"金·元好问《箕山》："降衷均义禀，泪利忘智决。得陇人望蜀，有齐安用薛！"

[11] 秉彝：或作"秉夷"，人心所持守的常道。《诗经·大雅·烝民》："民之秉彝，好是懿德。"郑玄笺："民所执持有常道，莫不好有美德之人。"颜延之《陶征士诔》："人之秉彝，不隘不恭。"

[12] 名物：器物之名。《周礼·天官·庖人》："掌共六畜、六兽、六禽，辨其名物。"贾公彦《疏》："此禽兽等皆有名号物色，故云'辨其名物'。"金·王若虚《五经辨惑》："三代损益不同，制度名物，容有差殊。"

[13] 度数：规则制度。《周礼·春官·墓大夫》："令国民族葬，而掌其禁令。正其位，掌其度数。"郑玄注："度数，爵等之大小。"《商君书·错法》："法无度数而事日烦，则法立而治乱矣。"

[14] 前言往行：前代圣贤的言行。《周易·大畜》："君子以多识前言往行，以畜其德。"

[15] 孤陋：学识浅薄。《礼记·学记》："独学而无友，则孤陋而寡闻。"晋·葛洪《抱朴子·博喻》："是以六艺备则卑鄙化为君子，众誉集则孤陋邈乎贵游。"宋·司马光《荐范祖禹状》："臣诚孤陋，所识至少。"

[16] "取友者"七句：《孟子·万章下》："一乡之善士，斯友一乡之善士；一国之善士，斯友一国之善士；天下之善士，斯友天下之善士。以友天下之善士为未足，又尚论古之人。颂其诗，读其书，不知其人，可乎？是以论其世也。是尚友也。"

[17] 中都：犹中州、中京，此指洛阳一带。陶渊明的朋友羊长史欲往关中，陶渊明望其在洛阳一带寻访圣贤遗迹，曾作《赠羊长史》："贤圣留余迹，事事在中都。"

[18] 上国：京师。陈忠远《壬辰除夕前一日夜读〈野草〉〈朝花夕拾〉等感而有作》："中州争唱柳三变，上国可怜温八叉。"

[19] 胁肩：耸起肩膀以示谄媚敬畏。《孟子·滕文公下》："胁肩谄笑，病于

夏畦。"东汉赵岐注:"胁肩,竦体。"晋·葛洪《抱朴子·名实》:"宁洁身以守滞,耻胁肩以苟合。"

[20] 寸进:微小的进展。唐·柳宗元《法华寺石门精舍三十韵》:"寸进谅何营,寻直非所枉。"宋·李处权《送嘉仲兄赴永嘉康宰》:"谁令困小官,寸进而尺退。"《初刻拍案惊奇》:"吾辈若有寸进,怕没有名门旧族,来结丝萝。"

[21] 寇攘:劫掠,侵扰。《尚书·费誓》:"无敢寇攘,逾垣墙,窃马牛,诱臣妾,汝有常刑。"又,《尚书·康诰》:"凡民自得罪,寇攘奸宄。"

[22] 盈厌:满足。《左传·文公十八年》:"缙云氏有不才子,贪于饮食,冒于货贿,侵欲崇侈,不可盈厌。"杜预注:"盈,满也。"宋·司马光《太子太保庞公墓志铭》:"若所求不违,恐豺狼之心,未易盈厌也。"

[23] 囊橐:用于储物的口袋。《诗·大雅·公刘》:"乃裹粮,于橐于囊。"《毛传》:"小曰橐,大曰囊。"郑玄笺:"乃裹粮食于囊橐之中。"《左传·宣公二年》:"使尽之,而为之箪食与肉,置诸橐以与之。"

[24] 扬扬:得意的样子。汉·司马迁《史记·管晏列传》:"其夫为相御,拥大盖,策驷马,意气扬扬,甚自得也。"

[25] 颖敏:聪慧。《元史·达礼麻识理传》:"达礼麻识理幼颖敏,从师授经史,过目辄领解。"明·李时勉《〈犁眉公集〉序》:"先生自少颖敏,既长,于书无所不读。"梁启超《卢梭学案》:"〔卢梭〕家贫窭,幼失母,天资颖敏。"《元史·何中传》:"〔中〕少颖拔,以古学自任,家有藏书万卷,手自校雠。"

[26] 缀文:写文章。晋·葛洪《抱朴子·尚博》:"然则缀文固为余事,而吾子不褒崇其源,而独贵其流,可乎?"晋·皇甫谧《三都赋序》:"逮汉贾谊颇节之以礼。自时厥后,缀文之士,不率典言,并务恢张。"南朝梁·刘勰《文心雕龙·声律》:"属笔易巧,选和至难,缀文难精,而作韵甚易。"唐·杜甫《醉歌行》:"陆机二十作《文赋》,汝更小年能缀文。"

[27] 属辞:撰写诗文。南朝梁·何逊《登石头城》:"薄宦恶师表,属辞惭愈疾。"宋·吴坰《五总志》:"虽全用古人两句,而属辞切当,上下意混成,真脱胎法也。"清·俞樾《古书疑义举例·两句似异而实同例》:"乃于仁言'数',而于义变言'长短小大',此古人属辞之法也。"

[28] 举子业：举业。《朱子语类》："小儿子教他作诗对，大来便习举子业。"明·宋濂《郑仲涵墓志铭》："仲涵初年学举子业，把笔为文，春葩满林。"

[29] 阖门：闭门。《左传·定公八年》："林楚怒马，及衢而骋。阳越射之，不中。筑者阖门。"《新唐书·隐逸传·陆羽》："上元初，更隐苕溪，自称桑苎翁，阖门著书。"宋·王安石《与马运判书》："今阖门而与其子市，而门之外莫入焉，虽尽得子之财，犹不富也。"

[30] 醯瓮之鸡：酒坛里的虫子。元·徐再思《水仙子·重九》："钻醯瓮，检故纸，再谁题'归去来兮'！"

[31] 坎井之蛙：井底之蛙。《庄子·秋水》："井蛙不可以语于海者，拘于虚也。"清·章炳麟《驳康有为论革命书》："所谓井底之蛙不知东海者，而长素以印度成事戒之。"

[32] 钟、王：指三国钟繇和东晋王羲之。

[33] 韦、陶：指唐韦应物和晋陶渊明。

[34] 柳、韩、班、马：指唐柳宗元、韩愈，汉班固和司马迁。

[35] 窥阆：窥视。明·归有光《贞妇辨》："故以淫姑之悍虐，群凶之窥阆，五阅月而逞其狂狡也。"

[36] 莫可涯：不能接近边际。吴蔼《名家诗选·凡例》云："三百篇而后，如汉魏诗，莫可崖涘。至唐则初盛中晚，树帜扬镳。"

[37] 讵敢：岂敢、怎敢。唐·韩愈《谢自然诗》："观者徒倾骇，踯躅讵敢前。"元·蒲道源《点绛唇·次杜仲正经历怀古韵》："自笑疏顽，讵敢侪英秀。"清·和邦额《夜谭随录·邱生》："谅郎君口同百舌，胆如鼷鼠，讵敢作犯法事？"

[38] 自多：自满、自夸。《国语·吴语》："今天降衷于吴，齐师受服，孤岂敢自多，先王之钟鼓，寔式灵之。"《韩非子·说难》："彼自多其力，则毋以其难概之也。"《后汉书·仲长统传》："干雅自多，不纳其言，统遂去之。"

[39] 交从：交往、交游。

[40] 历涉：度越。《史记·卫将军骠骑列传》："骠骑将军去病率师……转击左大将，斩获旗鼓，历涉离侯。"司马贞索隐："历，度也。"

[41] 光前绝后：空前绝后之意，形容功业伟大或成就卓著。宋·洪迈《容斋

四笔·蓝田丞壁记》："而堤文友拔超峻，光前绝后，以柳视之，殆犹砥砆之美玉也。"宋·楼钥《跋刘杅山帖》："平生富藏名流翰墨，而独谓杅山先生之书光前绝后，尤秘宝之。"

[42] 逮事：侍奉。

[43] 从祖姑：祖父的叔伯姐妹。

作品要解

吴澄此文借何太虚北游一事，阐述"读万卷书，行万里路"的道理。全篇紧紧围绕"游"展开论述，阐发以"游"扩大生活领域、开阔视野、增长见闻的重要性，批判了故步自封而自矜自满的游学观，揭露和讽刺了以游为名趋利逐禄的游学行径，赞扬了何太虚以游成就四方之志的举向。

古人自善游学，然或以游为名纵情山水，或以游为名谄媚趋利，或以游为名追仙求道，所谓"游则同，而所以游者不同"。而吴澄则将游视为增长学问见识的重要途径，阐述了"读万卷书"与"行万里路"相辅相成、相互促进的关系，提出以游开拓视野、增长见闻、提升自我，展现四方之志的向上目标，既是对"不出户，知天下"的反驳，亦是对"侥幸于寸进"者的劝勉。

五柳先生[1]传论

赵孟𫖯

志功名[2]者，荣禄[3]不足以动其心；重道义者，功名不足以易其虑。何者？纡青[4]怀金[5]，与荷锄[6]畎亩[7]者殊途[8]；抗志[9]青云[10]，与微幸一时者异趣[11]。此伯夷[12]所以饿于首阳[13]，仲连[14]所以欲蹈东海者也。矧[15]名教[16]之乐，加乎轩冕[17]，违已之病，甚于冻馁[18]，此重彼轻，有由然矣。仲尼有言曰："隐居以求其志，行义以达其道。吾闻其语，未见其人。"嗟乎！如先生近之矣！

——选自赵孟𫖯《松雪斋集》卷六，清文渊阁四库全书本

作者简介

赵孟𫖯，生平简介见前文。

注释

[1] 五柳先生：指陶渊明，字元亮，又名潜，私谥"靖节"，世称靖节先生，浔阳柴桑（今江西省九江市）人，曾作《五柳先生传》，阐发自己的人生趣味。

[2] 功名：功业和名声。《庄子·山木》："削迹损势，不为功名。"汉·司马迁《史记·管晏列传》："吾幽囚受辱，鲍叔不以我为无耻，知我不羞小节而耻功名不显于天下也。"宋·岳飞《满江红》："三十功名尘与土，八千里路云和月。"

[3] 荣禄：功名利禄。《列子·杨朱》："欲以说辞乱我之心，荣禄喜我之意，不亦鄙而可怜哉？"汉·刘向《列女传·邹孟轲母》："君子称身就位，不为苟得而受赏，不贪荣禄。"宋·王安石《乞改三经义札子》："幸蒙大恩，休息田里，坐窃

荣禄，免于事累。"

[4] 纡青：佩带青绶，谓作高官。晋·葛洪《抱朴子·任命》："及其达也，则淮阴投竿而称孤，文种解屬而纡青。"

[5] 怀金：怀揣金印，谓作高官。汉·扬雄《法言·学行》："使我纡朱怀金，其乐不可量也。"晋·张悛《为吴令谢询求为诸孙置守冢人表》："孙氏虽家失吴祚，而族蒙晋荣，子弟量才，比肩进取，怀金侯服，佩青千里。"宋·秦观《自警》："拜命怀金谁谓荣，低头未免拾言责。"

[6] 荷锄：肩扛锄头，意谓耕田。晋·陶渊明《归园田居》："晨兴理荒秽，带月荷锄归。"唐·王维《渭川田家》："田夫荷锄至，相见语依依。"宋·陆游《荷锄》："五亩畦蔬地，秋来日荷锄。"

[7] 畎亩：亦作"甽亩"，田野、田地之意，也常代指农民。唐·张说《喜雨赋》："寰海浃而康乐，畎亩欣而相顾。"

[8] 殊途：亦作殊涂，指异途，不同的途径。《易·系辞下》："天下同归而殊涂，一致而百虑。"唐·袁郊《甘泽谣·圆观》："真信士矣，与公殊途，慎勿相近。俗缘未尽，但愿勤修，勤修不堕，即遂相见。"鲁迅《中国小说史略》："当时以为幽明虽殊途，而人鬼乃皆实有，故其叙述异事，与记载人间常事，自视固无诚妄之别矣。"

[9] 抗志：高尚的志向。《六韬·上贤》："士有抗志高节以为气势，外交诸侯，不重其主者，伤王之威。"《晋书·夏统传》："其人循循，有大禹之遗风，太伯之义让，严遵之抗志，黄公之高节。"

[10] 青云：谓隐居。《南史·齐衡阳王钧传》："身处朱门，而情游江海；形入紫闼，而意在青云。"《云笈七签》："遂拜表解职，求托岩林，青云之志，于斯始矣。"

[11] 异趣：不同的志趣。汉·司马迁《史记·李斯列传》："非主以为名，异趣以为高，率群下以造谤。"唐·韩愈《感春》："乾愁漫解坐自累，与众异趣谁相亲。"章炳麟《文学说例》："策士飞箝之辩，宜与宋儒语录，近人演说同编一秩，见其与文学殊涂，而工拙亦异趣也。"

[12] 伯夷：商末孤竹国人，商纣王末期孤竹国第八任君主亚微的长子，弟亚凭、叔齐。《史记·伯夷列传》：伯夷为商末孤竹君之长子，姓墨胎氏。初，孤竹君

欲以次子叔齐为继承人，及父卒，叔齐让位于伯夷。伯夷以有违父命，遂逃之，而叔齐亦不肯立，亦逃之。……后来武王克商，天下宗周，而伯夷、叔齐耻食周粟，隐于首阳山，采集野菜而食之，……遂饿死于首阳山。

[13] 首阳：此处指的是首阳山，又名雷首山，在今山西永济市南。

[14] 仲连：鲁仲连，又名鲁连，尊称"鲁仲连子"或"鲁连子"，战国末期齐国人。《史记·鲁仲连邹阳列传》："鲁仲连者，齐人也。好奇伟傲俶之画策，而不肯仕宦任职，好持高节。游于赵。"李白《古风》："齐有倜傥生，鲁连特高妙。明月出海底，一朝开光曜。"

[15] 矧：况且，何况。《虞书·大禹谟》："至诚感神，矧兹有苗。"唐·柳宗元《敌戒》："矧今之人，曾不是思。"

[16] 名教：礼教、教化。《管子·山至数》："昔者周人有天下，诸侯宾服，名教通于天下。"晋·袁宏《后汉纪·献帝纪》："夫君臣父子，名教之本也。"魏·嵇康《释私论》："矜尚不存乎心，故能越名教而任自然。"宋·曾巩《上杜相公书》："重名教，以矫衰弊之俗。"

[17] 轩冕：古时大夫以上官员的车乘和冕服，借指官位爵禄。《管子·立政》："生则有轩冕、服位、谷禄、田宅之分，死则有棺椁、绞衾、圹垄之度。"《庄子·缮性》："古之所谓得志者，非轩冕之谓也，谓其无以益其乐而已矣。"晋·陶渊明《感士不遇赋》："既轩冕之非荣，岂缊袍之为耻。"唐·陈子昂《昭夷子赵氏碑》："故蓬居穷巷，轩冕结辙。"

[18] 冻馁：谓饥寒交迫。《墨子·非命上》："是以衣食之财不足，而饥寒冻馁之忧至。"《孟子·尽心上》："不煖不饱，谓之冻馁。"汉·贾谊《修政语下》："故妇为其所衣，丈夫为其所食，则民无冻馁矣。"唐·杜甫《石柜阁》："信甘屏懦婴，不独冻馁迫。"

作品要解

此文名为"传论"，实为读陶渊明《五柳先生传》所感，表达了与陶渊明

《五柳先生传》"箪瓢屡空""忘怀得失""不戚戚于贫贱，不汲汲于富贵"相同的隐逸心志。此文借孔子之言，肯定了陶渊明"隐居以求其志，行义以达其道"的人生态度，表达了对怀有青云之志、不为功名利禄所诱的伯夷、鲁连的赞赏和崇敬之情。

赵孟頫虽然仕于新朝，但其内心颇为矛盾，诗文中时常流露出隐逸情怀，此文即为其例。其出仕，虽非迫于饥寒，"戚戚于贫贱"则或有之，但身贫尚可忍，"违己之病，甚于冻馁"，抒发了自己仕任新朝的违心之境，以及出仕与隐逸间的两难抉择。

尚志斋说

虞　集

亦尝观于射乎？正鹄[1]者，射者之所志[2]也。于是良尔弓，直尔矢，养尔气，蓄尔力，正尔身，守尔法，而临之。挽必圆，视必审，发必决，求中乎正鹄而已矣。正鹄之不立，则无专一之趣向[3]，则虽有善器[4]强力[5]，茫茫然将安所施哉？况乎弛[6]焉以嬉，嫚[7]焉以发，初无[8]定的[9]，亦不期于必中者，其君子绝之，不与为偶，以其无志也。善为学者，苟知此说，其亦可以少警矣乎！

夫学者之欲至于圣贤，犹射者之求中夫正鹄也。不以圣贤为准而学者，是不立正鹄而射者也。志无定向，则泛滥[10]茫洋[11]，无所底止[12]，其不为妄人者几希！此立志之最先者也。既有定向，则求所以至之之道焉，尤非有志者不能也。是故从师、取友、读书、穷理[13]，皆求至之事也。于是平居无事之时，此志未尝慢也；应事[14]接物[15]之际，此志未尝乱也。安逸、顺适，志不为尚；患难、忧戚，志不为慑[16]；必求达吾之欲至而后已。此立志始终不可逾者也。是故志苟立矣，虽至于圣人可也。昔人有言曰："有志者，事竟成。"[17]又曰："用志不分，乃凝于神。"[18]此之谓也。志苟不立，虽细微之事，犹无可成之理，况为学之大乎？昔者夫子以生知[19]天纵[20]之资，其始学也，犹必曰志[21]，况吾党[22]小子之至愚极困者乎？其不可不以尚志，为至要至急也，审矣。

今大司寇[23]之上士[24]浚仪[25]黄君之善教子也，和而有制，严而不离[26]。尝遣济也受业于予，济也请题其斋，居以自励，因为书"尚志"二字以赠之。他日暂还其乡，又来求说，援笔书所欲言，不觉其烦也。济也，尚思立志乎哉。

——选自虞集《道学园古录》，四部丛刊本

作者简介

虞集，生平简介见前文。

注释

[1] 正鹄：靶心。《礼记·中庸》："子曰：'射有似乎君子，失诸正鹄，反求诸其身。'"郑玄注："画布曰正，栖皮曰鹄。"陆德明释文："正、鹄皆鸟名也。一曰：正，正也；鹄，直也。大射则张皮侯而栖鹄，宾射张布侯而设正也。"唐·李咸用《和友人喜相遇》："且固初心希一试，箭穿正鹄岂无缘。"王闿运《李仁元传》："然子知射乎？志正体直以求正鹄，此射者之所能也。"

[2] 志：准的。《尚书·盘庚上》："若射之有志。"

[3] 趣向：去向、奔向。《三国志·魏志·陈泰传》："审其定问，知所趣向，须东西势合乃进。"《汉书·高帝纪上》："从间道走军。"颜师古注："走谓趣向也。"

[4] 善器：锋利的工具。《论语·卫灵公》："工欲善其事，必先利其器。"

[5] 强力：威力、武力。汉·桓宽《盐铁论·申韩》："今之所谓良吏者，文察则以祸其民，强力则以厉其下，不本法之所由生，而专己之残心。"

[6] 弛：向往。《周书·苏绰传》："夫良玉未剖，与百石相类；名骥未弛，与驽马相杂。乃其剖而莹之，弛而试之，玉石驽骥然后始分。"

[7] 嫚：轻慢、怠慢。《晏子春秋·外篇·重而异者》："其言僭嫚于鬼神。"《汉书·刑法志》："刑蕃而民愈嫚。"

[8] 初无：并无。宋·陈师道《南柯子·问王立之督茶》："但有寒暄问，初无凤鸟过。"

[9] 定的：确定的靶心、目标。

[10] 泛滥：浮泛。《史记·老子韩非列传》："泛滥博文，则多而久之。"张守节《正义》："泛滥，浮辞也。"《北史·裴叔义传》："〔景融〕虽才不称学，而缉缀无倦，文词泛滥，理会处寡。"明·李贽《孔明为后主写管子申韩六韬》："独儒家

者流，泛滥而靡所适从。"

[11] 茫洋：迷茫。唐·柳宗元《与杨京兆凭书》："永州多火灾，五年之间，四为天火所迫……一遇火恐，累日茫洋，不能出言，又安能尽意于笔砚？"宋·欧阳修《乞外任第一表》："惟两目之旧昏，自去秋而渐剧，精明晻蔼，瞻视茫洋。"

[12] 底止：终止。《诗·小雅·祈父》："胡转予于恤，靡所底止？"《左传·宣公三年》："天祚明德，有所底止。"

[13] 穷理：穷究事物之理。《易·说卦》："穷理尽性，以至于命。"晋·葛洪《抱朴子·行品》："甄坟索之渊奥，该前言以穷理者，儒人也。"宋·朱熹《行宫便殿奏札二》："为学之道，莫先于穷理；穷理之要，必在于读书。"《四书章句集注》：其为学大抵穷理以致其知，反躬以践其实。

[14] 应事：处理事务。《列子·说符》："投隙抵时，应事无方，属乎智。"汉·贾谊《新书·傅职》："不见礼义之正，不察应事之理。"唐·韩愈《与冯宿论文书》："时时应事作俗下文字，下笔令人惭。"

[15] 接物：接触外物，指与人交往。《淮南子·氾论训》："目无以接物也。"《汉书·司马迁传》："教以慎于接物，推贤进士为务。"宋·欧阳修《六一笔说·富贵贫贱说》："推诚以接物，有害其身者，仁人不悔也。"

[16] 慑：恐惧、害怕。《礼记·乐记》："柔气不慑。"注："犹恐惧也。"《荀子·礼论》："不至于隘慑伤生。"宋·苏轼《教战守》："使其心志安于斩刈杀伐之际而不慑。"

[17] "有志者"二句：语出《后汉书·耿弇传》："将军前在南阳，建此大策，常以为落落难合，有志者事竟成也。"

[18] "用志不分"二句：语出《庄子·达生》："用志不分，乃凝于神。其佝偻丈人之谓乎！"

[19] 生知：指不待学而知之。语出《论语·季氏》："子曰：生而知之者，上也。"晋·葛洪《抱朴子·勖学》："人理之旷，道德之远，阴阳之变，鬼神之情，缅邈玄奥，诚难生知。"宋·王禹偁《神童刘少逸与时贤联句》诗序："生性如生知，辞如老成，一联一咏，令人振惊。"

[20] 天纵：天所放任、赋予。语出《论语·子罕》："固天纵之将圣，又多能

也。"南朝梁·沈约《丞相长沙宣武王墓铭》："裁裁哲人，寔惟天纵。"唐·高适《淇上别刘少府子英》："逸思乃天纵，微才应陆沉。"

[21] 志：谓志于学。语出《论语·为政》："吾十有五而至于学，三十而立，四十而不惑，五十而知天命，六十而耳顺，七十而从心所欲，不逾矩。"

[22] 吾党：我辈。唐·贾岛《石门陂留辞从叔謩》："何时临涧柳，吾党共来攀？"严复《论世变之亟》："究吾党之所为，盖不至于灭四千年之文物。"

[23] 大司寇：官阶之属，西周始置，位次三公，与司马、司空、司士、司徒并称五官，掌管刑狱、纠察等事。后世也用以指刑部尚书。《左传·定公四年》："成王时康叔封于卫，兼王室司寇。"

[24] 上士：官阶之属，次于下大夫，高于中士。《周礼·天官·序官》："宰夫，下大夫四人，上士八人，中士十有六人，旅，下士三十有二人。"孙诒让《正义》："凡诸官上士，《王制》谓之元士，又谓之适士，中、下士又谓之官师。"《孟子·万章下》："君一位，卿一位，大夫一位，上士一位，中士一位，下士一位，凡六等。"

[25] 浚仪：古县名，西汉置，治所在今河南开封市。

[26] 严而不离：严厉而不违背事理。

作品要解

此文为作者应弟子黄济之请，赐斋名之作。"尚志"典出《孟子·尽心上》："王子垫问曰：'士何事？'孟子曰：'尚志。'"文章通篇以"尚志"为中心，取譬设喻，说明"尚志"的重要和"有志者事竟成"的道理。此文妙在结构严密，环环相扣，取譬设喻，形象生动。此文虽主言志，开篇却先以射箭"正鹄"为喻，形象地说明了立志的重要性；然后正面切入论题，阐述"夫学者之欲至于圣贤，犹射者之求中夫正鹄也"的道理；进而论述立志之后，要持之以恒，"从师、取友、读书、穷理"以达志；最后回扣文章缘起，警示"尚志"之意。欧阳玄《雍虞公文集序》称虞集之文"法度谨严，辞旨精赅"，此文可为其例。

芳林记

欧阳玄

宜春[1]郭廷秀,世儒家子也,因其所居之地名,著号曰芳林,属予族兄宜翁求予为之记。予复之曰:兰生深林之中,未尝不自闭其芳也。人以为有国香而服媚之[2],兰欲自远于当时,其可得乎?君子修其身于暗室屋漏[3]之地,而声流于四方万里之外,亦岂所愿哉?且夫芳林者,君之所以自况也。余虽乏一日之雅[4],而乐为君记之,良有以也。

夫殆犹兰处于僻,而芳播于远也。虽然兰或握以事上[5],或佩以修禊[6],而其芳烈之气不改于深林,岂非其性然欤?草木无情,能一其性;人惟有情,鲜不汩性,君子存之。兰荃同畦,不混于植;兰鲍同室,不移于染。斯以异乎众人也。

吾闻廷秀之风,清白之操,使一日而进诸市朝[7],吾知其无愧于芳林也,卓矣。请以是为记。

——选自欧阳玄《圭斋文集》卷六,四部丛刊景明成化本

作者简介

欧阳玄(1283—1357),字原功,号圭斋,其先家庐陵与文忠公修同所自出,至曾大父新始迁居浏阳,故玄为浏阳人(今属湖南)。幼由母李氏亲授《孝经》《论语》诸书。八岁能成诵,始从乡先生张贯之学,日记数千言即知属文。年十四益从宋故老习,为辞章下笔辄成章。经史百家,靡不研究;伊洛诸儒源委,尤为淹贯。延祐二年登进士第,授岳州路平江州同知,调太平路芜湖县尹,历官四十余年,三任成均而两为祭酒,六入翰林而三拜承旨修《实录》《大典》及辽、金、宋三史。凡宗庙朝廷雄文大册,播告万方制诰,多出玄手。至正十七年卒于崇教里之寓舍,年八十五,追封楚国公,谥曰文。玄性度雍容,含弘缜密,处己俭约,为政廉平,

有《圭斋文集》若干卷传于世。

❖ **注释**

[1] 宜春：地属名，今江西省宜春市。

[2] 有国香而服媚之：语出《左传·宣公三年》："以兰有国香，人服媚之如是。"杜预注："媚，爱也。"杨伯峻注："'服媚之'者，佩而爱之也。"

[3] 暗室屋漏：指别人看不见的地方，隐私之处。宋·张世南《游宦纪闻》："发人隐恶，虽亏雅道，亦使暗室屋漏之下有所警。"暗室：特指别人看不见的地方。《南史·梁纪下·简文帝》："自序云：'有梁正士兰陵萧世赞，立身行道，终始如一，风雨如晦，鸡鸣不已。弗欺暗室，岂况三光？数至于此，命也如何！'"屋漏：室之西北隅。古代室内西北隅施设小帐，安藏神主，为人所不易见之地，后即用以泛指屋之深暗处。《尔雅·释宫》："西南隅谓之奥，西北隅谓之屋漏，东北隅谓之宧……"《诗·大雅·抑》："相在尔室，尚不愧于屋漏。"郑玄笺："屋，小帐也；漏，隐也。"

[4] 一日之雅：指短暂的交往。语出东汉·班固《汉书·谷永传》："永斗筲之才，质薄学朽，无一日之雅，左右之介。"明·邹奕《谢沈诚庄》："交游中有一日之雅者，率不计直，必为善药。"

[5] 事上：侍奉尊长。《庄子·天道》："以此事上，以此畜下。"汉·陈琳《檄吴将校部曲文》："事上谓之义，亲亲之谓仁。"南朝梁·任昉《齐竟陵文宣王行状》："方于事上，好下规己。"

[6] 修禊：古代民间于春秋两季在水边举行的一种消灾祈福祭礼，此处代指祭礼所用之物。

[7] 市朝：朝野。《南齐书·武帝纪赞》："市朝晏逸，中外宁和。"宋·曾巩《韩琦制》："天望人事，胸无间然，市朝不惊，按堵如素。"

作品要解

欧阳玄写文立意常有意于学宋，尤宗欧阳修，但他又追求自出机杼，即自"机用自熟，境趣自生，左右逢源，各适其职"(《雍虞公文集序》)。

该文"随心酬酢""造次天成"，全无模拟之痕而机杼自出。该文虽为应酬赠答之文，却不重人物的渲染和事件的记述，而是以郭廷秀求记之事发端，由其"芳林"之名，写到兰虽生深林，却未自闭其芳的品性，进而阐述立身之本，构思立意精妙，不落俗品。该文先由"芳林"之名联想到"兰生深林"而切入主题，再由兰之芳香本性展开，强调做人重在"芳播于远""其芳烈之气不改于深林"自我修养的旨意，虽以应酬因起，却无应酬之俗络，构思立意新巧自然；虽主议论，却无说理之痕迹，有自然委婉而有水到渠成之妙。

揭奚斯《欧阳先生集序》曰欧阳玄为文："丰蔚而不繁，精密而不晦者，有典有则，可讽可诵，无南方啁哳之音，无朔上暴悍之气。"该文，实可当之。

词

元代文学作品选

鹧鸪天

耶律楚材

题七真洞 [1]

花界 [2] 倾颓事已迁。浩歌 [3] 遥望意茫然。江山王气 [4] 空千劫，桃李春风又一年。　　横翠嶂，架寒烟。野花平碧怨啼鹃 [5]。不知何限 [6] 人间梦，并触沉思到酒边。

——选自唐圭璋《全金元词》，中华书局 1979 年版

作者简介

耶律楚材，生平简介见前文。

注释

[1] 七真洞：亦称华岩洞，道教宫观，在旧京师宛平县西玉泉山。耶律楚材曾到此登览，并赋此词，题于洞壁。七真，道教尊崇的七位真人。

[2] 花界：指佛寺。清·厉荃《事物异名录·佛释·佛寺》："《白六帖》：花界、花宫……皆佛寺名。"唐·元稹《与杨十二李三早入永寿寺看牡丹》诗："晓入白莲宫，琉璃花界净。"唐·罗邺《夏日宿灵岩寺宗公院》诗："花界已无悲喜念，尘襟自足是非妨。"此处借指道教宫观。

[3] 浩歌：放声高歌、大声歌唱。《楚辞·九歌·少司命》："望美人兮未来，临风恍兮浩歌。"唐·杜甫《玉华宫》诗："忧来藉草坐，浩歌泪盈把。"

[4] 王气：旧指象征帝王运数的祥瑞之气。《东观汉记·光武帝纪》："望气者

言，春陵城中有喜气，曰："美哉王气，郁郁葱葱。'"唐·刘禹锡《西塞山怀古》诗："王浚楼船下益州，金陵王气黯然收。"劫：佛教名词。梵文 kalpa 的音译，"劫波"（或"劫簸"）的略称。意为极久远的时节。千劫指旷远的时间与无数的生灭成坏。唐太宗《圣教序》："无灭无生历千劫。"宋·苏轼《胜相院经藏记》："如以蜜说甜，众生未谕故，复以甜说蜜，甜蜜更相说，千劫无穷尽。"

[5] 平碧：一片草木丛生的绿色平旷原野。啼鹃：蜀王杜宇，号曰"望帝"，据说他自惭德薄，委政于宰相开明，他死后魂魄化为杜鹃。后因以"望帝啼鹃"用为怀乡、思归的典故。

[6] 何限：多少、几何。前蜀·韦庄《和人春暮书事寄崔秀才》诗："不知芳草情何限？只怪游人思易伤。"宋·范成大《次韵陆务观编修新津遇雨》之一："平生飘泊知何限？少似新津风雨时。"

作品要解

耶律楚材本为辽契丹贵裔，后出仕金国，成吉思汗定燕后，遂降蒙古。成吉思汗曾对他说："辽、金世仇，朕为汝雪之。"楚材对曰："臣父、祖尝委质事之，既为之臣，敢仇君耶！"可知他不忘自己为金廷旧臣。这首《鹧鸪天》词由一处道观兴发感慨，抒发世事兴亡和人事难以逆料之悲，并透露出隐微的故国之思。

上片即事兴感，首句叙述七真洞变迁，"花界"本指佛家寺院，此以代指七真洞倾颓崩坏，沧海桑田，世事翻覆。次句道出目睹眼前景象的心态与意绪，一种"树犹如此，人何以堪"的感伤沛然而生。遥望远方，词人不禁悲从中来，竟一时意绪茫然，对人间世事的一切变化，究竟操于谁人之手，宇宙苍生的命运又将何去何从，所有这些似乎皆没有确定的答案，所有这些也许只有时间能够给出回答吧。末二句以道出个中原委。古人认为天子所处上空有"王气"，是象征帝王运数的祥瑞。佛经谓世界反复经历着形成与毁灭的过程，一次即为"一劫"，"千劫"则极言时间久长。而故国已亡，江山易主，在时空的流转中终将成为一种过去。春风骀荡，桃李争艳，故国沦亡后又是一年过去了，抚今追昔，岂不令人扼腕。

下片承上写景，远方翠绿的群峰横亘，如层层屏障，寒烟一抹如架在峰峦之间，平旷空阔的原野上，野花五色斑斓；山间杜鹃啼鸣，声声泣诉，声声怨慕，寂寥、荒寒直指人心。这一切都让词人心中充溢着一种难以言传的怅惘和悲戚。结二句，"不知何限人间梦，并触沉思到酒边"，回到自身的现实处境，想人世间悠悠万事，如梦似幻，此时此地，唯有杯中之酒，聊以打发这种深沉难解的愁绪，此句措意深婉，寄慨遥深，更富沉郁。

这首词是耶律楚材唯一存世的词作，清代况周颐云："耶律文正《鹧鸪天》歇拍云：'不知何限人间梦，并触沉思到酒边。'高浑之至，淡而近于穆矣。庶几合苏之清、辛之健而一之。"指出此词高浑、淡穆、轻健的风格特征。

太常引

杨 果

送商参政[1]西行

一杯聊为送征鞍[2]。落叶满长安。谁料一儒冠[3]。直推上、淮阴将坛。 西风旌旆，斜阳草树，雁影入高寒[4]。且放酒肠[5]宽。道蜀道[6]而今更难。

——选自唐圭璋《全金元词》，中华书局1979年版

作者简介

杨果（1197—1269），字正卿，号西庵，祁州蒲阴人（今河北省安国市）。幼失怙恃，自宋迁亳，复徙居许昌，以章句授徒为业，流寓坎坷十余年。金正大元年（1224）登进士第，入元为北京宣抚使，拜参知政事，出为怀孟路总管，以老致仕，卒于家，年七十三，谥文献。果性聪敏，美风姿，工文章，尤长于乐府，外若沉默，内怀智用，善谐谑，闻者绝倒。微时，避乱河南，娶羁旅中女，后登科，历显仕，竟与偕老，不易其初心，人以是称之。有《西庵集》，行于世。

注释

[1] 商参政：商挺（1209—1288），元中统元年（1260）金陕西行省事，至元元年（1264）入拜参知政事。

[2] 征鞍：犹征马。指旅行者所乘的马。唐·杜审言《经行岚州》诗："自惊牵远役，艰险促征鞍。"

[3] 儒冠：古代儒生戴的帽子，此处借指汉将韩信。

[4] 高寒：指月光、月亮。

[5] 酒肠：此处代指酒量。唐·孟郊韩愈《同宿联句》："为君开酒肠，颠倒舞相饮。"

[6] 蜀道：蜀中的道路，亦泛指蜀地。古时蜀地被群山环绕，道路难以行走，因此蜀道常成为难以行走的代名词。唐·李白《蜀道难》诗："噫吁嚱，危乎高哉，蜀道之难难于上青天！"

作品要解

友情为古人所重，杨果此首《太常引》便是一首优秀的送别之作。词题为"送商参政西行"，商参政即元初名臣商挺，比杨果小十余岁，但二人情趣相投，遂有忘年之交。

首句开篇点题，举酒为友人饯行。次句落笔长安，既点出商挺所赴川陕之地，又借以引出著名历史人物韩信。韩信为淮阴人，被刘邦拜为大将军，为其分析楚汉形势，进而占据关中，抚定三秦，始有西汉基业。商挺最初受知于元世祖忽必烈，亦颇为其所倚重。以韩信比商挺，盛赞其治世才干。下片转入写景，西风吹送，旌旗猎猎，夕阳草树，穿越云天的大雁正趁月夜高飞，词人再次举酒邀饮，既充满着为友人壮行的豪情，又充溢着对其建功立业的期许。末句隐括李白《蜀道难》"蜀道难，难于上青天"句，希冀友人此去不惧前路艰险。全词将惜别之情寓于对景物的描绘之中，情致深婉。

木兰花慢

刘秉忠

混一后赋[1]

望乾坤浩荡，曾际会，好风云[2]。想汉鼎[3]初成，唐基始建，生物如春。东风吹遍原野，但无言、红绿自纷纷。花月流连醉客，江山憔悴醒人。　　龙蛇[4]一屈一还伸。未信丧斯文[5]。复上古淳风，先王大典，不贵经纶[6]。天君几时挥手，倒银河、直下洗嚣尘。鼓舞五华鸳鸯[7]，讴歌一角麒麟。

——选自唐圭璋《全金元词》，中华书局1979年版

作者简介

刘秉忠（1216—1274），字仲晦，初名侃，因从释氏，又名子聪，拜官后始更今名。自号藏春散人，顺德邢台（今属河北）人，曾祖仕金，其父在蒙古任官。十七岁时补邢台节度府令史，居常郁郁不乐，一日，投笔叹曰："吾家累世衣冠，乃汩没为刀笔吏乎！丈夫不遇于世，当隐居以求志耳。"即弃去，隐武安山中。后天宁僧虚照招为弟子，游云中，居南堂寺。因海云禅师荐于元世祖忽必烈，大爱之。从世祖征大理、云南，伐宋。每赞以天地之好生，王者之神武不杀，故克城之日，不妄戮一人，所至全活不可胜计。于书无所不读，尤邃于《易》及邵氏《经世书》，至于天文、地理、律历、六壬遁甲之属，靡不精通。忽必烈即位，官拜光禄大夫，位太保，参领中书省事。至元十一年（1274）无疾而终，年五十九，谥"文贞"。秉忠自幼好学，至老不衰，虽位极人臣，而斋居蔬食，终日淡然，不异平昔。每以吟咏自适，其诗萧散闲淡，类其为人。有文集十卷。其词今存八十余首，以词言志，风格豪放。

注释

[1] 混一：齐同、统一。此词作于蒙古灭金、统一中原后，故词题曰"混一后赋"。

[2] 际会：犹言聚首、聚会，引申为配合呼应。风云：犹言风云际会，指君臣遇合。唐·秦韬玉《仙掌》诗："为余势负天工背，索取风云际会身。"元·耶律楚材《次云卿见赠》诗："风云际会千年少，天地恩私四海均。"

[3] 汉鼎：鼎为国之重器，此用以指汉代社稷。唐·司空图《杂题》诗之一："若使只凭三杰力，犹应汉鼎一毫轻。"

[4] 龙蛇：喻指杰出人物。金·马定国《香严病中》诗："金弹不徒惊燕雀，春雷终待起龙蛇。"

[5] 斯文：指礼乐教化、典章制度。《论语·子罕》："天之将丧斯文也，后死者不得与于斯文也。"

[6] 经纶：整理丝缕、理出丝绪和编丝成绳，统称经纶。引申为筹划治理国家大事。

[7] 五华：五色光华。鸑（yuè）鷟（zhuò）：鸟名，凤属。《国语·周语上》："周之兴也，鸑鷟鸣于岐山。"韦昭注："三君云：鸑鷟，凤之别名也。《诗》云：'凤皇鸣矣，于彼高冈。'其在岐山之脊乎？"

作品要解

此词是刘秉忠在蒙古灭金、统一中原之后所作，充满对新朝初建的深广忧思与殷殷期待。

首句开篇气势不凡，将笔触纵入莽莽苍苍的天地间，牵引出浓重深厚的历史感。在这苍茫广袤的土地上，古往今来，曾发生过多少风云际会、激荡人心的历史事件。次句承上而来，推出历史上汉唐两个盛世，想当初，他们在打下江山、建立政权之初，都有十分良好的开始，也希冀着能将不世基业永远传承下去，从而出现"生物如春"的局面。然而"东风吹遍原野，但无言、红绿自纷纷"。花开花落、草荣草衰，万物自然轮回的规律却无时无刻不在悄然无声地发生着作用。眼前的这一派生趣勃勃、春意盎然的图画，又靠什么能够使其永远持续下去呢？曾经的汉唐大业如今不也早已逝去，而今不可复睹了吗？此句由眼前胜景转入对历史的思索和对新朝命运的担忧。而醉客所流连的是花月胜景，唯有醒人正视现实，时刻保持清醒。

下片则以政治家清醒的头脑为新朝的未来做出谋划。要建立一个理想的大同世界，期待民风淳朴，政通人和，就要无为而治，注重礼乐的教化，表达了作者黄老治世的思想。末句是对美好未来的预卜，象征性地描绘出新朝未来图景，寄托了对太平江山的不尽情思。

鹧鸪引^[1]

王 恽

赠驭说高秀英

　　短短罗袪^[2]澹澹妆，拂开红袖便当场。掩翻歌扇珠成串，吹落谈霏^[3]玉有香。　　由汉魏，到隋唐，谁教若辈管兴亡。百年总是逢场戏，拍板门锤^[4]未易当。

——选自唐圭璋《全金元词》，中华书局 1979 年版

作者简介

　　王恽（1227—1304），字仲谋，号秋涧，卫州汲县人（今河南）。父祖世代仕金，有才干，好学善属文。官至翰林学士、知制诰。初从王磐学，后问学于元好问。擅诗文，词作成就尤高，风格既清浑超逸，亦不乏风流蕴藉。有《秋涧先生大全集》。

注释

　　[1] 鹧鸪引：即"鹧鸪天"。驭说：古代说唱技艺的一种。

　　[2] 袪：衣袖。

　　[3] 谈霏：犹谈屑，指谈话时口若悬河，滔滔不绝。

　　[4] 拍板：打击乐器，也称檀板、绰板。用坚木数片，以绳串联，用以击节。门锤：说唱工具。

作品要解

说书艺术自两宋至金元绵延不衰，尤其讲史之风尤胜。吴自牧《梦粱录》说："讲史书者，谓讲说《通鉴》，汉唐历代书史文传，兴废战争之事。"此词即是赋艺人高秀英讲史之作。

在文学史上为数不多的咏说书艺人的诗词当中，一般皆即事感发，而此词专以高秀英为描写对象。上片写其容貌、打扮以及说书的高超技艺；下片则通过艺人所讲之内容，联想到历史本身的演化，百年兴亡，朝代兴替，谁人能主宰得了呢？所谓"拍板门锤未易当"，寄寓了词人的思考与感慨。词人生逢金元交替时期，对此感慨尤深，借写高秀英驭说艺术而出之，含蓄委婉。

清代况周颐《蕙风词话》论此词说："此词清浑超逸，近两宋风格。"

点绛唇

张弘范

独上高楼，恨随春草连天 [1] 去。乱山无数，隔断巫阳 [2] 路。信断梅花 [3]，惆怅人何处。愁无语，野鸦烟树 [4]，一点斜阳暮。

——选自唐圭璋《全金元词》，中华书局 1979 年版

作者简介

张弘范（1238—1280），字仲畴，涿州定兴（今属河北）人。元代著名的汉军将领张柔第九子。善马槊，颇能为歌诗。二十岁代其兄张弘略摄顺天路总管府事，明达有决断，颇为吏民所服。蒙古军所过肆暴，弘范杖遣之，入其境无敢犯者。中统三年，改行军总管，从讨李璮于济南。谋略出众，张柔夸曰："真吾子也！"元世祖至元元年（1264），授顺天路管民总管，佩金虎符。次年移守大名。至元十一年元倾力攻宋，伯颜用张弘范为先锋，屡立战功，元世祖忽必烈赐名为"拔都"（勇士）。至元十六年，张弘范率水陆大军于崖山击溃宋将张世杰所部，陆秀夫抱幼主投海死。张弘范在崖山海岸勒石纪功而返。享年四十三。后追封为淮阳王，谥武略，改谥忠武，再改献武。有诗词曲传世。

注释

[1] 连天：与天际相连。李白《梦游天姥吟留别》："天姥连天向天横，势拔五岳掩赤城。"

[2] 巫阳：即巫山之南。战国·宋玉《高唐赋》序："昔者先王尝游高唐，怠而昼寝。梦见一妇人，曰：'妾巫山之女也，为高唐之客。闻君游高唐，愿荐枕

席。'王因幸之。去而辞曰:'妾在巫山之阳,高丘之阻,旦为朝云,暮为行雨,朝朝暮暮,阳台之下。'旦朝视之,如言,故为立庙,号曰朝云。"后遂用为男女幽会的典实。宋·苏轼《朝云》诗:"丹成逐我三山去,不作巫山云雨仙。"

[3] 信断梅花:南朝宋·盛弘之《荆州记》:"陆凯与范晔相善,自江南寄梅花一枝,诣长安与晔,并赠花诗曰'折梅逢驿使,寄与陇头人。江南无所有,聊赠一枝春'。"后遂有人有折梅代信持赠远方亲友的说法,以此表示音信难通。

[4] 烟树:云烟缭绕的树木、丛林。唐·孟浩然《闲园怀苏子》诗:"鸟从烟树宿,萤傍水轩飞。"

作品要解

这是一首闲情词,情致宛然,格调妩媚。尤其是出自一位曾率师攻陷崖山,摧毁了南宋王朝最后一支军队的蒙古汉将之手,更显得格外独特。张弘范出身行伍,一生戎马,但文武兼备,能文工诗词。此词以细腻的笔触抒写个人情感中的意绪幽思,别有一番风致。

从词意看,此词乃是怀人之作。上片写"恨",因何而恨?作者并未明言,但可从字里行间发现这种情绪产生的根由,是为深切怀念远方的情人而发。首句"独上高楼",开篇便全盘托出词人的情绪状态,独上是为了避开喧嚣,选择高楼颙望,明知不可能有什么发现,但可借此略为纾解挥之不去的忧思苦缠。词人恨的情绪是如此强烈,"恨随春草连天去"。下句则略为暗示了原因,"乱山无数,隔断巫阳路"。此句中巫山云雨典故的运用,意义双关。既指春草蔓延到遥远的天际,被重重叠叠的山岭隔断,词人的思念之情似乎也因此受到阻隔;又指曾经的儿女情浓,如今却因种种阻碍而无由再续前缘。此句既揭示了恨的情绪根源,又把这种情绪向前推进一步。

下片则写愁,望眼既被阻隔,只好退而求其次,盼望远方的情人能折梅代信,聊慰思慕。然"信断梅花",所思之人如今已不知流荡何处,想必对方也如自己一样在惆怅顾念中煎熬吧。"愁无语",非是无话可说,而是千言万语却不知从何说起，皆因没有倾诉的对象。而此时的孤独的"野鸦"、迷离的"烟树"，夕阳西下，暮霭沉沉，一切都显得那样凄清寥落，恰如词人此时的心境。以此收束做结，更进一步加深了愁苦的滋味。全词格调一致，意境完足，情意深挚，实不失为金元词作中的佳作。

鹊桥仙

刘　因

悠悠万古[1]，茫茫天宇。自笑平生豪举[2]。元龙[3]尽意卧床高，浑占得，乾坤几许？公家租赋，私家鸡黍，学种东皋[4]烟雨。有时抱膝[5]看青山，却不是、长吟梁甫[6]。

——选自唐圭璋《全金元词》，中华书局 1979 年版

作者简介

刘因，生平简介见前文。

注释

[1] 万古：犹万代、万世。形容经历的年代久远。

[2] 豪举：指豪侠之士。

[3] 元龙：三国时人陈登，字元龙。

[4] 东皋：水边向阳高地，也泛指田园、原野。陶潜《归去来兮辞》："登东皋以舒啸，临清流而赋诗。"

[5] 抱膝：指以手抱膝而坐，有所思貌。《三国志·蜀志·诸葛亮传》："亮躬耕垄亩，好为《梁父吟》。"裴松之注引三国魏鱼豢《魏略》："每晨夕从容，常抱膝长啸。"

[6] 梁甫：《梁父吟》或《梁甫吟》的省称。唐·王昌龄《放歌行》："今者放歌行，以慰《梁父》愁。"

作品要解

此词抒写人生理想受到抑制，自矜"平生豪举"，然一无所成，进而"自笑"、参悟之后而获得的超然自适的心态。起笔反思，"悠悠万古，茫茫天宇"，词人想到的是在无始无终的历史长河之中，人间之事不过发生在须臾之间，比起浩渺无垠的宇宙，是那么微不足道。自己曾经满腹豪情，汲汲求取，就如三国时期的陈登，虽留下了尽意卧高床、不屑与俗子同语的典故，可是那又能怎么样呢？所有的功名不都随着岁月的流逝，付诸东流了吗？

上片从自身的境遇出发，联想古人，心理上得到了开释。下片则紧承这一层，既"悟已往之不谏，知来者之可追"。在仕途上、政治上不能建立功业，实现人生价值，则不如返归乡里，料理田园，养鸡植黍，交一点公家租赋。古代为官者，享有免交租赋的特权，表示自己不再为官。如东晋陶渊明那样弃官归隐，回到田畴耕种。从此"抱膝看青山"，悠闲自得，快意人生。而如诸葛亮未出仕之前，隆中待对，好吟《梁甫》的做法，再不留意。这表示自己决意脱去功名之心，再无意于仕宦的超然心境。

此词起笔开阔，由对历史、宇宙的思索反观到自己的人生境况，进而做出抉择，全词气势沛然，发人深省。

六州歌头

张　翥

孤山 [1] 寻梅

孤山岁晚，石老树查牙 [2]。逋仙 [3] 去，谁为主？自疏花，破冰芽。乌帽 [4] 骑驴处，近修竹，侵荒藓，知几度？踏残雪，趁晴霞。空谷佳人，独耐朝寒峭，翠袖笼纱。甚江南江北，相忆梦魂赊。水绕云遮，思无涯。又苔枝上，香痕沁，幺凤 [5] 语，冻蜂衙 [6]。瀛屿 [7] 月，偏来照，影横斜。瘦争些。好约寻芳客，问前度，那人家。重呼酒，摘琼朵，插鬓鸦 [8]。唤起春娇 [9] 扶醉，休孤负 [10] 锦瑟年华。怕流芳 [11] 不待，回首易风沙，吹断城笳 [12]。

——选自唐圭璋《全金元词》，中华书局 1979 年版

作者简介

张翥（1287—1368），字仲举，晋宁襄陵人。少负才隽，豪放不羁，好蹴鞠，喜音乐，不以家业为意。其父忧之。一旦幡然改，闭门谢客读书，昼夜不辍。后遂以诗文知名一时。元顺帝至正初，召为国子助教，寻退居淮东。会朝廷修辽、金、宋三史，起为翰林国史院编修官。翥勤于诱掖后进，绝去崖岸，不徒以师道自尊，用是学者乐亲炙之。有以经义请问者，必历举众说，为之折中，论辩之际，杂以谈笑，无不厌其所得而后已。翥平日善谐谑，出谈吐语，辄令人失笑，一座尽倾，入其室，蔼然春风中也。翥长于诗，其近体、长短句尤工。文不如诗，而每以文自负。所为诗文甚多。无丈夫子。及死，国遂亡，以故其遗稿不传。其传者，有律诗、乐府，仅三卷。

词

注释

[1] 孤山：山名。在浙江杭州西湖中，孤峰独耸，秀丽清幽。宋代林逋曾隐居于此，喜种梅养鹤，世称孤山处士。孤山北麓有放鹤亭和鹮林。

[2] 查牙：树木枝杈歧出貌。

[3] 逋仙：宋林逋隐于西湖孤山，不娶，种梅养鹤以自娱，人谓之"梅妻鹤子"，后世常以"逋仙"称誉之。

[4] 乌帽：黑帽。古代贵者常服。隋唐后多为庶民、隐者之帽。唐·白居易《池上闲吟》之二："非道非僧非俗吏，褐裘乌帽闭门居。"

[5] 幺凤：亦作"么凤"，鸟名。又称桐花凤。羽毛五色，体型比燕子小。宋·苏轼《异鹊》诗："家有五亩园，幺凤集桐花。"

[6] 蜂衙：群蜂早晚聚集，簇拥蜂王，如旧时官吏到上司衙门排班参见。宋·陆游《青羊宫小饮赠道士》诗："微雨晴时看鹤舞，小窗幽处听蜂衙。"

[7] 瀛屿：孤山路四圣延祥观，有韦太后沉香四圣像。小蓬莱阁、瀛屿堂、金沙井、六一泉，花寒水洁，气象幽古。三朝临幸。

[8] 鬓鸦：亦作"鬓鸦"。形容鬓发黑如鸦色。

[9] 春娇：形容女子娇艳之态，亦指娇艳的女子。唐·元稹《连昌宫词》："春娇满眼睡红绡，掠削云鬟旋装束。"

[10] 孤负：同"辜负"。

[11] 流芳：犹"流光"，指好时光。

[12] 笳：古管乐器，即胡笳。汉时流行于塞北和西域一带。传说为春秋时李伯阳避乱西戎时所造，汉张骞从西域传入，其音悲凉。

作品要解

张翥曾客寓杭州，常往西湖孤山游览，而孤山之梅，则令其格外倾心。此词题为"孤山寻梅"，通过对在孤山寻梅、赏梅的记述，抒发了词人怜梅、爱梅的情怀，寄寓了对某种人生境界的独特向往。

词的上片，围绕词题，侧重于"寻"字。上片首句"孤山岁晚，石老树查牙"，孤山处于杭州西湖中，孤峰独耸，秀丽清幽。宋初林逋曾隐居于此，种梅养鹤，以梅为妻以鹤为子，孤山之梅，遂著称于世。次句则是词人寻梅过程中的一连串心理活动与想象，林逋既已老去，曾被其精心照料的孤山之梅，如今是怎样的状况呢？以梅花的品行而言，应在冰雪覆盖之下，悄然破冰吐露新芽了吧。"乌帽骑驴处，近修竹，侵荒藓，知几度？踏残雪，趁晴霞"句，则详细地回顾曾经几度造访孤山寻梅的情境，当年尚未身负功名，头戴乌帽，一袭便服，骑驴入山，有时走近修竹幽篁，有时踏上荒藓丛生的僻地，一路踏着残雪，趁着灿烂的云霞，只为了能够寻到梅花的踪迹。紧接着"空谷佳人，独耐朝寒峭，翠袖笼纱。甚江南江北，相忆梦魂赊。水绕云遮。思无涯"句，则极写寻见孤山梅之后的喜悦。杜甫《佳人》诗有句云："绝代有佳人，幽居在空谷""天寒翠袖薄，日暮倚修竹"，将佳人喻为梅花，此句则化用杜诗，将梅花喻为佳人。"甚江南江北，相忆梦魂赊。水绕云遮，思无涯"句是说无论在江南游历，还是在江北寓居，尽管水绕云遮，但孤山梅花常在自己的魂梦中，更深地表现出怜爱孤山梅花的感情。

下片具体叙写孤山梅花的姿态与精神。"又苔枝上，香痕沁，幺凤语，冻蜂衙。"孤山之梅的幽香引来百鸟欢鸣，花苞小巧如群蜂簇拥着蜂王，把在肃杀的严冬中的即将绽放的梅花描摹的生机勃勃。"瀛屿月，偏来照，影横斜"句是说在月下赏梅，月光清冷，疏影交错。吸引着寻芳客难以忘怀，邀引朋伴，数度前来，来则把酒赏梅，兴至浓时，随手采撷一枝梅花，插在头上。即使醉酒也要人勉强扶起，继续流连于梅花之间，生怕花期一过，美景难再，辜负了这美好的时光。可见词人对梅花的赏爱已经到了忘情的地步。此数句把词人对孤山之梅的喜爱之情推向了高潮。卓人月曰："古今梅词甚多，惟张翥《六州歌头》一首，真有飞鸿戏海、舞鹤游天之势。"

鹊桥仙

许有壬

赠可行[1]弟

花香满院，花阴满地，夜静月明风细。南坡一室小如舟，都敛尽，山林清致。竹帘半卷，柴门不闭，好个暮春天气。长安多少晓鸡[2]声，管不到、江南春睡。

——选自唐圭璋《全金元词》，中华书局 1979 年版

作者简介

许有壬（1286—1364），字可用，汤阴（今属河南）人。幼颖悟，读书一目五行。元仁宗延祐二年（1315）登进士第。授同知辽州，惩豪强，平冤狱，州遂大治。元英宗至治间，为江南行台监察御史，凡势官豪民，人畏之如虎狼者，辄绳以法，部内肃然。顺帝朝，官至中书左丞、集贤大学士，兼太子左谕德。元至正十七年以老病致仕，卒谥文忠。有壬历事七朝，垂五十年，遇国家大事，无不尽言。当权臣恣睢时，稍忤意，辄诛窜随之，有壬不为巧避计，事有不便，明辨力诤，不知有死生利害，君子多之。善笔札，工辞章，为文雄浑闳隽。有《至正集》《圭塘小稿》。词清隽迈往，元词中上驷也。

注释

[1] 可行：许有壬弟，名有孚，字可行。

[2] 晓鸡：报晓的鸡。唐·孟浩然《寒夜张明府宅宴》诗："醉来方欲卧，不觉晓鸡鸣。"

作品要解

至正八年许有壬既致仕归，乃以赐金得康氏废园，在相城之西，凿池其中，形如"桓圭"，因以"圭塘"为名。每日携宾客及其弟有孚、子桢，觞咏倡和其间，此词即作于此时。这首词以娴雅淡泊的笔调，对其所居之处和生活情致进行描写，表现出词人超脱名利、看淡取舍的人生态度。首句直入词境，"花香满院，花阴满地，夜静月明风细"。此句叙写景物层次特为分明，唯"风细"可闻"花香"，唯"月明"可睹"华阴"，唯"夜静"可得此花香花影，尽情领略此间幽静。

"南坡一室小如舟，都敛尽，山林清致。""南坡一室"承继上文点出词人所居，虽小如舟，却能将"山林清致"包容敛尽，胸中非有丘壑，不能得此境界。此句亦受苏东坡《寒食雨》诗中"小屋如渔舟"句影响。上片写景亦是写情，将对南坡居所的喜爱尽现笔端。下片则转到斗室之外，"竹帘半卷，柴门不闭，好个暮春天气"。一如陶渊明《归去来兮辞》之"园日涉以成趣，门虽设而常关"。词人萧闲散淡、悠游自得的心境可见一斑。末句"长安多少晓鸡声，管不到、江南春睡"。盖往日"闻鸡趁早朝"，而今闲卧江南，任多少鸣鸡催晓，亦催我不动。词人不复以关心朝廷事为营念，而向往的高卧林泉、山林之乐的生活意趣在此一句之中表现毕尽。此词系赠其弟可行，其胸襟意趣如其另一首《南乡子·次可行韵》："小隐远民廛。草舍三间柳作椽。围绕佳城才二顷，山田。便觉胸中绰绰然"所表达情感正相近似。

金人捧露盘

罗志仁

钱塘怀古

湿苔青，妖血碧，坏垣红。怕精灵，来往相逢。荒烟瓦砾，宝钗零乱隐鸾龙。吴峰越巘[1]，翠鬖锁、苦为谁容。　　浮屠[2]换，昭阳殿[3]；僧磬[4]改，景阳[5]钟。兴亡事，泪老金铜。骊山废尽，更无宫女说玄宗。海涛落月，角声起，满眼秋风。

——选自夏承焘、张璋《金元明清词选》，人民文学出版社 1983 年版

作者简介

罗志仁（生卒年不详），字寿可，号壶秋，庐陵（今江西吉安）人。南宋末遗民词人。度宗咸淳九年（1273）预乡荐。元世祖至元二十四年（1287）应荐为天长书院山长。曾作诗颂文天祥，讥留梦炎，几得祸，逃而免。与刘将孙交厚。刘辰翁尝称之曰："黄西月五言，罗壶秋小词，他人莫能及也。"厉鹗在《论词绝句十二首》（其九）中论其词说："送春苦调刘须溪，吟到壶秋句绝奇。"罗志仁词亦是用奇绝之笔抒写自己的亡国之恨和兴亡之感，情词凄苦，沉郁悲壮。

注释

[1] 巘（yǎn）：山；山顶。

[2] 浮屠：佛教语。梵语 Buddha 的音译，指佛塔。

[3] 昭阳殿：南宋临安故宫中殿名。

[4]僧磬：佛寺中敲击以集僧众的鸣器或钵形铜乐器。亦指击磬声。

[5]景阳：南朝宫名。齐武帝置钟于楼上，宫人闻钟，早起妆饰。后人因用以为典。

作品要解

这是一首追念亡宋的怀古词。题名为"钱塘怀古"，即以钱塘风物曾经自古繁华、显赫一时到荒烟瓦砾、破碎衰败的沧桑巨变，寄寓朝代更迭、物是人非的感慨。

起首三句，即将目前钱塘景象展开铺写。"湿苔青，妖血碧，坏垣红。"苔既湿又青，谓此地人迹罕至，垣（墙）既坏又红，谓建筑业已崩塌倾颓，徒余残垣断壁。三种惨淡意象极写前朝覆亡之后的破败荒凉。"怕精灵、来往相逢"，上承三句所言物事，下语奇崛，引出以下隐括的与前朝败亡的相关故事。"荒烟瓦砾，宝钗零乱隐鸾龙"二句指南宋亡后杨琏真珈发六陵事。杨琏真珈乃吐蕃僧八思巴帝师的弟子，元世祖忽必烈任其江南释教总统，杨琏真珈曾盗掘南宋诸皇帝、皇后陵寝、公侯卿相坟墓一百余所，将盗掘所得陪葬品用作修建庙宇。另据宋代周密《癸辛杂识》载，宋陵寝遭盗掘后，弃物往往为村民所得："一村翁于孟后陵得一髻，其发长六尺余，其色绀碧，髻根有短金钗，遂取以归。"宋代谢翱《古钗叹》诗中有句云："白烟泪湿樵叟来，拾得慈献陵中发。青长七尺光照地，发下宛转金钗二。"即指此而言。"吴峰越巘，翠颦锁、若为谁容"，人间乱象如此，即使依然秀美的钱塘山色，虽葱葱郁郁，却也难免愁颦蹙起，不知今后将美丽的妆容再献与何人。

上片以叙景、咏史、用典把此词追念前朝败亡主题点明。"浮屠换，昭阳殿；僧磬改，景阳钟"承前叙写，"兴亡事，泪老金铜"。金铜，即金铜仙人，汉武帝（刘彻）所建造，矗立于神明台，"高二十丈，大十围"。魏明帝曹叡于景初元年（237），将其拆离汉宫，运往洛阳。习凿齿《汉晋春秋》载："帝徙盘，盘拆，声闻数十里，金狄（即铜人）或泣，因留霸城。"此句以汉王朝之兴衰，铜人落泪，表现兴亡之感。"骊山废尽，更无宫女说玄宗。"骊山，在陕西临潼。唐贞观十八年（644）置骊山宫，后改华清宫，内有华清池。元稹《行宫》诗："寥落古行宫，宫花寂寞红。白头宫女在，闲坐说玄宗。"此句由汉及唐，表现历史兴亡非人力所能主宰。词末句作以眼前景作结，"海涛落月，角声起，满眼秋风"。

词人从回顾历史回到现实，一切会终将成为过去，唯有涛声、明月、画角、秋风，似乎在诉说着曾经的过往，进一步申说词人对历史的思索与感慨。

木兰花慢

萨都剌

彭城[1] 怀古

　　古徐州形胜，消磨尽、几英雄。想铁甲重瞳[2]，乌骓汗血[3]，玉帐[4]连空。楚歌八千兵散，料梦魂，应不到江东。空有黄河如带，乱山起伏如龙。　　汉家陵阙动秋风，禾黍满关中。更戏马[5]台荒，画眉[6]人远，燕子楼[7]空。人生百年如寄，且开怀、一饮尽千钟。回首荒城斜日，倚栏目送飞鸿。

——选自唐圭璋《全金元词》，中华书局 1979 年版

作者简介

　　萨都剌（约 1274—1345？），字天锡，号直斋，西域回回，（一说蒙古人）。其祖父和父亲镇云、代二郡，定居雁门（今山西代县），萨都剌遂为雁门人。虽为将门之后，但家道中落，早年外出经商。泰定四年（1327）中进士，授京口录事司达鲁花赤，入翰林国史院，后出为江南行御史台掾吏等职。救灾赈贫，弹劾权贵。其晚年情况不可确考。萨都剌为元代重要诗人，词作亦有佳篇，虽传世仅有十余首，然而脍炙人口，（百字令）《登石头城》及（满江红）《金陵怀古》是历来传诵的名篇。长于怀古，笔力雄健。《太和正音谱》说："萨天锡之词，如天风环珮。"

注释

　　[1] 彭城：即古徐州。汉以后各代皆置徐州，辖地常有变更，大致都在今淮

北一带。多以彭城（今江苏徐州市）或下邳（今江苏邳州市）为治所。

[2] 重瞳：《史记·项羽本纪》："吾闻之周生曰'舜目盖重瞳子'，又闻项羽亦重瞳子。"裴骃集解引《尸子》："舜两眸子，是谓重瞳。"此处代称项羽。

[3] 乌骓：项羽所骑战马名骓，后人称作乌骓。汗血：指汗血马。《史记·大宛列传》："（大宛）多善马，马汗血，其先天马种也。"唐·元稹《酬乐天东南行诗一百韵》："骥调方汗血，蝇点忽成卢。"

[4] 玉帐：主帅所居的帐幕，取如玉之坚的意思。唐·李商隐《重有感》诗："玉帐牙旗得上游，安危须共主君忧。"

[5] 戏马：指驰马取乐。戏马台，古迹名，即项羽凉马台。晋义熙中，刘裕曾大会宾客赋诗于此。清·钱谦益《徐州杂题》诗之二："重瞳遗迹已冥冥，戏马台前鬼火青。"

[6] 画眉：以黛描饰眉毛。《汉书·张敞传》："敞无威仪……又为妇画眉，长安中传张京兆眉怃。有司以奏敞。上问之，对曰：'臣闻闺房之内，夫妇之私，有过于画眉者。'"

[7] 燕子楼：楼名。在今江苏省徐州市。相传为唐贞元时尚书张建封之爱妾关盼盼居所。张死后，盼盼念旧不嫁，独居此楼十余年。后以"燕子楼"泛指女子居所。宋·苏轼《永遇乐》词："燕子楼空，佳人何在，空锁楼中燕。"

作品要解

这是一首怀古词，叙写古徐州形胜消磨尽英雄豪杰的苍凉悲壮的历史。

此词题为"彭城怀古"，起句开门见山，"古徐州"即彭城。相传帝尧封颛项后裔彭祖于此，"彭城"之名盖始于此。汉末曹操曾迁徐州刺史治所于彭城，彭城始称徐州，自古为兵家必争之地。"消磨尽、几英雄"句开启怀古凭吊之意。"想铁甲重瞳，乌骓汗血，玉帐连空。楚歌八千兵散，料梦魂，应不到江东"两句，追怀历史上曾在古徐州之地叱咤风云的英雄项羽。"铁甲重瞳"这里代指项羽，史载项羽是"重瞳子"，项羽披甲执锐，胯下乌骓宝马，身先士卒，勇武不可一世。"玉帐"，指军中主帅所居帐篷，绵延至天际，极写楚军当年兵威之盛。"楚歌八千兵散，料梦魂，应不到江东"句承上，词意陡然转换，曾经威势显赫的楚军命运一旦急转直下，垓下一战遭受到败亡的命运，英雄亦不免末路，最后自刎身亡。项羽宁可战死亦不肯渡江东还，宁愿魂魄永远留在败亡之地。宋代李清照《夏日绝句》亦感慨云："至今思项羽，不肯过江东。"此数句通过对曾经活跃在古徐州的历史英雄人物的回顾，凭吊之情尽显笔端。结句"空有黄河如带，乱山回合云龙"。回到词人眼前之景，黄河绵延不绝，如同一条飘动的丝带，乱山起伏如长龙，"空有"二字，表达了词人的英雄不再的浩叹。

下片起句"汉家陵阙动秋风。禾黍满关中。更戏马台荒，画眉人远，燕子楼空"。词人由眼前的彭城之景联想到汉代史实，继续叙写历史的变迁，进一步抒发吊古怀今之情。汉朝刘邦正是崛起于古徐州之地，曾在此地历数度大战，最终确立了汉王朝基业，而如今远在关中之地的汉家陵阙，不也是一派荒冢累累、禾黍离离的萧索景象吗？古徐州戏马台，据说为项羽所辟，位于徐州古城南门之外的南山之巅。项羽自立为西楚霸王后，建都彭城，于乱山荆棘中营造，携虞姬登台以观将士戏马演练。南朝宋武帝刘裕北伐奏捷，班师途径彭城，恰逢重阳，亦驻留于此台，大宴群僚，以壮军威。而此时的戏马台亦早已成为荒草连天的历史陈迹，正如清人钱谦益《徐州杂题》诗所云："重瞳遗迹已冥冥，戏马台前鬼火青。""画眉人远"则借汉张敞画眉典故，咏唐武宁军节度使张愔与彭城名姬关盼盼爱情故事。张愔曾治徐州，为其爱妾关盼盼建"燕子楼"，张愔殁后，关矢志不嫁，独守此楼十余载，传为佳话，颇引后世文人题咏，"燕子楼"遂成徐州名楼遗迹。这里词人以"戏马台""燕子楼"以写古徐州历史风物的风流云散，物是人非。进而引出末句"人生百年如寄，且开怀、一饮尽千钟。回首荒城斜日，倚阑目送飞鸿"。

词人环顾历史之后，倚栏回首，一抹斜阳残照，清冷的日光铺洒在曾经经历了如此热闹繁华、背负了太多历史的古徐州，目送渐飞渐远的归鸿，无限遐想顿然而生，全词意境苍凉悲壮，感慨尤深。

散曲

元代文学作品选

小令【越调】小桃红 [1]

杨 果

采莲人和采莲歌 [2]，柳外兰舟 [3] 过。不管鸳鸯梦惊破 [4]，夜如何？有人独上江楼卧。伤心莫唱，南朝旧曲 [5]，司马泪痕多 [6]。

——选自隋树森《全元散曲》，中华书局 1964 年版

作者简介

杨果，生平简介见前文。

注释

[1] 小桃红：元曲越调中常用的曲调之一。

[2] 采莲歌：即采莲曲，古曲名。起于梁武帝，后人多有拟作。此处泛指江南地区女子采莲时所唱歌曲。

[3] 兰舟：木兰舟。亦用为小舟的美称。唐·许浑《重游练湖怀旧》诗："西风渺渺月连天，同醉兰舟未十年。"

[4] 惊破：犹言震碎。唐·白居易《长恨歌》："渔阳鼙鼓动地来，惊破霓裳羽衣曲。"

[5] 南朝旧曲：指南朝陈后主的《玉树后庭花》曲，旧时一向被认为是亡国之音。唐·杜牧《泊秦淮》诗："商女不知亡国恨，隔江犹唱后庭花。"

[6] 司马泪痕多：唐白居易于元和年间，被贬为江州司马，作《琵琶行》以自况，结句云："凄凄不似向前声，满座重闻皆掩泣。座中泣下谁最多，江州司马青衫湿。"

作品要解

这首小令写江南水乡采莲的欢快与热闹，同时以此为映衬，抒发了作者羁旅生涯的苦闷与惆怅，寄托了深沉的故国之思。

"采莲人和采莲歌，柳外兰舟过。不管鸳鸯梦惊破，夜如何？"几句描绘采莲女荡舟轻歌采莲的情景，画面意兴盎然，充满欢快轻巧的情调。而对此乐景，对于独卧江楼的作者来说，感受到的却是更加难以摆脱的冷清孤寂，反而愈加心绪不宁、愁情满怀。因在作者耳中，如此欢快热闹的采莲歌，无异于南朝旧曲、亡国之音，这尤其引发了作者因家国破灭、身世飘零而抑郁不得志的复杂情感。

小令【商调】梧叶儿·别情

关汉卿

别离易，相见难。何处锁雕鞍[1]？春将去，人未还。这其间。殢杀[2]愁眉泪眼。

——选自隋树森《全元散曲》，中华书局 1964 年版

作者简介

关汉卿（生卒年不详），约生于 1220 年前后（金代末年），卒于 1300 年前后（元成宗大德初年）。名亦不详，字汉卿，号已斋叟（一作一斋），大都人。与马致远、白朴、郑光祖并称为"元曲四大家"，关汉卿居首，是元杂剧创作的代表人物。生而倜傥，博学能文，滑稽多智，蕴藉风流，为一时之冠，在当时剧坛极负盛名，也是著名散曲作家，散曲创作颇富。其中，今存散套十余首，小令五十余首。描绘都市繁华、羁旅行役、离愁别绪以及自抒抱负的述志遣兴。

注释

[1] 雕鞍：刻饰花纹的马鞍；华美的马鞍；亦借指宝马。

[2] 殢及：连累。

作品要解

此曲叙写离情别绪，语言虽平淡质朴，但蕴含强烈感情。元代曲家周德清

《中原音韵·作词十法》评价这首小令曰："如此方是乐府，音如破竹，语尽意尽，冠绝诸词。"即指出此曲语言既本色又兼当行的创作功力。

【双调】沉醉东风

关汉卿

咫尺 [1] 的天南地北，霎时间月缺花飞 [2]，手执着饯行杯，眼阁 [3] 着别离泪，刚道得声保重将息 [4]，痛煞煞 [5] 教人舍不得，好去者 [6] 望前程万里。

——选自隋树森《全元散曲》，中华书局 1964 年版

作者简介

关汉卿，生平简介见前文。

注释

[1] 咫尺：周制八寸为咫，十寸为尺，形容距离近。唐·牟融《寄范使君》诗："未秋为别已终秋，咫尺娄江路阻修。"此处借指情人的亲近。

[2] 月缺花飞：与"花好月圆"相对，用以比喻离别。

[3] 阁：同"搁"，放置，这里指含着。

[4] 将息：养息、休息，调养身体。

[5] 痛煞煞：非常悲痛。

[6] 好去者：好好地去吧。

作品要解

这支小令表现离别的情愁，描写饯行话别之际的两情依依。

起首两句"咫尺的天南地北，霎时间月缺花飞"。两情相悦的人本近在咫尺、朝夕共处，却眨眼间要天南地北双飞客，各奔东西，从时间与空间角度极写离别的悲哀。"手执着饯行杯，眼阁着别离泪"，两句具体叙写女主人公的临别心态，她手持酒杯，眼里噙满热泪，心中虽有千言万语，却一时竟说不出一句话。相处时的恩爱、离别时的不舍和别后的孤单，一瞬间都涌上心头。所有这一切复杂的心理活动都包含在这些动作之中，情感表现的含蓄坦率。别离虽苦，女主人公却不愿将这种愁绪传递给对方，遂强作欢颜，希图以平常的话语来对待此次分别，跟对方说上几句贴心安慰语，但"保重将息"的话甫一出口，立刻又有一股肝胆俱裂的不舍感强烈袭上心头，言之未尽，便已哽咽中断，即所谓"刚道得声保重将息，痛煞煞教人舍不得"。既然离别不可避免，还是将这一切不舍与缠绵放下吧，她努力控制住自己的情绪，也不愿让所爱之人在此刻增加痛苦。于是，她尽力保持爽朗自然的心态，把一句看似普通却异常珍贵的祝愿送给对方，"好去者望前程万里"。从此句所包含意思来看，二人的分别似乎并非平常的暂别，而是男主人公一去不返、几无再见可能的诀别，这更极大地增加了此番别离的沉重感。

　　江淹《别赋》有句曰："黯然销魂者，惟别而已矣。"关汉卿这首小令以极为精当的笔墨和精巧的情节构思，诠释了古今有情人离别的普遍心态，情感刻画细致入微，真率透彻，下语明白如话，感情真挚动人，是一首至为难得的写情佳作。

套数【南吕[1]】一枝花·不伏老

关汉卿

攀出墙朵朵花，折临路枝枝柳。花攀红蕊嫩，柳折翠条柔，浪子风流。凭着我折柳攀花手，直煞得花残柳败休[2]。半生来折柳攀花，一世里眠花卧柳。

【梁州】我是个普天下郎君[3]领袖，盖世界浪子班头[4]。愿朱颜不改常依旧，花中消遣，酒内忘忧。分茶撷竹[5]，打马藏阄[6]；通五音六律滑熟[7]，甚闲愁到我心头！伴的是银筝女[8]银台前理银筝笑倚银屏，伴的是玉天仙携玉手并玉肩同登玉楼，伴的是金钗客歌《金缕》捧金樽满泛金瓯[9]。你道我老也，暂休。占排场风月功名首[10]，更玲珑又剔透[11]。我是个锦阵花营都帅头[12]，曾玩府游州。

【隔尾】子弟每是个茅草冈、沙土窝初生的兔羔儿乍向围场上走[13]，我是个经笼罩、受索网苍翎毛老野鸡蹅踏的阵马儿熟[14]。经了些窝弓冷箭镵枪头[15]，不曾落人后。恰不道"人到中年万事休"，我怎肯虚度了春秋。

【尾】我是个蒸不烂、煮不熟、捶不匾、炒不爆、响当当一粒铜豌豆[16]，恁子弟每谁教你钻入他锄不断、斫不下、解不开、顿不脱慢腾腾千层锦套头[17]？我玩的是梁园月，饮的是东京酒；赏的是洛阳花，攀的是章台柳[18]。我也会围棋、会蹴踘、会打围、会插科、会歌舞、会吹弹、会咽作、会吟诗、会双陆[19]。你便是落了我牙、歪了我嘴、瘸了我腿、折了我手，天赐与我这几般儿歹症候[20]，尚兀自不肯休[21]。则除是[22]阎王亲自唤，神鬼自来勾，三魂归地府，七魄丧冥幽[23]，天那，那其间才不向烟花[24]路儿上走。

——选自隋树森《全元散曲》，中华书局 1964 年版

作者简介

关汉卿，生平简介见前文。

注释

[1] 南吕：宫调名，一枝花和梁州等均属这一宫调的曲牌。把同一宫调的若干曲子连缀起来表达同一主题，就是所谓"套数"。

[2] 煞：俗"杀"字，这里指摧残。休：语助词。

[3] 郎君：丈夫，此处借指为妇女所恋的男人，元曲中常用以指爱冶游的花花公子。

[4] 盖：压倒，盖世界，用如"盖世"。浪子，不务正业的浪荡子弟。"班头"，一班人中的头领。

[5] 分茶：分茶又称茶百戏、汤戏、茶戏。宋元时煎茶之法。注汤后用箸搅茶乳，使汤水波纹幻变成种种形状。据北宋陶谷《清异录》记载："近世有下汤远匕，别施妙诀，使汤纹水脉成物象者。禽兽虫鱼花草之属，纤巧如画，但须臾即散灭，此茶之变也，时人谓之茶百戏。"宋·陆游《临安春雨初霁》诗："矮纸斜行闲作草，晴窗细乳戏分茶。"攧（diān）竹：攧，投、掷，博戏名。颠动竹筒使筒中某支竹签首先跌出，视签上标志以决胜负。

[6] 打马：一种博戏，在圆牌上刻良马名，掷骰子以决胜负。宋·李清照《〈打马图经〉序》："打马世有二种：一种一将十马，谓之关西马；一种无将，二十四马，谓之依经马。流传既久，各有图经。"宋·陆游《乌夜啼》词："冷落秋千伴侣，阑珊打马心情。"藏阄（jiū）：古代的一种游戏，即"藏钩"，古代猜拳的一种游戏。相传汉昭帝母钩弋夫人少时手拳，入宫，汉武帝展其手，得一钩，后人乃作藏钩之戏。饮酒时手握小物件，使人探猜，输者饮酒。宋·梅尧臣《和腊前》："土人熏肉经春美，宫女藏钩旧戏存。"

[7] 五音：宫、商、角、徵、羽。六律：十二律中单数为律，双数为吕，统称律吕，因此六律也就是黄钟、太簇、姑洗、蕤宾、夷则、无射六种音调。这里泛指音乐。滑熟：十分圆熟、惯熟。

[8] 银筝女：与下文"玉天仙""金钗客"均指歌妓。

[9] 金缕：曲调名，即《金缕衣》，又作《金缕曲》。唐杜秋娘《金缕衣》"劝君莫惜金缕衣，劝君惜取少年时"。苏轼诗亦有"入夜更歌金缕曲，他时莫忘角弓

篇"。樽、瓯（ōu）：酒杯。

[10] 占排场风月功名首：在风月排场中占得首位。风月，指男女间情爱之事。

[11] 玲珑又剔透：即在风月场所八面玲珑、左右逢源。

[12] 锦阵花营：都是指风月玩乐场所。都帅头：总头目。元人《析津志》说关汉卿"生而倜傥，博学能文，滑稽多智，蕴藉风流，为一时之冠"。《录鬼簿》亦引时人言称其为"驱梨园领袖，总编修师首，捻杂剧班头"。

[13] 子弟每：即子弟们，此指风流子弟。兔羔儿：比喻未经世故的年轻人。

[14] 苍翎毛老野鸡：翅膀长出老翎的野鸡。笼罩、索网：指围场的用具。蹅（chǎ）踏：践踏、糟蹋，此处指踏阵冲锋。阵马儿：破阵之马。唐·杜牧《〈太常寺奉礼郎李贺歌诗集〉序》："秋之明洁，不足为其格也；风樯阵马，不足为其勇也。"

[15] 窝弓：捕兽的伏弩，藏在草丛内射杀猎物。镴（là）枪头：一般都用作"银样蜡枪头"，好看不中用的意思。

[16] 匾：同"扁"。铜豌豆：比喻老门槛、风月中人。是宋元时勾栏中对于老狎客的隐语。

[17] 恁（nèn）：通"那"。"恁每"一词，即"你们"，"恁子弟每"即"你子弟们"。斫（zhuó）：用刀、斧头砍。锦套头：锦绳结成的套头，谓美丽的圈套。比喻妓女迷惑嫖客的手段。

[18] 梁园：又名"梁苑"。汉代梁孝王的园林，在今河南开封附近，园内有池馆林木，梁王日与宾客游乐，因此后来以之泛指名胜游玩之所。东京：汉代以洛阳为东京，宋代以汴州（今开封市）为东京，辽时改南京（今辽阳）为东京。此处不必实指。洛阳花：指牡丹。古时洛阳以产牡丹花著名。章台柳：代指妓女。章台：汉长安街名，娼妓所居。《太平广记·柳氏传》载，唐韩翃与妓女柳氏有婚约，安史之乱，两人分离，韩赋诗以表思念："章台柳，章台柳，昔日青青今在否？纵使长条似旧垂，也应攀折他人手。"

[19] 蹴鞠（cù jū）：古代的足球运动，以皮革裹以实物，又作"蹴毱""蹴鞠"。打围：即打猎。插科：戏曲演员在表演中穿插的引人发笑的动作。常同"打诨"合用，称"插科打诨"。咽作：指歌唱。朱有炖《桃花源》楔子[仙吕·赏花

诗]曲："你道我咽作的吞子忒献斗，你道我撇末的场中无对手。"吞子，指嗓子；献斗，指出色。双陆（liù）：又名"双六"，古代一种博戏。据说为三国魏曹植所创，至唐代演变为叶子戏（纸牌）。

[20] 歹症候：本是指病，借指脾性。

[21] 兀自：亦作"兀子"。还；仍然。

[22] 则除是：除非是。则：同"只"。

[23] 冥幽：指在阴间的灵魂。

[24] 烟花：多代指妓女或艺妓。唐·黄滔《闺怨》诗："塞上无烟花，宁思妾颜色。"

作品要解

这首套曲是关汉卿带有自述心志性质的作品，当作于中年以后，约元世祖至元年间。当时诸多士人"沉抑下僚"，有志难伸。而作者在"求仕"与"归隐"这两种传统生存模式以外，另辟生路，选择了独立的生存途路。这套曲子就是其思想个性与人生经验的集中体现，显示了"天地开辟，亘古及今，自有不死之鬼在"（钟嗣成《录鬼簿序》）的人生意识。

曲子以本色、生动、诙谐、夸张的语言，大胆而又夸张的笔调，完美发挥了散曲的特点，叙写了浪漫的生活和难得的才情，感情倾诉奔放无阻，极具狂傲孤高的个性色彩，历来被视为关汉卿散曲的代表作。

小令【仙吕】醉扶归·咏大蝴蝶

王和卿

弹破庄周梦[1]，两翅驾东风。三百座名园一采个空。难道风流种，唬杀[2]寻芳的蜜蜂。轻轻的飞动，把卖花人扇过桥东。

——选自隋树森《全元散曲》，中华书局 1964 年版

作者简介

王和卿（生卒年不详），大名人（今属河北）。元代书会才人，性格佻达滑稽，作为曲家，时名颇大。今存散曲小令十余支，套数一套，曲风俳谐俚俗。

注释

[1] 庄周梦：《庄子·齐物论》："昔者庄周梦为胡蝶，栩栩然胡蝶也。自喻适志与，不知周也。俄然觉，则蘧蘧然周也。不知周之梦为胡蝶与，胡蝶之梦为周与？周与胡蝶，则必有分矣。此之谓物化。"庄子认为：生与死、祸与福、物与影、梦与觉等，都是自然变化的现象，圣人任其自然，随之变化。后也用此比喻虚幻的事物。

[2] 唬杀：犹吓坏，吓死。

作品要解

此曲以夸张的笔法，描绘一只硕大蝴蝶的情态，极尽铺叙渲染之能事，轻

松活泼，充满浓郁的戏剧色彩。此曲以"弹破庄周梦，两翅驾东风"两句引入庄周梦蝶典，谓大蝴蝶从庄周之梦中挣脱，又暗用《庄子·逍遥游》中大鹏之羽翼为喻，驾东风而起，抟扶摇而上，描摹蝴蝶翅膀之大。接下来句描绘蝴蝶嘴巴之大，三百座名园一采个空，又采用拟人手法，将此硕大无朋的蝴蝶比为人中之"风流种"，而其风流的举动却非一般侪辈可比，"唬杀寻芳的蜜蜂"。蜜蜂、蝴蝶都寻芳采花，但蜜蜂却被此等大蝴蝶唬杀，则蝴蝶之风流可见一斑。这只大蝴蝶不独吓死了蜜蜂，即使遇到卖花人入园采花，也将其轻易扇过桥东，击败对手。从此大蝴蝶独占花园，任意寻芳采集。

此曲以极为夸张的笔调，描绘此只大蝴蝶，究竟指代何人何事呢？据元代陶宗仪《辍耕录·嗓》记载："大名王和卿，滑稽佻达，传播四方。中统初，燕市有一蝴蝶，其大异常。王赋《醉中天》小令云……由是其名益著。时有关汉卿者，亦高才风流人也。王常以讥谑加之，关虽极意还答，终不能胜王。忽坐逝而鼻垂双涕尺余，人皆叹骇。关来吊唁，询其由。或对云：'此释家所谓坐化也。'复问'鼻悬何物？'又对云：'此玉筯也。'关云：'我道你不识，不是玉筯是嗓咸发。'一笑。"由此可见，此曲或为作者对关汉卿寻芳采花的风流生活进行善意的戏谑之作。

小令【中吕】十二月过尧民歌·别情

王实甫

自别后遥山隐隐 [1]，更那堪远水粼粼 [2]。见杨柳飞绵滚滚，对桃花醉脸醺醺 [3]。透内阁 [4] 香风阵阵，掩重门暮雨 [5] 纷纷。怕黄昏 [6] 忽地又黄昏，不销魂 [7] 怎地不销魂。新啼痕压旧啼痕，断肠人 [8] 忆断肠人。今春，香肌瘦几分，搂带 [9] 宽三寸。

——选自隋树森《全元散曲》，中华书局 1964 年版

作者简介

王实甫（生卒年不详），名德信，生平事迹亦不详。《录鬼簿》称他为河北定兴人。列入"前辈已死名公才人"。明代贾仲明增补《录鬼簿续编》，有《凌波仙》吊词曰："风月营密匝匝列旌旗，莺花寨明飚飚排剑戟，翠红乡雄赳赳施谋智。作词章风韵美，士林中等辈伏低。新杂剧，旧传奇，《西厢记》天下夺魁。"王实甫熟悉元代官妓聚居的教坊、行院或上演杂剧的勾栏生活，擅长写"儿女风情"戏，与娼优有密切交往。晚年归隐，过着吟风弄月、纵游园林的生活。《全元散曲》录其小令一首，套数两套，残套一。

注释

[1] 隐隐：隐约不分明貌。宋·欧阳修《蝶恋花》词："隐隐歌声归棹远，离愁引着江南岸。"

[2] 粼粼：水流清澈貌；水石闪映貌。唐·高适《答侯少府》诗："漆园多乔木，睢水清粼粼。"

[3] 醺醺：酣醉貌。

[4] 内阁：深闺、内室。

[5] 重门：庭院深处之门。暮雨：指傍晚所下的雨。

[6] 怕黄昏：黄昏，容易引起人们寂寞孤独之感。宋·李清照《声声慢》："梧桐更兼细雨，到黄昏点点滴滴，这次第，怎一个愁字了得！"

[7] 销魂：灵魂离散。形容极度的悲愁、欢乐、恐惧等。唐·綦毋潜《送宋秀才》诗："秋风一送别，江上黯消魂。"

[8] 断肠人：处在极度思念或悲痛中的人。

[9] 搂带：裙带。

作品要解

这首小令连用两支曲牌，是散曲中的"带过曲"。表现女主人公与情人久别之后，面对春景睹物思人，希冀重逢的心绪。《十二月》主要叙写主人公眼前之景，铺叙渲染别后的离情，成功营造出思念的氛围。《尧民歌》则直接抒情，以连环与夸张的手法写主人公的相思之苦。

全曲大量运用叠字、叠词，如怨如慕、如泣如诉，文采斐然，情致哀婉动人，是一首不可多得的佳作。周德清《中原音韵》评价此曲为："对偶、音律、平仄、语句皆妙。"王实甫作为元代重要杂剧作家，所传散曲作品虽然数量有限，但其散曲作品恰如前人所评曰："好花间美人，铺叙委婉，深得骚人之趣。"

小令【双调】骤雨打新荷[1]

元好问

绿叶阴浓，遍池塘水阁[2]，偏趁凉多。海榴[3]初绽，妖艳喷香罗[4]。老燕携雏弄语，有高柳鸣蝉相和。骤雨过，珍珠乱糁[5]，打遍新荷。人生有几[6]，念良辰美景，一梦初过。穷通前定[7]，何用苦张罗[8]。命友邀宾玩赏，对芳樽[9]浅酌低歌。且酩酊，任他两轮日月，来往如梭。

——选自隋树森《全元散曲》，中华书局 1964 年版

作者简介

元好问（1190—1257），字裕之，号遗山，世称遗山先生。太原秀容（今山西忻州）人。金末元初文学家，宋金对峙时期北方文学的主要代表，又是金元之际在文学上承前启后的桥梁。其诗、文、词、曲，各体皆工。诗作成就最高，"丧乱诗"尤为有名；其词为金代一朝之冠，可与两宋名家媲美；其散曲虽传世不多，但当时影响很大，有倡导之功。有《元遗山先生全集》《中州集》。

注释

[1] 骤雨打新荷：曲牌名，本为"小圣乐"，或入双调、或入小石调。因元好问之作"骤雨过，珍珠乱糁，打遍新荷"数句脍炙人口，故此曲又被称为"骤雨打新荷"。

[2] 池塘：蓄水的坑，一般较小较浅。宋·晏殊《寓意》："梨花院落溶溶月，柳絮池塘淡淡风。"水阁：临水的楼阁。一般为两层建筑，四周开窗，可凭高远望。唐·刘禹锡《刘驸马水亭避暑》诗："千竿竹翠数莲红，水阁虚凉玉簟空。"

[3] 海榴：即石榴。又名海石榴。因来自海外，故名。古诗文中多指石榴花。唐·李白《咏邻女东窗海石榴》诗："鲁女东窗下，海榴世所稀。"

[4] 香罗：绫罗的美称，多用以制作妇女衣裙。唐·杜甫《端午日赐衣》诗："细葛含风软，香罗叠雪轻。"此处喻指石榴花。

[5] 糁（sǎn）：散落；洒上。唐·杜甫《绝句漫兴》之七："糁径杨花铺白毡，点溪荷叶迭青钱。"

[6] 几：若干，多少。此处指多长时间。

[7] 穷通：困厄与显达。《庄子·让王》："古之得道者，穷亦乐，通亦乐，所乐非穷通也；道德于此，则穷通为寒暑风雨之序矣。"前定：预先确定，谓凡事均为命中注定。宋·郭彖《暌车志》卷五："益知科名无非前定。"

[8] 张罗：筹划、料理、安排。

[9] 芳樽：精致的酒器。亦借指美酒。唐·李颀《夏宴张兵曹东堂》诗："云峰峨峨自冰雪，坐对芳樽不知热。"

作品要解

此曲上片写景，叙写盛夏纳凉，流连光景的赏心乐事。夏日的庭院绿荫繁茂，池亭水阁随处可见。石榴花刚绽放，散发扑鼻的香气。老燕携带着小燕，叽叽地鸣叫，恰与高柳上的蝉鸣相和。骤雨刹时飞来，像珍珠一般乱洒，遍打池塘里的片片新荷。下曲即景抒怀，情感旷达超脱。人生能有几般岁月，多少良辰美景，如同一场大梦。命运的好坏由前生而定，不必辛苦张罗。邀请宾客朋友玩赏，喝酒唱歌，暂且喝个酩酊大醉，任凭它日月轮转，来往像穿梭。曲中描绘的充溢着旺盛的生命力的夏令境界，以及其中流露的浓厚的生活情趣，令人神往。陶宗仪《辍耕录》载："赵孟頫听歌姬唱此曲，赋诗赞曰：'主人自有沧州趣，游女乃歌白雪词。'"此曲正以"白雪词"抒写"沧州趣"，表现了宋元之际文人们普遍的精神状态。

【双调】沉醉东风·渔夫

白　朴

黄芦岸白蘋[1]渡口，绿杨堤红蓼滩头。虽无刎颈交[2]，却有忘机友[3]。点秋江白鹭沙鸥，傲杀人间万户侯，不识字烟波[4]钓叟。

——选自隋树森《全元散曲》，中华书局 1964 年版

作者简介

白朴（1226—？）原名恒，字仁甫，后改名朴，字太素，号兰谷。祖籍山西河曲，客居真定（今河北正定）。金天兴元年（1232），蒙古军攻占东京（今开封），父母离散，由元好问携之照料。蒙古灭金后，弃家出游，留寓四方。后定居金陵（今江苏南京）。一生创作颇丰，作杂剧 16 种，今存《梧桐雨》《墙头马上》《东墙记》三种。所作散曲大多为叹世、咏景和闺怨之作。辞语遒丽，情寄高远，音节协和。今存《天籁集》，散曲存小令 37 首，套曲 4 首。

注释

[1] 白蘋（pín）：水中浮草。

[2] 刎颈交：谓友谊深挚，可以共生死的朋友。

[3] 忘机：消除机巧之心。常用以指甘于淡泊，与世无争。忘机友即不设心机、无算计技巧之心的朋友。

[4] 烟波：指烟雾苍茫的水面，在此指避世隐居的江湖。

元代文学作品选

作品要解

　　白朴本为金国遗民，蒙古灭金之后，他经受了家国破灭、亲人离散的痛楚。元世祖中统二年，中书右丞相史天泽向元廷推荐其出仕，他坚辞不就。迁居至南京，"从诸遗老放情山水间，日以诗酒悠游，用世雅志，以忘天下"。渔父、樵夫形象在古典诗词中常为士大夫归隐的象征，在此曲中所描绘的渔夫清丽优雅的秋江垂钓打鱼的图景，既是作者心目中理想化的生活，也是对那个时代士大夫所遭遇的不平，及对此不屈的抗争心态的反映。

　　曲子用语清丽、风格俊爽，稍后的元代曲家卢挚有【双调】《蟾宫曲》："碧波中范蠡乘舟。㳎酒簪花，乐以忘忧。荡荡悠悠，点秋江白鹭沙鸥。急棹不过黄芦岸白蘋渡口，且湾在绿杨堤红蓼滩头。醉时方休，醒时扶头。傲煞人间，伯子公侯。"可谓与此同一机杼。

套数【双调】夜行船·百岁光阴

马致远

百岁光阴一梦蝶[1]，重回首往事堪嗟。今日春来，明朝花谢，急罚盏夜阑[2]灯灭。

【乔木查】想秦宫汉阙[3]，都做了衰草牛羊野，不恁么渔樵[4]没话说。纵荒坟横断碑[5]，不辨龙蛇[6]。

【庆宣和】投至[7]狐踪与兔穴，多少豪杰。鼎足[8]虽坚半腰里折，魏耶？晋耶？

【落梅风】天教你富，莫太奢，没多时好天良夜[9]。富家儿更做道你心似铁，争辜负了锦堂风月[10]。

【风入松】眼前红日又西斜，疾似下坡车。不争镜里添白雪，上床与鞋履相别。休笑巢鸠计拙[11]，葫芦提[12]一向装呆。

【拨不断】利名竭，是非绝。红尘不向门前惹。绿树偏宜屋角遮。青山正补墙头缺，更那堪竹篱茅舍。

【离亭宴煞】蛩吟罢一觉才宁贴[13]，鸡鸣时万事无休歇。何年是彻[14]？看密匝匝蚁排兵，乱纷纷蜂酿蜜，急攘攘蝇争血。裴公绿野堂[15]，陶令白莲社[16]，爱秋来时那些：和露摘黄花，带霜烹紫蟹，煮酒烧红叶。想人生有限杯，浑几个重阳节？人问我顽童记者：便北海[17]探吾来，道东篱[18]醉了也。

——选自隋树森《全元散曲》，中华书局 1964 年版

作者简介

马致远（生卒年不详），号东篱，大都（今北京）人。名不详，以字行于世。元代著名杂剧家、散曲家。生平事迹多不可考，据其散曲作品可知其早年曾热衷功名，后因屡受挫折，心灰意冷，遂对隐逸生活产生浓厚兴趣。并混迹于勾栏书会，

投身于元曲创作。马致远在元代曲坛极负盛名，为"元曲四大家"之一，并有"曲状元"之誉。杂剧作品见于著录的有 15 种，另有散曲套数 27 首，小令 115 首，辑为《东篱乐府》。

注释

[1] 梦蝶：《庄子·齐物论》："昔者庄周梦为蝴蝶，栩栩然蝴蝶也；自喻适志与，不知周也；俄然觉，则蘧蘧然周也。"本为寓言，后多用"梦蝶"表示人生原属虚幻的思想。宋·苏轼《奉敕祭西太一和韩川韵》："梦蝶犹飞旅枕，粥鱼已响枯桐。"

[2] 急罚盏：赶快行令罚酒。夜阑：夜残；夜将尽时。

[3] 秦宫汉阙：秦代的宫殿和汉代的陵阙。

[4] 不恁（nèn）：不如此，不这般。渔樵：渔人和樵夫。

[5] 断碑：断裂残缺的石碑。宋·黄庭坚《病起荆江亭即事》："杨绾当朝天下喜，断碑零落卧秋风。"

[6] 龙蛇：指草书飞动圆转的笔势；飞动的草书。这里泛指书法、文字。宋·辛弃疾《水调歌头·寿赵漕介庵》词："金銮当日奏草，落笔万龙蛇。"

[7] 投至：及至；等到。元·关汉卿《拜月亭》第二折："韵悠悠比及地角品绝，碧荧荧投至那灯儿灭。"

[8] 鼎足：鼎有三足，言魏、蜀、吴三国并峙之势。《史记·淮阴侯列传》："参分天下，鼎足而居。"

[9] 好天良夜：好时光，好日子。

[10] 锦堂风月：富贵人家的美好景色。

[11] 巢鸠计拙：指不善于经营生计。《诗经·召南·鹊巢》："维鹊有巢，维鸠居之。"朱熹注："鸠性拙不能为巢，或有居鹊之成巢者。"

[12] 葫芦提：糊糊涂涂。

[13] 蛩（qióng）：蟋蟀的别名。南朝宋·鲍照《拟古》："秋蛩扶户吟，寒妇晨夜织。"宁贴：安定；平静。

[14] 彻：了结，到头。

[15] 裴公：唐代的裴度，历事德宗、宪宗、穆宗、敬宗、文宗五朝，以一身系天下安危者二十年，眼见宦官当权，国事日非，便在洛阳修了一座别墅叫作"绿野堂"，与白居易、刘禹锡在那里饮酒赋诗。

[16] 陶令：陶潜。曾经做过彭泽令，又被称为陶令。相传他曾经参加晋代慧远法师在庐山虎溪东林寺组织的白莲社。

[17] 北海：指东汉的孔融。他曾出任过北海相，所以后世称为孔北海。他曾说："座上客常满，樽中酒不空，吾无忧矣。"

[18] 东篱：指马致远。他慕陶潜的隐逸生活，因陶潜《饮酒》诗有"采菊东篱下，悠然见南山"之句，乃自号为"东篱"。

作品要解

这一套曲由七支曲子组成，第一支曲以人生当及时行乐的感慨领起，题云秋思，但未直接落笔秋景，而取以人生迟暮与秋景相对照之意。第二、三、四支曲子从古今兴亡之状、富贵财货之拥有，慨叹所谓的追求建功立业、贪恋富贵长久等等人生追求的虚妄。想当年秦汉之际的历史陈迹早已化为一片满是衰草，放牧牛羊的原野。而昔日的繁华落尽，皆已成过眼云烟，仅供得打鱼人、砍柴人聊天解闷的谈资。纵然是把功业刻在石碑上欲以不朽，可如今不过是徒增几块字迹模糊的残垣断碑而已。而历史上多少所谓豪杰和英雄人物，他们的葬身之所，如今也不过是狐狸野兔出没的洞穴。多少帝王豪杰的功业尚且如此收场，更何况富家儿心如铁石般的拼命追逐财货，受困于无尽的贪念，空置锦堂风月，抛却赏心乐事，无异于虚度的光阴，成了财货的奴隶。以上三支曲子分别对应帝王、豪杰、富人，将功名富贵一并阐入参破。

第五、六两支曲子便转而表达自己的人生思考。人生有限，时光穿梭如下坡之车，难以约束。"上床与鞋履相别"似戏谑语，实则道出了人所皆不能免的自然规律，是参透生死的至理名言。而在人生有限的时光中，真正善待生命的意识，其实并非时时刻刻计较和算计，而是弃绝名利是非的"糊涂"。"红尘不向门前惹，绿树偏宜屋角遮，青山正补墙头缺"，描绘隐居尘外的环境。最后一支曲煞尾，与首支曲子相照应，重申主旨。

　　这套《夜行船·百岁光阴》出入雅俗之间，辞情本色，饱蕴味外之旨，艺术成就特为超拔。受到后人极高赞誉，被推为散曲第一，元曲之冠。元代周德清将其附载于《中原音韵》"作词十法"之内，并评论云："此方是乐府，不重韵，无衬字，韵险，语俊。谚曰'百中无一'，余曰'万中无一'。"由此看来，前人称这套曲子为元曲之冠，确为定论。

【中吕】山坡羊·潼关怀古

张养浩

峰峦如聚，波涛如怒，山河表里潼关[1]路。望西都[2]，意踌躇[3]。伤心秦汉经行[4]处，宫阙万间都做了土。兴，百姓苦；亡，百姓苦。

——选自隋树森《全元散曲》，中华书局 1964 年版

作者简介

张养浩（1270—1329），字希孟，号云庄，又称齐东野人，济南历城人。少有才学，被荐为东平学正。历仕礼部令史、御史台掾属、礼部尚书等职。后辞官归隐，朝廷屡聘不出。天历二年（1329），关中大旱，出任陕西行台中丞。是年，忧劳成疾，卒于任上。张养浩是元代早期重要散曲作家，所作散曲多为归隐之后，感叹宦海浮沉、民生疾苦、向往田园生活。风格以豪放为主，兼清新明丽之作。散曲集有《云庄休居自适小乐府》，存小令 161 首，套数二首。

注释

[1] 潼关：关隘名。古称桃林塞。东汉时设潼关，故址在今陕西省潼关县东南，处陕西、山西、河南三省要冲，素称险要。

[2] 西都：指长安（今陕西西安）。这是泛指秦汉以来在长安附近所建的都城。秦、西汉建都长安，东汉建都洛阳，因此称洛阳为东都，长安为西都。

[3] 踌躇：迟疑不决，反复思量。

[4] 经行：行程中经过。

作品要解

天历二年（1329），因关中旱灾，作者被任命为陕西行台中丞以赈灾民。此前他已决意隐居，不再涉仕途，但为赈济饥民，遂应命出仕。一路西去，目睹饥民相食惨象，感慨叹喟，写下了这首《山坡羊》。

此曲起首写眼前之景，潼关之雄伟险要，为古来兵家必争之地；黄河之水怒涛奔涌，咆哮东向。为此景所激发，引发了下文的感慨。关中长安昔日繁华早已不在，万间宫阙已化为废墟，历代帝业的沧桑变化带来了沉重的感慨。其间变化自有规律，而百姓在这历史的轮回之中却永远承担着遭殃受苦的角色。即有此结句："兴，百姓苦；亡，百姓苦。"充满着极为深切的悲天悯人的人本情怀，不愧为元散曲中的优秀之作。

【中吕】卖花声·怀古二首

张可久

其一

阿房[1]舞殿翻罗袖，金谷名园起玉楼[2]，隋堤古柳缆龙舟[3]。不堪回首，东风还又，野花开暮春时候。

其二

美人自刎乌江岸[4]，战火曾烧赤壁山[5]，将军空老玉门关[6]。伤心秦汉，生民涂炭[7]，读书人一声长叹。

——选自隋树森《全元散曲》，中华书局 1964 年版

作者简介

张可久（1280—1348），字可久，号小山，以字行。庆元路（今浙江宁波）人。家世业儒，长期沉居下僚。早年客居吴江，后漫游江南，与贯云石、卢挚、薛昂夫悠游湖山，颇有唱和，晚年居杭州。早年即致力于散曲，前后长达五十余年，是元代作品传世最多的作家。明代朱权《太和正音谱》评其在元代曲家地位中仅次于马致远，排名其后。现存作品有小令八百五十五首，套数九套，为元人中最多者。作品或咏自然风光，或写颓放生活，亦有闺情及应酬之作。风格典雅清丽。有《小山乐府》。

注释

[1] 阿房：《史记·秦始皇本纪》："于是始皇以为咸阳人多，先王之宫廷小，……乃营作朝宫渭南上林苑中。先作前殿阿房，东西五百步，南北五十丈，上

可以坐万人，下可以建五丈旗。周驰为阁道，自殿下直抵南山。"

[2] 金谷名园：在河南省洛阳市西面，是晋代大官僚大富豪石崇的别墅，其中的建筑和陈设异常奢侈豪华。玉楼：华丽的楼。唐·宗楚客《奉和幸安乐公主山庄应制》："玉楼银榜枕严城，翠盖红旗列禁营。"

[3] 隋堤：隋炀帝时沿通济渠、邗沟河岸修筑的御道，道旁植杨柳，后人谓之隋堤。唐·韩琮《杨柳枝》诗："梁苑隋堤事已空，万条犹舞旧东风。"缆龙舟：指隋炀帝沿运河南巡江都（今扬州市）事。

[4] 美人：言楚汉相争时项羽战败自刎乌江。公元前202年，项羽在垓下（今安徽省灵璧县东南）被汉军围困。夜里，他在帐中悲歌痛饮，与美人虞姬诀别，然后乘夜突出重围，在乌江（今安徽和县东）边自刎而死。

[5] 战火：言三国时曹操惨败于赤壁。208年，吴蜀联军在赤壁之战中击败曹操军队。

[6] 将军：言东汉班超垂老思归。班超因久在绝域，年老思土。上疏曰："臣闻太公封齐，五世葬周，狐死首丘，代马依风。……臣不敢望到酒泉郡，但愿生入玉门关。"

[7] 涂炭：比喻极困苦的境遇。孔传："民之危险，若陷泥坠火。"

作品要解

　　张可久《小山乐府》中颇多咏史之作，此为其中由两支构成的咏史组曲。第一首曲子开篇连用三个典故。一是写阿房宫咏叹秦朝事，秦始皇统一六国之后，征发刑徒数十万人修造宫殿，耗费资材无数，也迅速耗尽了秦的国力与民心，导致覆亡；二是写金谷园咏叹西晋石崇事，西晋富豪石崇筑金谷园行乐，以奢靡夸人，卒以此死东市；三是写隋炀帝修造运河以南巡江都游乐，劳民伤财导致灭国。这些皆是穷奢极欲而不免败亡的例子，以此三个典故开篇，咏史之意，不言自明。末句以"不堪回首"领二句景语起兴："东风还又，野花开暮春时候。"春意阑珊，时移世易，历史的轮回总是不以人之意志为转移。

与第一首相对应，第二首在手法上约略相类，不过曲意翻上一层，将关注的目光由单纯咏史投向民生疾苦，具有了悲天悯人的情怀。第二首开篇亦列举三件史实，一则是项羽乌江失败自刎；二则是吴蜀联军攻破曹操军队；三则是汉将班超出使西域戍边三十余年的故事。"伤心秦汉，生民涂炭，读书人一声长叹。"此曲怀古感伤至此，从一个读书人眼中观察的历史，那些英雄也许不免遭遇末路，有志难伸抑或徒留遗恨，但历史的车轮不管运行到哪个朝代，民生疾苦都如影随形，伴随始终。念及此才令人颇生感慨。结句意义深刻，耐人回味。

【双调】折桂令·自述

乔　吉

华阳巾鹤氅蹁跹 [1]，铁笛吹云 [2]，竹杖撑天。伴柳怪花妖、鳞祥凤瑞、酒圣诗禅 [3]。不应举江湖状元 [4]，不思凡风月神仙。断简残编 [5]，翰墨 [6] 云烟，香满山川。

——选自隋树森《全元散曲》，中华书局 1964 年版

散
曲

作者简介

乔吉（1280？—1345），一作乔吉甫，字梦符，号笙鹤翁，又号惺惺道人。原籍太原（现属山西），游寓杭州（今属浙江）。钟嗣成在《录鬼簿》中说他："美姿容，善词章，以威严自饬，人敬畏之。"至正五年，病卒于家。著杂剧十一种，现存《扬州梦》《金钱记》《两世姻缘》三种。梦符尝作乐府亦有法，"凤头猪肚豹尾"是也。大概意思是起要美丽，中要浩荡，结要响亮，尤贵在首尾贯串，意思清新，能若是，斯可以言乐府矣。明代李开先辑其所作，为《乔梦符小令》一卷，与《张小山小令》并列。又有无名氏辑其小令为《文湖州集词》。

注释

[1] 华阳巾鹤氅蹁（pián）跹（xiān）：头戴华阳巾，身穿鸟羽裘，飘然而行。华阳巾：道士冠。鹤氅：用鸟羽做的长衣。典出《新五代史》卷二十八《唐臣传·卢程》："程戴华阳巾，衣鹤氅，据几决事……"

[2] 铁笛吹云：铁笛的声音吹入云霄。铁笛：古时的一种笛，常为隐士所用。元·昊吟《记张元》（一）："铁笛潇洒强客走，银剑峥嵘顽石镌。"

[3] 柳怪花妖：即柳树鲜花。酒圣诗禅：善于饮酒和精于作诗的人。诗禅：本指诗与道相合，一般泛指善于作诗的人。

[4] 江湖状元：指不愿进取功名、放浪江湖的隐士。

[5] 断简残编：残缺不全的书籍。宋·陆游《对酒》诗："断简残编不策勋，东皋犹得肆微勤。"

[6] 翰墨：即笔墨，这里指文章。

作品要解

这首小令是乔吉自述心志的作品，首先描画了自己的形象，戴上隐士的衣巾，吹着响遏行云的铁笛，浪迹江湖，以饮酒携妓赋诗为务。他把自己称作是"江湖状元""风月神仙"，表现了作者的潇洒、风流的情态。结尾三句表现了乔吉对书籍文墨的感情，也包括对挥洒翰墨创作散曲杂剧的自豪。乔吉所追求的这种生活理想，是与封建正统文化所要求的知识分子风范完全对立的。

【双调】折桂令·丙子游越怀古 [1]

乔 吉

蓬莱老树苍云 [2]，禾黍高低，孤兔纷纭。半折残碑，空余故址，总是黄尘。东晋亡也再难寻个右军 [3]，西施去也绝不见甚佳人。海气长昏，啼鸪 [4] 声乾，天地无春。

——选自隋树森《全元散曲》，中华书局 1964 年版

作者简介

乔吉，生平简介见前文。

注释

[1] 丙子：此指 1336 年（元顺帝至元二年）。上一个丙子年（1276）为元兵攻破南宋都城临安（杭州）时。越：指今浙江绍兴一带，古为越地。

[2] 蓬莱：指蓬莱阁。老树苍云：指老树参天，苍茫萧森。

[3] 右军：指东晋王羲之，官至右军将军。

[4] 啼鸪：即杜鹃鸟。

作品要解

散曲《折桂令·丙子游越怀古》是乔吉唯一的明确标年的作品，作此曲

时离南宋实际灭亡之际距离整整一个甲子，但是曲中表现的黍离之悲、荒寂之感、凄凉之思多少带有感慨宋亡而不满元代现实的色彩。

全曲以写景开篇，"蓬莱老树苍云，禾黍高低，孤兔纷纭。半折残碑，空余故址，总是黄尘"描绘了一派荒凉萧瑟，混乱破败的景象。中间两句运用王羲之、西施两个典故，抒发了人事变迁，美人已逝，人世沧桑变化，盛世不再的感伤情绪，气势很大。以写景作结，"海气长昏，啼鸠声乾，天地无春"，景致从局部推展到整个宇宙，将抒情蕴于景物之中，流露出对历史和现实的浓厚的忧患意识，体现了作者凄苦无奈的心情。这首曲子，语言通俗浅白，但不失蕴藉，全曲弥漫着一种悲凉深沉的气氛。

【般涉调】哨遍·高祖还乡 [1]

睢景臣

社长排门 [2] 告示，但有的差使无推故 [3]，这差使不寻俗。一壁厢纳草也 [4] 根，一边又要差夫，索 [5] 应付。又是言车驾 [6]，都说是銮舆 [7]，今日还乡故。王乡老执定瓦台盘 [8]，赵忙郎抱着酒胡芦。新刷来的头巾，恰糨 [9] 来的绸衫，畅好是妆么大户 [10]。

【要孩儿】瞎王留 [11] 引定火乔男女，胡踢蹬 [12] 吹笛擂鼓。见一彪 [13] 人马到庄门，匹头里 [14] 几面旗舒。一面旗白胡阑套住个迎霜兔 [15]，一面旗红曲连打着个毕月乌 [16]。一面旗鸡学舞 [17]，一面旗狗生双翅 [18]，一面旗蛇缠葫芦 [19]。

【五煞】红漆了叉，银铮了斧 [20]，甜瓜苦瓜黄金镀 [21]，明晃晃马镫枪尖上挑 [22]，白雪雪鹅毛扇上铺 [23]。这些个乔人物 [24]，拿着些不曾见的器仗，穿着些大作怪的衣服。

【四】辕条上都是马，套顶上不见驴，黄罗伞柄天生曲 [25]，车前八个天曹判 [26]，车后若干递送夫 [27]。更几个多娇女，一般穿着，一样妆梳。

【三】那大汉下的车，众人施礼数，那大汉觑 [28] 得人如无物。众乡老展脚舒腰拜，那大汉那身着手扶。猛可里 [29] 抬头觑，觑多时认得，险气破我胸脯。

【二】你须身姓刘，您妻须姓吕，把你两家儿根脚 [30] 从头数：你本身做亭长耽几盏酒 [31]，你丈人教村学读几卷书。曾在俺庄东住，也曾与我喂牛切草，拽坝 [32] 扶锄。

【一】春采了桑，冬借了俺粟，零支了米麦无重数。换田契强秤了麻三秤，还酒债偷量了豆几斛，有甚胡突 [33] 处。明标 [34] 着册历，见 [35] 放着文书。

【尾】少我的钱差发内旋拨还 [36]，欠我的粟税粮中私准除 [37]。只道刘三谁肯把你揪捽 [38] 住，白甚么改了姓、更了名、唤做汉高祖。

——选自隋树森《全元散曲》，中华书局 1964 年版

作者简介

睢景臣（生卒年不详，约1275？—1320？），字景贤，或作嘉贤，江苏扬州人，大德七年自维扬至扬州，与钟嗣成相识。自幼读书，以水沃面，双眸红赤，不能远视，但是心性聪明，酷爱音律。睢景臣一生，只在书会才人之中生活，未能仕进。全部情感皆倾入曲作之中。维扬诸公，俱作《高祖还乡》套数，睢景臣哨遍制作新奇，皆出其下。睢景臣著有《睢景臣词》及杂剧三种：《千里投人》《莺莺牡丹记》《屈原投江》，今俱不存。《太平乐府》收有睢玄明散套，或疑景臣与玄明为一人。

注释

[1] 哨遍：曲牌名，一作稍遍。高祖还乡：高祖，汉高帝刘邦。汉十二年（公元前195）十月，刘邦平定淮南王黥布后，归途经过故乡沛县，在那里逗留了十余日。置酒沛宫，悉召故人父老子弟纵酒，沛父兄诸母故人日乐饮极欢，道旧故为笑乐。曲中所写是他刚回到家乡时的一个场面。

[2] 社长：一社之长。古代以社为基层地方组织，选年老晓农事者任社长。唐·顾况《田家》诗："县帖取社长，嗔怪见官迟。"排门：挨家逐户。

[3] 无推故：不得借故推托。

[4] 一壁厢：犹言一方面，表示一个动作跟另一个动作同时进行。纳草，交纳草料。也，一本作"除"。

[5] 索：须；应；得。

[6] 车驾：帝王所乘的车。亦用为帝王的代称。

[7] 銮舆：即銮驾，天子车驾，借指天子。

[8] 瓦台盘：陶制的托盘。

[9] 糨（jiàng）：同"浆"。用粉浆或米汤浸纱、布或衣服，使干燥后坚挺。

[10] 畅好是：真正是。妆么大户：装模作样的大户，指不是大户而摆出大户

的架子。

[11] 瞎王留：乡民的诨名，用以指好出风头的农村青年。

[12] 胡踢蹬：胡乱，乱七八糟地。

[13] 一彪（biāo）：量词。用于军队人马，周密《癸辛杂识》别集下"一彪"条："虏中谓一聚马为彪，或三百匹，或五百匹。"

[14] 匹头里：劈头，迎面。

[15] 白胡阑套住个迎霜兔：这句写月旗。胡阑，"环"的合音。迎霜兔：白色的兔。传说月亮里有白兔捣药，所以用白环套着个兔子代表月亮。这是写乡民眼中所见的仪仗，因为不曾见过，只能随意形容一番。

[16] 红曲连打着个毕月乌：这句写日旗。曲连，"圈"的合音。毕月乌，近代星历家以七曜（日月火水木金土）配二十八宿，又以各种鸟兽配二十八宿，如"昴日鸡""毕月乌"等，这里"毕月乌"即指乌。传说日中有三足乌，所以用红圈套住乌鸦代表日。

[17] 一面旗鸡学舞：这句写飞凤旗。

[18] 一面旗狗生双翅：这句写飞虎旗。

[19] 一面旗蛇缠葫芦：这句写蟠龙旗。

[20] 银铮了斧：指镀了银的斧。

[21] 甜瓜苦瓜黄金镀：指金瓜锤。

[22] 明晃晃马镫枪尖上挑：指朝天镫。

[23] 白雪雪鹅毛扇上铺：指鹅毛官扇。

[24] 乔人物：乔：形容某种恶劣的表现。有势利、刁滑、虚伪、做作等贬义。

[25] 黄罗伞柄天生曲：此指帝王仪仗中的"曲盖"。曲盖象伞，柄是曲的。

[26] 天曹判：天上的判官。这里指侍从人员像泥塑的判官一样严肃、无表情。

[27] 递送夫：指奔走服侍的人。

[28] 觑（qū）：眯缝眼看。

[29] 猛可里：猛然间。

[30] 根脚：指家世、出身、资历等。

[31] 亭长：秦汉时在乡村每十里设一亭，置亭长，掌治安，捕盗贼，理民

事，兼管停留旅客。多以服兵役期满的人充任。耽（dān）：沉湎，专心于。据《史记》记载，刘邦年轻时曾做过泗水亭长，喜欢喝酒。

[32] 坝：通"耙"。碎土平地的农具。

[33] 胡突：同"糊涂"。

[34] 标：写。册历：文书借据之类。

[35] 见：同"现"。

[36] 差发内旋拨还：在官差钱里扣除的意思。差发，当官差。当时人民要被征发当官差，有钱的人可以出钱雇人代替。旋：立刻。

[37] 私准除：暗中扣除。

[38] 揪捽（zuò）：扭抓。

作品要解

此曲是元代著名套曲之一，由属同一宫调的若干支曲子联缀成套来抒情叙事。套曲是用般涉调中八支曲子组成。

首段写乡里接驾的准备，《耍孩儿》《五煞》《四煞》三首曲子铺陈车驾的排场，表面庄严高贵，但在老百姓眼中看来都怪模怪样，《三煞》《二煞》《一煞》一一数落刘邦当年的种种寒酸和劣迹，另以之人前装腔作势、目中无人的傲慢之态作对比，颇有喜剧色彩。《尾》曲是全曲的高潮，作品皆乡民之口，直呼刘邦小名"刘三"，所谓帝王之尊在辛辣的嘲笑声中荡然无存。

这套散曲把汉高祖刘邦作为嘲讽取笑的对象，表现出对皇权至上的轻蔑与挖苦。曲子情节结构完整，语言既通俗幽默，又泼辣尖辛，极具讽刺意味和艺术效果。元代钟嗣成《录鬼簿》评之曰："维扬诸公，俱作《高祖还乡》套数，唯公《哨遍》制作新奇，诸公皆出其下。"

【双调】蟾宫曲·春情

徐再思

　　平生不会相思，才会相思，便害相思。身似浮云[1]，心如飞絮，气若游丝，空一缕余香[2]在此，盼千金游子何之[3]。证候[4]来时，正是何时？灯半昏时，月半明时。

——选自隋树森《全元散曲》，中华书局 1964 年版

作者简介

　　徐再思（生卒年不详），字德可，号甜斋，浙江嘉兴人。曾任嘉兴路吏，为人聪敏秀丽。与张小山、贯云石同时代人。今存所作散曲小令 100 余首。贯云石号酸斋，与徐再思并擅乐府，世有"酸甜乐府"之称。后人任讷又将二人散曲合为一编，世称《酸甜乐府》，收有其小令 103 首。

注释

　　[1] 身似浮云：形容身体虚弱，走路晕晕乎乎，摇摇晃晃，像飘浮的云一样。

　　[2] 余香：指情人留下的定情物。

　　[3] 盼千金游子何之：殷勤盼望的情侣到哪里去了。何之，往哪里去了。千金：比喻珍贵。千金游子：远去的情人是富家子弟。

　　[4] 证候：即症候，疾病，此处指相思的痛苦。

作品要解

　　这首散曲描绘了一位情窦初开的少女形象，在作者笔下栩栩如生。这位少

女为情所困，"身似浮云，心如飞絮，气若游丝"，说明女孩因思念情人而变得恍恍惚惚，心神不定，老是胡思乱想，被相思之情害得身体极度虚弱，几乎气息奄奄。这位痴情女孩，只能拿着自己的情人留下的信物，日夜期盼着心爱的人儿归来。期盼着知道自己的情人到底去了哪里，最难挨的还是夜深人静时，灯半昏时，月半明时。此篇连用叠韵，而又婉转流美，兼之妙语连珠，堪称写情神品。

【双调】凌波仙

钟嗣成

灯前抚剑听鸡声，月下吹箫引凤鸣^[1]。功名两字原无命^[2]，学神仙又不成，叹吴侬^[3]何处归耕？日月闲中过，风波梦里惊，造物无情。

——选自隋树森《全元散曲》，中华书局 1964 年版

作者简介

钟嗣成（1279—1360），字继先，号丑斋，大梁（今河南开封）人，居杭州。曾从邓文原、曹鑑学。以明经累试于有司，数与心违，因杜门养浩然之志。其德业辉光，文行温润，人莫能及。善音律，能隐语。所编小令套数极多，脍炙人口。著有《录鬼簿》，记载有元一代曲家之事迹，为研究元曲的重要文献。著有杂剧七种，今俱不存。

【注释】

[1] 月下吹箫引凤鸣：此句来源于吹箫引凤的传说，是秦穆公的女儿弄玉和萧史的爱情故事。两人关系融洽，举案齐眉。箫笙合奏，引来了龙凤，萧史乘龙，弄玉跨凤，双双成仙升天。

[2] 命：命运，天命。

[3] 吴侬：吴地的人自称我为"侬"，称人为"个侬""他侬"。因为称人多用"侬"字，因此以"吴侬"指吴人。作者久居杭州，"吴侬"代称自己。

作品要解

这首曲子表现了作者虚度光阴，抱负难申的心情。

"灯下抚剑听鸡声"，灯下抚剑表现了作者想要施展自己抱负的心情，但是事实是抚剑时只能听到鸡声，说明没有给作者施展抱负的平台。"月下吹箫引凤鸣"，此句引用了一个吹箫引凤的典故，表达作者的志向高远但是不被世人理解的心境。"功名两字原无命，学神仙又不成，叹吴侬何处归耕？"想要考取功名但是没有成功，想要成仙也没有成功，只能感叹自己到底去哪里归隐。作者在现实社会中受到了种种打击，想要归隐，但是又很迷茫，似乎心有不甘。"日月闲中过，风波梦里惊，造物无情。"在这种复杂的心情中，作者日月光阴虚度，在梦里却被惊醒，但是对现实又心存无奈，只能感叹造物无情。

【中吕】朝天子·归隐

汪元亨

逐东风看花，锄明月种瓜，趁春雨耘苗稼。堪嗟尘事手抟沙[1]，较世味[2]如嚼蜡。杖屦梅边，琴樽松下，锁心猿拴意马[3]。鸱夷泛海槎[4]，陶潜休县衙，入千古渔樵话。

——选自隋树森《全元散曲》，中华书局1964年版

作者简介

汪元亨（生卒年不详），字协贞，号云林，别号临川佚老，饶州（今江西鄱阳）人。元至正间，仕浙江省掾，后迁居常熟，官至尚书。《录鬼簿续篇》云云林有《归田录》百篇行世，见重于人。现存小令适百首，疑即《归田录》之全。清·钱大昕《补元史艺文志》列其有《小隐余音》《云林清赏》各一卷。所作杂剧有《斑竹记》《仁宋认母》《桃源洞》三种及南戏《父子梦栾城驿》，均已佚。

注释

[1] 抟沙：捏沙成团，比喻聚而易散。宋·苏轼《二公再和亦再答之》："亲友如抟沙，放手还复散。"明·无名氏《赠书记·订盟闻难》："暂时聚首似抟沙，好事多磨莫浪嗟。"

[2] 世味：人世滋味，社会人情。亦指功名宦情。唐·韩愈《示爽》诗："吾老世味薄，因循致留连。"宋·唐珏《摸鱼儿》词："悠然世味浑如水，千里旧怀谁省？"清·曹寅《避热》诗之五："世味何如湘水淡，物情翻向楚人夸。"

[3] 心猿：佛教语。喻攀缘外境、浮躁不安之心有如猿猴。意马：比喻难以控

制的心神。心猿意马比喻心里东想西想、安静不下来。卢挚《沉醉东风·闲居》：
"无事无非快活煞，锁住了心猿意马。"

[4] 鸱（chī）夷：指鸱夷子皮，是春秋末期楚国商人范蠡经商时取的名字。
海槎（chá）：同"海查"，是指用竹木编制的渡海的船。唐·宋之问《经梧州》
诗："春去闻山鸟，秋来见海槎。"唐·刘长卿《赠元容州》诗："何事沧波上，漂
漂逐海槎。"

作品要解

这首小令生动地描绘了汪元亨归隐后的生活场景以及自己的归隐心态，语
言质朴，清逸活泼。

开篇生动展示了自己轻松快乐的归隐生活，"堪嗟尘事手抟沙，较世味如
嚼蜡"，在自己的归隐生活中感叹宦海人事如同用手抟沙，很容易就散了，和
自己的生活相比，人世滋味就像嚼蜡般无味，连用两个互文比喻，都是在说宦
情中的残酷和可悲。作者因此急流勇退，选择了归隐的生活。"杖屦梅边，琴
樽松下，锁心猿拴意马"，表现了作者归隐的活动和心态，梅花是高洁的隐士
的象征，琴、樽是文人悠闲的生活表现，作者归隐的生活闲淡高洁，将心猿意
马锁住，不再理会尘事烦恼。最后两句用范蠡和陶潜归隐的典故，表达了是作
者想与之比肩，成为千古的隐士的幽微心情代表。

杂 剧

元代文学作品选

感天动地窦娥冤

关汉卿

楔子 [1]

（卜儿 [2] 蔡婆上，诗云）花有重开日，人无再少年。不须长富贵，安乐是神仙。老身蔡婆婆是也，楚州 [3] 人氏，嫡亲 [4] 三口儿家属。不幸夫主亡逝已过，止有一个孩儿，年长八岁，俺娘儿两个过其日月，家中颇有些钱财。这里一个窦秀才，从去年问我借了二十两银子，如今本利该银四十两。我数次索取，那窦秀才只说贫难，没得还我。他有一个女儿，今年七岁，生得可喜，长得可爱，我有心看上他，与我家做个媳妇，就准 [5] 了这四十两银子，岂不两得其便 [6]。他说今日好日辰 [7]，亲送女儿到我家来。老身且不索钱去，专在家中等候。这早晚 [8] 窦秀才敢待 [9] 来也。

（冲末 [10] 扮窦天章引正旦 [11] 扮端云上，诗云）读尽缥缃 [12] 万卷书，可怜贫杀马相如 [13]。汉庭一日承恩召，不说当垆说子虚。小生姓窦名天章，祖贯 [14] 长安京兆 [15] 人也。幼习儒业，饱有文章；争奈 [16] 时运 [17] 不通，功名未遂。不幸浑家 [18] 亡化 [19] 已过，撇下这个女孩儿，小字端云。从三岁上亡了他母亲，如今孩儿七岁了也。小生一贫如洗，流落在这楚州居住。此间一个蔡婆婆，他家广有钱物，小生因无盘缠，曾借了他二十两银子，到今本利该对还 [20] 他四十两。他数次问小生索取，教我把甚么还他，谁想蔡婆婆常常着人来说，要小生女孩儿做他儿媳妇。况如今春榜动，选场开 [21]，正待上朝取应 [22]，又苦盘缠缺少。小生出于无奈，只得将女孩儿端云送与蔡婆婆做儿媳妇去。（做叹科 [23]，云）嗨！这个那里是做媳妇？分明是卖与他一般。就准了他那先借的四十两银子，分外但得些少东西，勾小生应举之费，便也过望了。说话之间，早来到他家门首。婆婆在家么？（卜儿上，云）秀才请家里坐，老身等候多时也。（做相见科，窦天章云）小生今日一径 [24] 的将女孩儿送来与婆婆，怎敢说做媳妇，只与婆婆早晚使用。小生日下就要上朝进取功名去，留下女孩儿

元代文学作品选

在此，只望婆婆看觑 [25] 则个。（卜儿云）这等 [26]，你是我亲家了。你本利少我四十两银子，兀的 [27] 是借钱的文书，还了你；再送与你十两银子做盘缠。亲家，你休嫌轻少 [28]。（窦天章做谢科，云）多谢了婆婆！先少你许多银子，都不要我还了，今又送我盘缠，此恩异日必当重报。婆婆，女孩儿早晚呆痴，看小生薄面，看觑女孩儿咱！（卜儿云）亲家，这不消你嘱付，令爱到我家，就做亲女儿一般看承 [29] 他，你只管放心的去。（窦天章云）婆婆，端云孩儿该打呵，看小生面则骂几句；当骂呵，则处分几句。孩儿，你也不比在我跟前，我是你亲爷，将就的你。你如今在这里，早晚若顽劣呵，你只讨那打骂吃。儿口乐，我也是出于无奈。（做悲科）（唱）

【仙吕·赏花时】我也只为无计营生四壁贫，因此上割舍得亲儿在两处分。从今日远践洛阳尘，又不知归期定准 [30]，则落的无语暗消魂。（下）

（卜儿云）窦秀才留下他这女孩儿与我做媳妇儿，他一径上朝应举去了。（正旦做悲科，云）爹爹，你直下 [31] 的撇了我孩儿去也！（卜儿云）媳妇儿，你在我家，我是亲婆，你是亲媳妇，只当自家骨肉一般。你不要啼哭，跟着老身前后执料 [32] 去来。（同下）

作者简介

关汉卿，生平简介见前文。

注释

[1] 楔子：戏曲、小说的引子。一般放在篇首，元杂剧有时也在折与折间使用，或用以点明、补充正文，或引出正文，或为正文做铺垫。清·李渔《闲情偶寄·词曲上·格局》："元词开场，止有冒头数语，谓之'正名'，又曰'楔子'。"清·金圣叹《水浒传》评注："楔子者，以物出物之谓也。"

[2] 卜儿：元杂剧中的老妇人。清·焦循《剧说》："卜儿者，妇人之老者也。"

[3] 楚州：古州名，今江苏淮安市。唐·白居易《赠楚州郭使君》："淮水东南第一州，山围雉堞月当楼。"

[4] 嫡亲：血统关系最亲近的家属。元·关汉卿《鲁斋郎》楔子："嫡亲的四口儿，浑家张氏，一双儿女。"

[5] 准：折充、抵充。《醒世恒言》："连身上外盖衣服，脱下准了店钱。"

[6] 两得其便：双方都有好处。宋·刘克庄《与郑邵武书》："此事与立孙无相妨，华屋良田与吾之孙，独以一命与吾兄之孙，两得其所矣。"

[7] 日辰：日子、时辰。明·凌濛初《初刻拍案惊奇》卷二："若论婚姻大事，还该寻一个好日辰。"清·纪昀《阅微草堂笔记·槐西杂志二》："按天有十二辰，故一日分为十二时，日至某辰，即某时也，故时亦谓之日辰。"

[8] 早晚：时候。元·高文秀《黑旋风》（第三折）："我随身带着这蒙汗药，我如今搅在这饭里，他吃了呵！明日这早晚，他还不醒哩！"老舍《四世同堂》："这早晚的年轻夫妻都是那个样儿！"

[9] 敢待：就要，将会。明·陈与郊《义犬》（第一折）："若骂好人，只恐久后人到说你的不是；若骂不好人，他敢待饶了你么？"

[10] 冲末：亦作"二末"，元杂剧男性角色名。

[11] 正旦：元杂剧角色名，为女性主角。

[12] 缥缃：缥，淡青色；缃，浅黄色。古时常用淡青、浅黄色的丝帛作书囊书衣，因代指书卷。南朝梁·萧统《序》："词人才子，则名溢于缥囊；飞文染翰，则卷盈乎缃帙。"清·陈梦雷《赠臬宪于公》："缥缃雄丽藻，韦布富经纶。鹏奋抟丰翮，螭蟠起巨鳞。"

[13] 马相如：即司马相如，西汉辞赋家。鲁迅《汉文学史纲要》："武帝时文人，赋莫若司马相如，文莫若司马迁。"其曾因《子虚赋》受汉武帝赏识，又曾经贫苦之时与卓文君当街酤酒。汉·司马迁《史记·司马相如列传》："相如与（卓文君）俱之临邛，尽卖其车骑，买一酒舍酤酒，而令文君当垆。相如身自著犊鼻，与保佣杂作，涤器于市中。"

[14] 祖贯：祖籍、原籍。明·冯梦龙《醒世恒言·马当神风送滕王阁》："大

唐高宗朝间，有一秀士，姓王名勃，字子安，祖贯山西晋州龙门人氏。"明·施耐庵《水浒传》第五五回："原来凌振祖贯燕陵人，是宋朝盛世第一个炮手，人都呼他是'轰天雷'。"

[15] 京兆：汉朝京畿都城地域的名称，后常以此指京都。

[16] 争奈：怎奈、无奈。唐·顾况《从军行》："风寒欲砭肌，争奈裘袄轻。"元·王实甫《西厢记》（第一本第一折）："春光在眼前，争奈玉人不见？"

[17] 时运：运数、运气。《汉书·王莽传下》："其或顺指，言'民骄黠当诛'，及言'时运适然，且灭不久'，莽说，辄迁之。"老舍《四世同堂》："时运可以对不起他，他可不能对不起自己。"

[18] 浑家：妻子的谦称。明·冯梦龙《喻世明言》："蒋兴哥人才本自齐整，又娶得这房美色的浑家，分明是一对玉人，良工琢就，男欢女爱，比别个夫妻更胜十分。"瞿秋白《文艺杂著·猪八戒》："他连忙推醒了他的浑家，可是他浑家一弯手捧着他的猪耳朵，又睡去了。"

[19] 亡化：死亡、去世。元·王实甫《西厢记》（第一本第四折）："惟愿存在的人间寿高，亡化的天上逍遥。"清·吴敬梓《儒林外史》第八回："不想到家一载，小儿亡化了。"

[20] 对还：连本金并利息一并偿还。

[21] 春榜动、选场开：指春试即将开始。元代于八月乡试，二月会试，称会试为春试，春试中试的榜单称为春榜。选场，即为科举考试的试场。元·柯丹丘《荆钗记·议亲》："春榜动，选场开，收拾行李，上京科举。"元·郑光祖《倩女离魂》（楔子）："如今春榜动，选场开。"

[22] 上朝取应：到京城参加科举考试。

[23] 科：又称"科介""科泛"，杂剧表演中用于表达人物动作、表情以及舞台效果的提示。

[24] 一径：径直。金·董解元《西厢记诸宫调》（卷二）："冲军阵，鞭骏马，一径地西南上迤。"明·施耐庵《水浒传》第四二回："再停两日，点起山寨人马，一径去取了来。"

[25] 看觑：照看、照料。金·董解元《西厢记诸宫调》（卷五）："可怜我

四海无家独自个，怕得工夫肯略来看觑我么？"明·凌濛初《初刻拍案惊奇》卷三四："小庵虽则贫寒，靠着施主们看觑，身衣口食，不致淡泊，妈妈不必挂心。"

[26] 这等：这般、这样。

[27] 兀的：这、这个。明·凌濛初《初刻拍案惊奇》卷二："这等说，却渡你去不得。"

[28] 轻少：少、微少。《北史·侯深传》："卿勿以部曲轻少，难以东迈，齐人浇薄，齐州人尚能迎汝阳王，青州人岂不能开门待卿也？"

[29] 看承：看待、对待。宋·黄庭坚《归田乐引》："看承幸厮勾，又是尊前眉峰皱。"

[30] 定准：确定、准确。

[31] 直下：径直。

[32] 执料：操持、照料。明·凌濛初《二刻拍案惊奇》卷二十："商小姐中年寡居，心贪安逸，又见兄弟能事，是件周到停当，遂把内外大小之事，多托与他执料，钱财出入，悉凭其手，再不问起数目。"

第一折

（净[1]扮赛卢医[2]上，诗云）行医有斟酌，下药依《本草》[3]。死的医不活，活的医死了。自家姓卢，人道我一手好医，都叫做"赛卢医"。在这山阳[4]县南门开着生药局[5]。在城有个蔡婆婆，我问他借了十两银子，本利该还他二十两。数次来讨这银子，我又无的还他。若不来便罢，若来呵，我自有个主意！我且在这药铺中坐下，看有什么人来。（卜儿上，云）老身蔡婆婆。我一向搬在山阳县居住，尽也静办[6]。自十三年前窦天章秀才留下端云孩儿与我做儿媳妇，改了他小名，唤做窦娥。自成亲之后，不上二年，不想我这孩儿害弱症[7]死了。媳妇儿守寡，又早[8]三个年头，服孝[9]将除了也。我和媳妇儿说知，我往城外赛卢医家索钱去也。（做行科，云）蓦过[10]隅头[11]，转过屋角，早来到他家门首。赛卢医在家么？（卢医云）婆婆，家里来。（卜儿云）我这两个银子

元代文学作品选

长远了，你还了我罢。（卢医云）婆婆，我家里无银子，你跟我庄上去取银子还你。（卜儿云）我跟你去。（做行科）（卢医云）来到此处，东也无人，西也无人，这里不下手，等甚么？我随身带的有绳子。兀那 [12] 婆婆，谁唤你哩？（卜儿云）在那里？（做勒卜儿科。孛老 [13] 同副净张驴儿冲上，赛卢医慌走下。孛老救卜儿科）（张驴儿云）爹，是个婆婆，争些 [14] 勒杀了。（孛老云）兀那婆婆，你是那里人氏？姓甚名谁？因甚着这个人将你勒死？（卜儿云）老身姓蔡，在城人氏，止有个寡媳妇儿相守过日。因为赛卢医少我二十两银子，今日与他取讨，谁想他赚 [15] 我到无人去处，要勒死我，赖这银子。若不是遇着老的和哥哥呵，那得老身性命来！（张驴儿云）爹，你听的他说么？他家还有个媳妇哩！救了他性命，他少不得要谢我。不若你要这婆子，我要他媳妇儿，何等两便？你和他说去。（孛老云）兀那婆婆，你无丈夫，我无浑家，你肯与我做个老婆，意下如何？（卜儿云）是何言语！待我回家，多备些钱钞相谢。（张驴儿云）你敢是不肯，故意将钱钞哄我？赛卢医的绳子还在，我仍旧勒死了你罢。（做拿绳科）（卜儿云）哥哥，待我慢慢地寻思咱！（张驴儿云）你寻思些甚？你随我老子，我便要你媳妇儿。（卜儿背云）我不依他，他又勒杀我。罢罢罢，你爷儿两个，随我到家中去来。（同下）（正旦上，云）妾身姓窦，小字端云，祖居楚州人氏。我三岁上亡了母亲，七岁上离了父亲。俺父亲将我嫁与蔡婆婆为儿媳妇，改名窦娥，至十七岁与夫成亲。不幸丈夫亡化，可早三年光景，我今二十岁也。这南门外有个赛卢医，他少俺婆婆银子，本利该二十两，数次索取不还。今日俺婆婆亲自索取去了。窦娥也，你这命好苦也啊！（唱）

【仙吕·点绛唇】满腹闲愁，数年禁受 [16]，天知否？天若是知我情由，怕不待 [17] 和天瘦。

【混江龙】则问那黄昏白昼，两般儿忘餐废寝几时休？大都来昨宵梦里，和着这今日心头。催人泪的是锦烂漫花枝横绣闼 [18]，断人肠的是剔团圞 [19] 月色挂妆楼 [20]。长则是急煎煎按不住意中焦，闷沉沉展不彻眉尖皱，越觉的情怀 [21] 冗冗 [22]，心绪悠悠。

（云）似这等忧愁，不知几时是了也呵！（唱）

【油葫芦】莫不是八字儿该载着一世忧？谁似我无尽头！须知道人心不似

水长流。我从三岁母亲身亡后，到七岁与父分离久。嫁的个同住人，他可又拔着短筹 [23]，撇的俺婆妇每都把空房守，端的个有谁问，有谁瞅？

【天下乐】莫不是前世里烧香不到头，今也波生招祸尤 [24]？劝今人早将来世修。我将这婆侍养，我将这服孝守，我言词须应口 [25]。

（云）婆婆索钱去了，怎生这早晚不见回来？（卜儿同孛老、张驴儿上）（卜儿云）你爷儿两个且在门首，等我先进去。（张驴儿云）奶奶，你先进去，就说女婿在门首哩。（卜儿见正旦科）（正旦云）奶奶回来了。你吃饭么？（卜儿做哭科，云）孩儿也，你教我怎生说波！（正旦唱）

【一半儿】为甚么泪漫漫不住点儿流？莫不是为索债与人家惹争斗？我这里连忙迎接慌问候，他那里要说缘由。（卜儿云）羞人答答的，教我怎生说波！（正旦唱）则见他一半儿徘徊一半儿丑。

（云）婆婆，你为什么烦恼啼哭那？（卜儿云）我问赛卢医讨银子去，他赚我到无人去处，行起凶来，要勒死我。亏了一个张老并他儿子张驴儿，救得我性命。那张老就要我招他做丈夫，因这等烦恼。（正旦云）婆婆，这个怕不中么！你再寻思咱：俺家里又不是没有饭吃，没有衣穿，又不是少欠钱债，被人催逼不过；况你年纪高大，六十以外的人，怎生又招丈夫那？（卜儿云）孩儿也，你说的岂不是！但是我的性命全亏他这爷儿两个救的。我也曾说道：待我到家，多将 [26] 些钱物酬谢你救命之恩。不知他怎生知道我家里有个媳妇儿，道我婆媳妇又没老公，他爷儿两个又没老婆，正是天缘天对。若不随顺他，依旧要勒死我。那时节我就慌张了，莫说自己许了他，连你也许了他。儿也，这也是出于无奈。（正旦云）婆婆，你听我说波。（唱）

【后庭花】过时辰我替你忧，拜家堂我替你愁。梳着个霜雪般白鬏髻 [27]，怎戴那销金锦盖头？怪不的"女大不中留"。你如今六旬左右，可不道到中年万事休。旧恩爱一笔勾，新夫妻两意投，枉教人笑破口！

（卜儿云）我的性命都是他爷儿两个救的，事到如今，也顾不得别人笑话了。（正旦唱）

【青哥儿】你虽然是得他、得他营救，须不是笋条 [28] 笋条年幼，划的 [29]

174

便巧画蛾眉成配偶？想当初你夫主遗留，替你图谋，置下田畴 [30]，早晚羹粥，寒暑衣裘。满望你鳏寡孤独，无捱无靠 [31]，母子每到白头。公公也，则落得干生受 [32]！

（卜儿云）孩儿也，他如今只待过门。喜事匆匆的，教我怎生回得他去？（正旦唱）

【寄生草】你道他匆匆喜，我替你倒细细愁：愁则愁兴阑珊 [33] 咽不下交欢酒，愁则愁眼昏腾 [34] 扭不上同心扣，愁则愁意朦胧 [35] 睡不稳芙蓉褥。你待要笙歌引至画堂前，我道这姻缘敢落在他人后。

（卜儿云）孩儿也，再不要说我了。他爷儿两个都在门首等候，事已至此，不若连你也招了女婿罢！（正旦云）婆婆，你要招你自招，我并然不要女婿。（卜儿云）那个是要女婿的？争奈他爷儿两个自家捱过门来，教我如何是好？（张驴儿云）我们今日招过门去也。"帽儿光光，今日做个新郎；袖儿窄窄，今日做个娇客 [36]。"好女婿，好女婿，不枉了，不枉了。（同孛老入拜科）（正旦做不理科，云）兀那厮，靠后！（唱）

【赚煞】我想这妇人每休信那男儿口。婆婆也，怕没有贞心儿自守，到今日招着个村老子 [37]，领着个半死囚 [38]。（张驴儿做嘴脸科，云）你看我爷儿两个这等身段，尽也选得女婿过，你不要错过了好时辰，我和你早些儿拜堂罢。（正旦不礼科，唱）则被你坑杀人燕侣莺俦。婆婆也，你岂不知羞！俺公公撞府冲州 [39]，挣扎 [40] 的铜斗儿家缘 [41] 百事有。想着俺公公置就，怎忍教张驴儿情受？（张驴儿做扯正旦拜科，正旦推跌科，唱）兀的不是俺没丈夫的妇女下场头（下）（卜儿云）你老人家不要恼躁，难道你有活命之恩，我岂不思量报你？只是我那媳妇儿气性最不好惹的，既是他不肯招你儿子，教我怎好招你老人家？我如今拼 [42] 的好酒好饭，养你爷儿两个在家，待我慢慢的劝化俺媳妇儿。待他有个回心转意，再作区处 [43]。（张驴儿云）这歪刺骨 [44]！便是黄花女儿，刚刚扯的一把，也不消这等使性，平空的推了我一交，我肯干罢！就当面赌个誓与你：我今生今世不要他做老婆，我也不算好男子！（词云）美妇人我见过万千向外 [45]，不似这小妮子生得十分愆赖 [46]。我救了你老性命死里重生，

怎割舍得不肯把肉身陪待？（同下）

❖ **注释**

[1] 净：戏曲角色名，多饰性格刚烈粗鲁或奸险的人物。

[2] 卢医：即扁鹊，因为卢国人，故称"卢扁""卢医"等。唐·杨玄操《〈难经〉序》："《黄帝八十一难经》者，斯乃勃海秦越人之所作也……以其与轩辕时扁鹊相类，乃号之为扁鹊，又家于卢国，因命之曰卢医。"后常以"赛卢医"代指医术精良，此处则有讥讽之意。

[3]《本草》：《神农本草经》的省称，因所记药以草类为多，故称《本草》。其名始见于《汉书·平帝纪》，后经历代医者增补，至明李时珍荟萃《本草纲目》为总结性巨著，惜原书已逸，清代孙星衍曾为之辑录。

[4] 山阳：古郡名，今江苏淮阳县。

[5] 生药局：药材铺。

[6] 静办：清净、安宁。《警世通言·计押番金鳗产祸》："戚青却年纪大，便不中那庆奴意，却整月闹吵，没一日静办。"

[7] 弱症：或由先天乳食不足，或由后天失调所致化育之力薄弱的积弱之症。

[8] 早：本来、已经。

[9] 服孝：穿孝服守孝，按古制丈夫故亡，妻子要为夫君服"斩衰"，守孝三年。《仪礼·丧服》："君至尊也。女子在室为父，布总，箭笄，髽，衰，三年。"叶圣陶《一生》："伊公婆也不叫伊哭，也不叫伊服孝。"

[10] 蓦过：穿越、跨过。

[11] 隅头：墙角。元·王仲文《救孝子》（第二折）："转过隅头，抹过屋角，此间便是杨家门首，我自入去。"

[12] 兀那：指示代词，犹那、那个。

[13] 孛老：戏曲角色名，中老年男子的俗称。清·焦循《剧说》（卷一）："末、旦、净、丑之外，又有孤侲儿、孛老、邦老、卜儿等名目……《货郎旦》，净

扮孛老；《潇湘雨》，外扮孛老；《薛仁贵荣归故里》，正末扮孛老；《朱砂担》，冲末扮孛老。是扮孛老者，无一定也。"王国维《古剧脚色考》："金元之际，鲍老之名分化而为三：其扮盗贼者，谓之邦老；扮老人者，谓之孛老；扮老妇者，谓之卜儿。皆鲍老一声之转，故为异名以别耳。"

[14] 争些：几乎、差一点。宋·辛弃疾《江神子·博山道中书王氏壁》："雪后疏梅，时见两三花。比着桃源溪上路，风景好，不争些。"清·孔尚任《桃花扇·入道》："福有因，祸怎逃，只争些来迟到早。"

[15] 赚：诳骗、欺哄。《全图绣像三国演义》："吕布赚开城门，杀将进来了！"《水浒全传》："是我赚你们来，捉了请赏。"

[16] 禁受：经受、忍受。元·陈允平《六五》："相思恨暗度流沙，更杜鹃院落黄昏近，谁禁受得？"清·曹雪芹《红楼梦》第二八回："我没有这么大福气禁受，比不得宝姑娘，什么'金'哪'玉'的！"

[17] 怕不待：岂不、难道不。元·石德玉《秋胡戏妻》（第三折）："怕不待要请太医看脉息，着甚么做药钱调治？赤紧的当村里都是些打当的牙槌。"元·刘庭信《新水令·春恨》："打迭起愁怀，怕不待宁心耐。闷日月难捱，我则怕青春不再来。"

[18] 绣闼：装饰华丽的门。唐·王勃《滕王阁诗序》："披绣闼，俯雕甍。"唐·武元衡《行路难》："风飘雨散今奈何，绣闼雕甍绿苔多。"

[19] 剔团圞：亦作"剔团圆"，圆圆的样子。金·董解元《西厢记诸宫调》（卷一）："觑着剔团圆的明月伽伽地拜。"元·白朴《墙头马上》（第二折）："把剔团圞明月深深拜。"

[20] 妆楼：闺房、绣楼。唐·沈佺期《侍宴安乐公主新宅应制》："妆楼翠幌教春住，舞阁金铺借日悬。"唐·白居易《春词》："低花树映小妆楼，春入眉心两点愁。"

[21] 情怀：心情。晋·袁宏《后汉纪·灵帝纪下》："老臣得罪，当与新妇俱归私门，惟受恩累世，今当离宫殿，情怀恋恋。"唐·杜甫《北征》："老夫情怀恶，呕泄卧数日。"

[22] 冗冗：沉重、繁杂。

[23] 拔着短筹：抽到最短的竹签，此指短命早死。元·孔学诗《东窗事犯》（第三折）：“臣想统三军永远长春，不想半路里拔着短筹。”元·杨梓《霍光鬼谏》（第三折）：“天呵，谩心昧己的增与阳寿，论到我为国于家拔着短筹。”

[24] 祸尤：祸殃。明·梁辰鱼《浣纱记·伐越》：“笑越王海畔穷囚，没来由招祸尤。玩兵邻境，不守边州。”

[25] 应口：言行一致。金·董解元《西厢记诸宫调》（卷三）：“把山海似深恩掉在脑后，转关儿便是舌头，许了的话儿都不应口。”

[26] 将：拿、取。唐·李白《将进酒》：“呼儿将出换美酒。”

[27] 鬏髻：用头发或银丝等盘成的发髻，元明已婚妇女的主要头饰。

[28] 笋条：尚未展枝叶的笋芽，喻指年轻人。

[29] 划的：怎的、怎么，含嗔怪、反诘之意。宋·赵长卿《满江红》：“记得当初低耳畔，是谁先有于飞约。惟到今、划地误盟言，还先恶！”

[30] 田畴：田地。《礼记·月令》：“（季夏之月）可以粪田畴，可以美土疆。”孙希旦集解引吴澄曰：“田畴，谓耕熟而其田有疆界者。”汉·贾谊《新书·铜布》：“铜布于下，采铜者弃其田畴，家铸者损其农事，谷不为则邻于饥。”宋·范仲淹《稼穑惟宝赋》：“田畴播殖之时，岂惭种玉。”

[31] 无捱无靠：无依无靠。

[32] 生受：受苦、辛苦。宋·欧阳修《与梅圣俞书》：“后又见君谟言，学书最乐，又锐意为之，写来写去，转不如旧日……今后祇看他人书亦可为乐，不能生受得也。”

[33] 阑珊：衰减、消残。唐·白居易《咏怀》：“白鬓满头归得也，诗情酒兴渐阑珊。”宋·辛弃疾《青玉案》：“众里寻他千百度，蓦然回首，那人却在灯火阑珊处。”

[34] 昏腾：昏花貌。

[35] 朦胧：迷糊不清貌。唐·温庭筠《寒食前有怀》：“残芳荏苒双飞蝶，晚睡朦胧百啭莺。”

[36] 娇客：女婿的爱称，此处含讽刺意味。宋·黄庭坚《次韵子瞻和王子立风雨败书屋有感》：“妇翁不可挝，王郎非娇客。”任渊注：“按今俗间以婿为娇客。”

[37] 村老子：本意为乡村老叟，此处则为晋语，意谓粗俗的老头儿。

[38] 半死囚：亦为晋语，意谓混世无赖。

[39] 撞府冲州：走江湖，跑码头。

[40] 挣扎：辛苦赚到。

[41] 铜斗儿家缘：也叫"铜斗儿家私"，以喻富足殷实的家产。

[42] 拚：同"拼"，舍弃。

[43] 区处：处理。《汉书·循吏传·黄霸》："鳏寡孤独有死无以葬者，乡部书言，霸具为区处。"清·孔尚任《桃花扇·赚将》："明日安营歇马，任俺区处便了。"

[44] 歪剌骨：亦作"歪剌姑"，晋词，多用于辱骂妇女卑劣下贱。明·沈德符《野获编·词曲·俚语》："又北人晋妇之下劣者曰歪辣骨，询其故，则云牛身自毛骨皮肉以至通体无一弃物，惟两角内有天顶肉少许，其秽逼人，最为贱恶，以此比之粗婢。后又问京师之熟谙市语者，则又不然。云往时宣德间，瓦剌为中国频征，衰弱贫苦，以其妇女售与边人，每口不过酬几百钱，名曰瓦剌姑，以其貌寝而价廉也。二说未知孰是。"

[45] 向外：以外、开外。

[46] 㤯赖：泼辣无赖。

第二折

（赛卢医上，诗云）小子太医 [1] 出身，也不知道医死多人，何尝怕人告发，关了一日店门？在城有个蔡家婆子，刚少的他二十两花银，屡屡亲来索取，争些捺 [2] 断脊筋。也是我一时智短，将他赚到荒村，撞见两个不识姓名男子，一声嚷道："浪荡乾坤 [3]，怎敢行凶撒泼 [4]，擅自勒死平民！"吓得我丢了绳索，放开脚步飞奔。虽然一夜无事，终觉失精落魂。方知人命关天关地，如何看做壁上灰尘？从今改过行业，要得灭罪修因 [5]。将以前医死的性命，一个个都与他一卷超度 [6] 的经文。小子赛卢医的便是。只为要赖蔡婆婆二十两银子，赚他到荒僻去处，正待勒死他，谁想遇见两个汉子，救了他去。若是再来讨债时节，教我怎生见他？常言道的好："三十六计，走为上计。"喜得我是孤身，又无家小连累，不若收拾了细软行李，打个包儿，悄悄的躲到别处，另做营生，岂不干净？（张驴儿上，云）自家张驴儿。可奈^[7]那窦娥百般的不肯随顺我。如今那老婆子害病，我讨服毒药与他吃了，药死那老婆子，这小妮子好歹做我的老婆。（做行科，云）且住，城里人耳目广，口舌多，倘见我讨毒药，可不嚷出事来？我前日看见南门外有个药铺，此处冷静，正好讨药。（做到科，叫云）太医哥哥，我来讨药的。（赛卢医云）你讨甚么药？（张驴儿云）我讨服毒药。（赛卢医云）谁敢合毒药与你？这厮好大胆也！（张驴儿云）你真个不肯与我药么？（赛卢医云）我不与你，你就怎地我？（张驴儿做拖卢云）好呀，前日谋死蔡婆婆的，不是你来？你说我不认的你哩？我拖你见官去！（赛卢医做慌科，云）大哥，你放我，有药有药。（做与药科，张驴儿云）既然有了药，且饶你罢。正是："得放手时须放手，得饶人处且饶人。"（下）（赛卢医云）可不悔气！刚刚讨药的这人，就是救那婆子的。我今日与了他这服毒药去了，以后事发，越越要连累我。趁早儿关上药铺，到涿州卖老鼠药去也。（下）（卜儿上，做病伏几科）（孛老同张驴儿上，云）老汉自到蔡婆婆家来，本望做个接脚^[8]，却被他媳妇坚执不从。那婆婆一向收留俺爷儿两个在家同住，只说"好事不在忙"，等慢慢里劝转他媳妇，谁想那婆婆又害起病来。孩儿，你可曾算我两个的八字，红鸾天喜^[9]几时到命哩？（张驴儿云）要看什么天喜到命！只赌本事，做得去，自去做。（孛老云）孩儿也，蔡婆婆害病好几日了，我与你去问病波。（做见卜儿问科，云）婆婆，你今日病体如何？（卜儿云）我身子十分不快哩。（孛老云）你可想些什么吃？（卜儿云）我思量些羊肚儿汤吃。（孛老云）孩儿，你对窦娥说，做些羊肚儿汤与婆婆吃。（张驴儿向古门^[10]云）窦娥，婆婆想羊肚儿汤吃，快安排将来。（正旦持汤上，云）妾身窦娥是也。有俺婆婆不快，想羊肚汤吃。我亲自安排了与婆婆吃去。婆婆也，我这寡妇人家，凡事也要避些嫌疑，怎好收留那张驴儿父子两个？非亲非眷的，一家儿同住，岂不惹外人谈议？婆婆也，你莫要背地里许了他亲事，连累我也做不清不洁的。我想这妇人心，好难保也呵！（唱）

【南吕·一枝花】他则待一生鸳帐眠，那里肯半夜空房睡；他本是张郎妇，又做了李郎妻。有一等妇女每相随，并不说家克计[11]，则打听些闲是非，说一会不明白打凤[12]的机关[13]，使了些调虚嚣[14]捞龙的见识[15]。

【梁州第七】这一个似卓氏[16]般当垆涤器，这一个似孟光[17]般举案齐眉，说的来藏头盖脚[18]多伶俐[19]。道着难晓，做出才知；旧恩忘却，新爱偏宜。坟头上土脉犹湿，架儿上又换新衣。那里有奔丧处哭倒长城[20]？那里有浣纱时甘投大水[21]？那里有上山来便化顽石[22]？可悲可耻，妇人家直恁[23]的无仁义。多淫奔，少志气，亏杀前人在那里，更休说百步相随。

（云）婆婆，羊肚儿汤做成了，你吃些儿波。（张驴儿云）等我拿去。（做接尝科，云）这里面少些盐醋，你去取来。（正旦下）（张驴儿放药科）（正旦上，云）这不是盐醋？（张驴儿云）你倾下些。（正旦唱）

【隔尾】你说道少盐欠醋无滋味，加料添椒才脆美。但愿娘亲早痊济[24]，饮羹汤一杯，胜甘露[25]灌体，得一个身子平安倒大来喜。

（孛老云）孩儿，羊肚汤有了不曾？（张驴儿云）汤有了，你拿过去。（孛老将汤云）婆婆，你吃些汤儿。（卜儿云）有累你。（做呕科，云）我如今打呕，不要这汤吃了，你老人家吃罢。（孛老云）这汤特做来与你吃的，便不要吃，也吃一口儿。（卜儿云）我不吃了，你老人家请吃。（孛老吃科）（正旦唱）

【贺新郎】一个道你请吃，一个道婆先吃，这言语听也难听，我可是气也不气！想他家与咱家有甚的亲和戚？怎不记旧日夫妻情意，也曾有百纵千随[26]？婆婆也，你莫不为"黄金浮世宝，白发故人稀"，因此上把旧恩情全不比新知契[27]？则待要百年同墓穴，那里肯千里送寒衣。

（孛老云）我吃下这汤去，怎觉昏昏沉沉的起来？（做倒科）（卜儿慌科，云）你老人家放精细着，你挣扎[28]着些儿。（做哭科，云）兀的不是死了也！（正旦唱）

【斗虾蟆】空悲戚，没理会，人生死，是轮回。感着这般病疾，值着这般时势，可是风寒暑湿，或是饥饱劳役，各人症候自知。人命关天关地，别人怎生替得？寿数非干今世，相守三朝五夕，说甚一家一计[29]？又无羊酒缎匹，又无花红财礼，把手为活过日，撒手如同休弃[30]。不是窦娥忤逆，生怕旁人

181

议论。不如听咱劝你,认个自家悔气,割舍的一具棺材停置,几件布帛收拾,出了咱家门里,送入他家坟地。这不是你那从小儿年纪指脚的夫妻 [31]。我其实不关亲,无半点恓惶 [32] 泪。休得要心如醉,意似痴,便这等嗟嗟怨怨,哭哭啼啼。

(张驴儿云)好也罗!你把我老子药死了,更待干罢!(卜儿云)孩儿,这事怎了也?(正旦云)我有什么药?在那里?都是他要盐醋时,自家倾在汤儿里的。(唱)

【隔尾】这厮搬调 [33] 咱老母收留你,自药死亲爷待要唬吓谁?

(张驴儿云)我家的老子,倒说是我做儿子的药死了,人也不信。(做叫科,云)四邻八舍听着:窦娥药杀我家老子哩!(卜儿云)罢么,你不要大惊小怪的,吓杀我也!(张驴儿云)你可怕么?(卜儿云)可知怕哩。(张驴儿云)你要饶么?(卜儿云)可知要饶哩。(张驴儿云)你教窦娥随顺了我,叫我三声嫡嫡亲亲的丈夫,我便饶了他。(卜儿云)孩儿也,你随顺了他罢。(正旦云)婆婆,你怎说这般言语?(唱)我一马难将两鞍鞴 [34]。想男儿在日,曾两年匹配,却教我改嫁别人,其实做不得。

(张驴儿云)窦娥,你药杀了俺老子,你要官休?要私休?(正旦云)怎生是官休?怎生是私休?(张驴儿云)你要官休呵,拖你到官司,把你三推六问 [35]!你这等瘦弱身子,当不过拷打,怕你不招认药死我老子的罪犯!你要私休呵,你早些与我做了老婆,倒也便宜了你。(正旦云)我又不曾药死你老子,情愿和你见官去来。(张驴儿拖正旦、卜儿下)(净扮孤 [36] 引祇候 [37] 上,诗云)我做官人胜别人,告状来的要金银。若是上司当刷卷 [38],在家推病不出门。下官楚州太守桃杌是也。今早升厅坐衙,左右,喝撺厢 [39]。(祇候吆喝科)(张驴儿拖正旦、卜儿上,云)告状告状。(祇候云)拿过来。(做跪见,孤亦跪科,云)请起。(祇候云)相公,他是告状的,怎生跪着他?(孤云)你不知道,但来告状的,就是我的衣食父母。(祇候幺喝科,孤云)那个是原告?那个是被告?从实说来。(张驴儿云)小人是原告张驴儿,告这媳妇儿,唤做窦娥,合毒药下在羊肚汤儿里,药死了俺的老子。这个唤做蔡婆婆,就是俺的后母。望大人与小人做主咱。(孤云)是那一个下的毒药?(正旦云)不干小妇人事。（卜儿云）也不干老妇人事。（张驴儿云）也不干我事。（孤云）都不是，敢是我下的毒药来？（正旦云）我婆婆也不是他后母，他自姓张，我家姓蔡。我婆婆因为与赛卢医索钱，被他赚到郊外，勒死我婆婆；却得他爷儿两个救了性命，因此我婆婆收留他爷儿两个在家，养膳[40]终身，报他的恩德。谁知他两个倒起不良之心，冒认婆婆做了接脚，要逼勒小妇人作他媳妇。小妇人原是有丈夫的，服孝未满，坚执不从。适值我婆婆患病，着小妇人安排羊肚汤儿吃。不知张驴儿那里讨得毒药在身，接过汤来，只说少些盐醋，支转小妇人，暗地倾下毒药。也是天幸，我婆婆忽然呕吐，不要汤吃，让与他老子吃，才吃的几口，便死了，与小妇人并无干涉。只望大人高抬明镜[41]，替小妇人做主咱！（唱）

【牧羊犬】大人你明如镜，清似水，照妾身肝胆虚实[42]。那羹本五味俱全，除了外百事不知。他推道尝滋味，吃下去便昏迷。不是妾讼庭上胡支对，大人也，却教我平白地说甚的？

（张驴儿云）大人详情：他自姓蔡，我自姓张，他婆婆不招俺父亲接脚，他养我父子两个在家做甚么？这媳妇年纪儿虽小，极是个赖骨顽皮[43]，不怕打的。（孤云）人是贱虫，不打不招。左右，与我选大棍子打着。

（祗候打正旦，三次喷水科）（正旦唱）

【骂玉郎】这无情棍棒教我捱不的。婆婆也，须是你自做下，怨他谁？劝普天下前婚后嫁婆娘每，都看取我这般傍州例[44]。

【感皇恩】呀！是谁人唱叫扬疾[45]，不由我不魄散魂飞。恰消停[46]，才苏醒，又昏迷。捱千般打拷，万种凌逼，一杖下，一道血，一层皮。

【采茶歌】打的我肉都飞，血淋漓，腹中冤枉有谁知！则我这小妇人，毒药来从何处也？天哪！怎么的覆盆不照太阳晖[47]！

（孤云）你招也不招？（正旦云）委的[48]不是小妇人下毒药来。（孤云）既然不是，你与我打那婆子。（正旦忙云）住住住，休打我婆婆，情愿我招了罢，是我药死公公来。（孤云）既然招了，着他画了伏状[49]，将枷来枷上，下在死囚牢里去。到来日判个"斩"字，押付市曹[50]典刑。（卜儿哭科，云）窦娥孩儿，这都是我送了你性命，兀的不痛杀我也！（正旦唱）

【黄钟尾】我做了个衔冤负屈没头鬼，怎肯便放了你好色荒淫漏面贼^[51]！想人心不可欺，冤枉事天地知，争到头，竞到底，到如今待怎的？情愿认药杀公公，与了招罪。婆婆也，我怕把你来便打的，打的来恁的。我若是不死呵，如何救得你？（随祗候押下）

（张驴儿做叩头科，云）谢青天老爷做主！明日杀了窦娥，才与小人的老子报的冤。（卜儿哭科，云）明日市曹中杀窦娥孩儿也，兀的不痛煞我也！（孤云）张驴儿，蔡婆婆，都取保状，着随衙^[52]听候。左右，打散堂鼓^[53]，将马来，回私宅去也。（同下）

注释

[1] 太医：古医生称谓，指专门为帝王、宫廷及官宦上层服务的医生，多为代代相传及他人推荐。秦设太医令、丞，掌宫廷医事，其下有侍医，其余宫廷医生统称太医。

[2] 捻：反复搓转。唐·白居易《琵琶行（并序）》："轻拢慢捻抹复挑。"

[3] 浪荡乾坤：朗朗乾坤之意，形容政治清明，天下太平。元·李文蔚《燕青博鱼》（第一折）："清平世界，浪荡乾坤，你怎么当街里打人。"

[4] 行凶撒泼：放刁逞蛮，打人、杀人。清·李宝嘉《官场现形记》第四十回："这件事实在是小老婆撒泼行凶，把大老婆的脸都抓破，男人制伏不下，所以大老婆来告状的。"

[5] 灭罪修因：消除今生的罪孽，为来世修行因果，以祈求来世的福报。

[6] 超度：宗教用语，指佛教或道教借诵经或作法事，帮助死者脱离三恶道的苦难。

[7] 可奈：怎奈、可恨。南唐·李煜《采桑子》："可奈情怀，欲睡朦胧入梦来。"清·吴趼人《二十年目睹之怪现状》第二八回："可奈茶客太多，人声嘈杂。"

[8] 接脚：续弦、再招赘之意，或指妻子死后，丈夫再娶；或指丈夫死后，招赘一丈夫。宋·袁采《袁氏世范·收养义子当绝争端》："娶妻而有前夫之子，接

脚夫而有前妻之子，欲抚养不欲抚养，大不可不早定。"《朱子语类》："昔为浙东仓时，绍兴有继母，与夫之表弟通，遂为接脚夫。"宋·张齐贤《洛阳缙绅旧闻记·焦生见亡妻》："夫既葬，村人不知礼教，欲纳一人为夫，俚语谓之接脚。"

[9] 红鸾天喜：指婚娶的吉日。红鸾和天喜为旧时星命家所说的吉星，主婚配、嫁娶等喜事。

[10] 古门：亦名鬼门道、古门道，旧时称戏曲舞台上的上场门和下场门。元·岳伯川《铁拐李》（第一折）："（韩魏公下。张千向古门道拜科云）：'爷爷，不敢了也。'"

[11] 家克计：持家之道。

[12] 打凤：与下句的"捞龙"同义，为四字成语，意谓挑选、物色人才，此处含有贬义，意谓污蔑、陷害他人。元·朱凯《昊天塔》（第一折）："也不须打凤捞龙，别选元戎。"

[13] 机关：计谋、心机。明·冯梦龙《醒世恒言·乔太守乱点鸳鸯谱》："那知孙寡妇已先参透机关，将个假货送来。"

[14] 调虚嚣：搬弄是非、扯谎陷害。

[15] 见识：主意、计策。《京本通俗小说·错斩崔宁》："又使见识往邻舍家借宿一夜，却与汉子通同计较，一处逃走。"

[16] 卓氏：即卓文君，为四川临邛巨商卓王孙之女，曾夜奔司马相如，当垆卖酒，维持生计。

[17] 孟光：东汉梁鸿的妻子，状肥丑而黑，力举石臼，每为丈夫具食，高举托盘齐至眉毛，以示对丈夫的敬重。后常以"举案齐眉"比喻夫妻相敬如宾。《后汉书·梁鸿传》："为人赁舂，每归，妻为具食，不敢于鸿前仰视，举案齐眉。"

[18] 藏头盖脚：意同"藏头露尾"，谓说话遮遮掩掩、躲躲闪闪，言其优蔽其害。

[19] 伶俐：干净、清楚，多用于否定形式。元·马致远《黄粱梦》（第二折）："我和魏尚书的儿子魏舍，有些不伶俐的勾当。"

[20] 哭倒长城：指孟姜女哭长城的故事。相传秦始皇建长城时，范喜良与孟姜女新婚三日，就被迫修筑长城，不久因饥寒劳累而死，尸骨埋于长城墙下。孟姜

女万里寻夫来到长城脚下，得到的却是丈夫死亡的噩耗。她痛哭城下，三天三夜不止，这段长城就此坍塌，露出丈夫尸骸，孟姜女安葬范喜良后投海而亡。

[21] 甘投大水：指浣纱女舍身相救伍子胥的故事。楚平王听信谗言将伍子胥满门抄斩，唯伍子胥幸免于难，仓皇奔吴，迷路之时幸得浣纱女指路并以浆纱米汤为其充饥。伍子胥折返时，为除其忧虑，浣纱女投水自尽，以示大义。

[22] 化顽石：望夫石的故事。各地均有"望夫石"并配以凄美的传说，大体皆类丈夫远征，妻子站于山石之上，翘首以盼望丈夫的归来，日久年深，妻子便化作遥望的石头，表现妻子对从役在外丈夫的坚贞不渝。魏·曹丕《列异传》："武昌新县北山上有望夫石，状若人立者。传云：昔有贞妇，其夫从役，远赴国难；妇携幼子饯送此山，立望而形化为石。"唐·王建《望夫石》："望夫处，江悠悠。化为石，不回头。上头日日风复雨。行人归来石应语。"

[23] 直恁：意谓竟然如此。《京本通俗小说·错斩崔宁》："官人直恁负恩！甫能得官，便娶了二夫人！"清·李渔《凰求凤·囚鸾》："好事磨人直恁奇，既得便宜，又失便宜。"

[24] 痊济：痊愈、病愈。

[25] 甘露：雨露，古人认为甘露降，是太平祥瑞之兆。明·李时珍《本草纲目·水一·甘露》（释名）引《瑞应图》："甘露，美露也。神灵之精，仁瑞之泽，其凝如脂，其甘如饴，故有甘、膏、酒、浆之名。"《老子》："天地相合，以降甘露。"《汉书·宣帝纪》："乃者凤皇集泰山、陈留，甘露降未央宫……获蒙嘉瑞，赐兹祉福，夙夜兢兢，靡有骄色。"

[26] 百纵千随：百依百顺之意，形容凡事皆顺从他人。

[27] 知契：知己、好友。明·张居正《与广东按院唐公书》："忝在知契，附此以慰悬念。"清·刘大櫆《序》："余之文何足以增重君，徒以君之子与余深相知契，而孝思不匮，能不忘其先人，故惓惓如此。"

[28] 挣扎：用力支撑。元·吴昌龄《张天师》（第二折）："我只得挣扎病躯，到此后花园中等。"邹韬奋《伟大的斗士》："听说鲁迅先生的肺病，有个美国医生说他五年以前原就会死的，而竟也挣扎到今天。"

[29] 一家一计：一家人。

[30] 休弃：离弃。《元典章·户部三·籍册》："原议养老女婿，有丈人要讫财钱，或因事已将原妻休弃，即日另居，别行娶到妻室，无问籍内有无收係当差。"《明律·刑律·犯奸》："若买休人与妇人用计，逼勒本夫休弃，其夫别无卖休之意者不坐，买休人及妇人各杖六十，徒一年。"

[31] 指脚的夫妻：原配的夫妻。

[32] 恓惶：悲伤。《旧唐书·李重福传》："天下之人，闻者为臣流涕；况陛下慈念，岂不愍臣恓惶？"唐·韦应物《简卢陟》："恓惶戎旅下，蹉跎淮海滨。"

[33] 搬调：怂恿挑拨。元·杨文奎《儿女团圆》（第一折）："我教三两句话搬调他，把李春梅或是赶了，或是休了。"

[34] 一马难将两鞍鞴：同"一马不被两鞍"，意谓不再改嫁。鞍鞴：指马鞍和车马上的饰物。

[35] 三推六问：反复审问。元·孙仲章《勘头巾》（第三折）："有他娘子将小人告到官中，三推六问，吊拷绷扒，打的小人受不过，只得屈招了。"

[36] 孤：戏曲角色名，多指官员之属。

[37] 祗候：职官名。宋代祗候分置于东、西上阁门，与阁门宣赞舍人并称阁职，祗候分佐舍人。元代各省、路、州、县分别设祗候若干名，为供奔走驱使的衙役。元明亦指官府衙役，势家仆从头目。明·黄道周《节寰袁公传》："一日，请权贵祗候乾清门，出声无律，公（袁可立）引咫尺之义折之。"

[38] 刷卷：元代由肃政廉访使清查所属各衙门处理狱讼案件有无拖延枉曲。明·冯梦龙《警世通言·苏知县罗衫再合》："你受恁般冤苦，见今刷卷御史到任，如何不去告状申理？"

[39] 喝撺厢：或谓衙役喊堂威，或谓移动和开启官衙前盛放投状纸的箱子。

[40] 养膳：犹养赡。明·冯梦龙《醒世恒言·杜子春三入长安》："亲故们赢老的养膳他，幼弱的抚育他，孤孀的存恤他。"

[41] 高抬明镜：传秦始皇有一方镜能照见人心，后以此喻执法公正严明。《西京杂记》卷三："有方镜，广四尺，高五尺九寸，表里有明，人直来照之，影则倒见。以手扪心而来，则见肠胃五脏，历然无碍。"

[42] 肝胆虚实：心意真伪。

[43] 赖骨顽皮：顽劣不知好歹。

[44] 傍州例：例子、榜样。明·康海《中山狼》（第四折）："俺只索含悲忍气，从今后见机莫痴。呀，把这负心的中山狼做傍州例。"

[45] 唱叫扬疾：亦作"畅叫扬疾"，谓大吵大闹。

[46] 消停：停止、停歇。明·施耐庵《水浒传》第五十回："既然大官人不肯落草，且在山寨消停几日，打听得没事了时，再下山来不迟。"

[47] 覆盆不照太阳晖：盆子翻放，阳光照不到里面。意同"只手遮天"，谓颠倒黑白，无处申冤。

[48] 委的：委实、确实。

[49] 伏状：承认罪状的书面供词。明·施耐庵《水浒传》第二七回："读了朝廷明降，写了犯由牌，画了伏状，便把这婆子推上木驴。"

[50] 市曹：市内商业集中之处，古代常于此处决人犯。宋·朱熹《知南康榜文》："切幸特赐开谕，及榜示市曹，仰居民知委。"《京本通俗小说·错斩崔宁》："押赴市曹，行刑示众。"

[51] 漏面贼：古代于犯人面部刺青叫"漏面"，后即以"漏面贼"骂歹恶之徒，形容人已经坏到使人一望便知，就像脸上刻了字一样。

[52] 随衙：亦作"随牙"，意谓随班听候招审。元·郑廷玉《后庭花》（第三折）："只要你秀才肯做迷心耍，不须今夜遭囚，免了每日随衙。"

[53] 散堂鼓：退堂鼓。

第三折

（外[1]扮监斩官上，云）下官监斩官[2]是也。今日处决犯人，着做公的[3]把住巷口，休放往来人闲走。（净扮公人鼓三通、锣三下科，刽子磨旗[4]提刀、押正旦带枷上，刽子云）行动些[5]，行动些，监斩官去法场上多时了。（正旦唱）

【正宫·端正好】没来由[6]犯王法，不提防遭刑宪[7]，叫声屈动地惊天！顷刻间游魂先赴森罗殿，怎不将天地也生埋怨！

【滚绣球】有日月朝暮悬，有鬼神掌着生死权。天地也！只合把清浊分辨，可怎生错看了盗跖、颜渊？为善的受贫穷更命短，造恶的享富贵又寿延。天地也！做得个怕硬欺软，却原来也这般顺水推船！地也，你不分好歹何为地！天也，你错勘贤愚枉做天！哎，只落得两泪涟涟。

（刽子云）快行动些，误了时辰也。（正旦唱）

【倘秀才】则被这枷扭的我左侧右偏，人拥的我前合后偃[8]。我窦娥向哥哥行有句言。（刽子云）你有甚么话说？（正旦唱）前街里去心怀恨，后街里去死无冤，休推辞路远。

（刽子云）你如今到法场上面，有什么亲眷要见的，可教他过来，见你一面也好。（正旦唱）

【叨叨令】可怜我孤身只影无亲眷，则落的吞声忍气空嗟怨。（刽子云）难道你爷娘家也没的？（正旦云）只有个爹爹，十三年前上朝取应去了，至今杳无音信。（唱）早已是十年多不睹爹爹面。（刽子云）你适才要我往后街里去，是什么主意？（正旦唱）怕则怕前街里被我婆婆见。（刽子云）你的性命也顾不得，怕他见怎的？（正旦云）俺婆婆若见我披枷带锁，赴法场餐刀去呵，（唱）枉将他气杀也么哥[9]，枉将他气杀也么哥！告哥哥，临危好与人行方便。

（卜儿哭上科，云）天那，兀的不是我媳妇儿！（刽子云）婆子靠后。（正旦云）既是俺婆婆来了，叫他来，待我嘱咐他几句话咱。（刽子云）那婆子，近前来，你媳妇要嘱咐你话哩。（卜儿云）孩儿，痛杀我也！（正旦云）婆婆，那张驴儿把毒药放在羊肚儿汤里，实指望药死了你，要霸占我为妻。不想婆婆让与他老子吃，倒把他老子药死了。我怕连累婆婆，屈招了药死公公，今日赴法场典刑。婆婆，此后遇着冬时年节，月一十五，有瀽[10]不了的浆水饭，瀽半碗儿与我吃；烧不了的纸钱，与窦娥烧一陌儿[11]。则是看你死的孩儿面上。（唱）

【快活三】念窦娥葫芦提[12]当罪愆[13]，念窦娥身首不完全，念窦娥从前已往十家缘[14]。婆婆也，你只看窦娥少爷无娘面。

【鲍老儿】念窦娥伏侍婆婆这几年，遇时节将碗凉浆奠；你去那受刑法尸骸上烈[15]些纸钱，只当把你亡化的孩儿荐[16]。（卜儿哭科，云）孩儿放心，这个老身都记得。天那，兀的不痛杀我也！（正旦唱）婆婆也，再也不要啼啼哭哭，烦烦恼恼，怨气冲天。这都是我做窦娥的没时没运，不明不暗，负屈衔冤。

（刽子做喝科，云）兀那婆子靠后，时辰到了也。（正旦跪科）（刽子开枷科）（正旦云）窦娥告监斩大人，有一事肯依窦娥，便死而无怨。（监斩官云）你有什么事？你说。（正旦云）要一领净席，等我窦娥站立；又要丈二白练，挂在旗枪[17]上。若是我窦娥委实冤枉，刀过处头落，一腔热血，休半点儿沾在地下，都飞在白练上者。（监斩官云）这个就依你，打甚么不紧[18]。（刽子做取席站科，又取白练挂旗上科）（正旦唱）

【耍孩儿】不是我窦娥罚下这等无头愿，委实的冤情不浅。若没些儿灵圣[19]与世人传，也不见得湛湛青天。我不要半星热血红尘洒，都只在八尺旗枪素练悬。等他四下里皆瞧见，这就是咱苌弘化碧[20]，望帝啼鹃[21]。

（刽子云）你还有甚的说话，此时不对监斩大人说，几时说那？（正旦再跪科，云）大人，如今是三伏天道，若窦娥委实冤枉，身死之后，天降三尺瑞雪，遮掩了窦娥尸首。（监斩官云）这等三伏天道，你便有冲天的怨气，也召不得一片雪来，可不胡说！（正旦唱）

【二煞】你道是暑气暄，不是那下雪天，岂不闻飞霜六月因邹衍[22]？若果有一腔怨气喷如火，定要感的六出冰花[23]滚似锦，免着我尸骸现。要什么素车白马[24]，断送出古陌荒阡[25]！

（正旦再跪科，云）大人，我窦娥死的委实冤枉，从今以后，着这楚州亢旱三年。（监斩官云）打嘴！那有这等说话！（正旦唱）

【一煞】你道是天公不可期，人心不可怜，不知皇天也肯从人愿。做甚么三年不见甘霖降？也只为东海曾经孝妇冤[26]。如今轮到你山阳县，这都是官吏每无心正法，使百姓有口难言！

（刽子做磨旗科，云）怎么这一会儿天色阴了也？（内做风科，刽子云）好冷风也！（正旦唱）

【煞尾】浮云为我阴，悲风为我旋，三桩儿誓愿明题遍。（做哭科，云）婆婆也，直等待雪飞六月，亢旱三年呵，（唱）那其间才把你个屈死的冤魂这窦娥显。

（刽子做开刀，正旦倒科）（监斩官惊云）呀，真个下雪了，有这等异事！

（刽子云）我也道平日杀人，满地都是鲜血，这个窦娥的血，都飞在那丈二白练上，并无半点落地，委实奇怪。（监斩官云）这死罪必有冤枉，早两桩儿应验了，不知亢旱三年的说话，准也不准？且看后来如何。左右，也不必等待雪晴，便与我抬他尸首，还了那蔡婆婆去罢。（众应科，抬尸下）

注释

[1] 外：戏曲角色名，为次要角色，如"外末""外旦""外净"等。

[2] 监斩官：监督斩首犯人的官员。

[3] 做公的：谓衙门的差役。《京本通俗小说·碾玉观音》："即时差一个缉捕使臣，带着做公的，备了盘缠，径来湖南潭州府。"

[4] 磨旗：摇旗。宋·孟元老《东京梦华录·驾登宝津楼诸军呈百戏》："先一人空手出马，谓之'引马'；次一人磨旗出马，谓之'开道旗'。"

[5] 行动些：动作快些，催促意。元·高文秀《黑旋风》（第四折）："天色晚了也，行动些，行动些。"明·汤显祖《南柯记·引谒》："驸马行动些，殿上等久。"

[6] 没来由：无缘无故。清·曹雪芹《红楼梦》第一〇一回："我这里一大堆的事没个动秤儿的，没来由为人家的事，瞎闹了这些日子，当什么呢！"

[7] 刑宪：刑罚。《元典章·刑部·新刑》："但犯大辟犯人出于不得已，身遭刑宪，瞑目而受。"

[8] 前合后偃：身体前后俯仰晃动，站立不稳的样子。元·张寿卿《红梨花》（第四折）："又道我是鬼魂儿在眼边，唬的他对面无言，有似风颠，惊急力前合后偃。"

[9] 也么哥：亦作"也波哥""也末哥"，是元、明戏曲中常用的句末语气词，无义。

[10] 瀽：泼、倾倒。

[11] 一陌儿：旧时一百纸钱之称，亦泛指一串纸钱。元·王子一《误入桃源》（第三折）："今日当村众父老在我家赛牛王社，烧一陌纸，祈保各家平安。"

191

明·施耐庵《水浒传》第二六回："只见何九叔手里提着一陌纸钱，来到场里。"

[12] 葫芦提：糊涂，宋元口语中常用。

[13] 罪愆：罪过、过失。唐·顾况《归阳肖寺》："尽力答明主，犹自招罪愆。"明·罗贯中《三国演义》第九一回："孔明曰：'此乃我之罪愆也。'"

[14] 家缘：家务。

[15] 烈：烧。《孟子·滕文公上》："益烈山泽而焚之。"

[16] 荐：祭献。

[17] 旗枪：出征或法场之用，枪长一丈二尺，枪头下枪缨部位有一面三角形旗帜和两根彩带。

[18] 打甚么不紧：没有什么关系，无所谓。

[19] 灵圣：佛祖、上仙之属。《后汉书·西域传论》："其国（身毒）则殷乎中土，玉烛和气，灵圣之所降集，贤懿之所挺生。"南朝梁·陶弘景《冥通记》卷一："既灵圣垂旨，敢希久停，可得申延数年不？"

[20] 苌弘化碧：语出《庄子·外物》："人主莫不欲其臣之忠，而忠未必信，故伍员流于江，苌弘死于蜀，藏其血三年而化为碧。"宋·辛弃疾《兰陵王》："苌弘事，人道后来，其血三年化为碧。"

[21] 望帝啼鹃：语出《禽经·杜鹃》："蜀右曰杜宇。"汉·李膺《蜀志》："望帝称王于蜀，得荆州人鳖灵，便立以为相。后数岁，望帝以其功高，禅位于鳖灵，号曰开明氏。望帝修道，处西山而隐，化为杜鹃鸟，或云华为杜宇鸟，亦曰子规鸟，至春则啼，闻者凄恻。"唐·李商隐《锦瑟》："庄生晓梦迷蝴蝶，望帝春心托杜鹃。"

[22] 邹衍：战国末期齐国人。燕惠王时听信逸言，曾把邹衍逮捕下狱，正值六月而天降飞霜，以示冤屈。《文选·江淹·诣建平王上书》李善注引《淮南子》："邹衍尽忠于燕惠王，惠王信谮而系之。邹子仰天而哭，正夏而天为之降霜。"后世遂常以"六月飞霜""飞霜六月""六月霜"等比喻有冤情。清·蒲松龄《拟上因亢旱躬祷南郊群臣射表》："若乃六月飞霜，未雪高贤之狱；三年不雨，只因孝妇之冤。"

[23] 六出冰花：指雪花。南朝梁·萧统《黄钟十一月启》："彤云垂四百之叶，玉雪开六出之花。"

[24] 素车白马：凶、丧之事所用的白车白马，谓吊丧、送葬之意。《后汉书·独行传·范式》："范式字巨卿，与张劭为友。劭死，式驰赴之，未至而丧已发引。既至圹，将窆，柩不肯进。遂停柩移时，乃见素车白马，号哭而来。"

[25] 古陌荒阡：古代田间小路东西为"陌"，南北为"阡"，意指荒郊野外，人烟稀少的纵横小路。

[26] 东海曾经孝妇冤：典出《列女传·东海孝妇》："汉时，东海孝妇养姑甚谨。姑曰：'妇养我勤苦。我已老，何惜余年，久累年少。'遂自缢死。其女告官云：'妇杀我母。'官收系之，拷掠毒治。孝妇不堪苦楚，自诬服之。……自后郡中枯旱，三年不雨。"《汉书·于定国传》亦有记载。

第四折

（窦天章冠带[1]引丑张千祗从[2]上，诗云）独立空堂思黯然，高峰月出满林烟，非关有事人难睡，自是惊魂夜不眠。老夫窦天章是也。自离了我那端云孩儿，可早十六年光景。老夫自到京师，一举及第，官拜参知政事[3]。只因老夫廉能清正，节操坚刚，谢圣恩可怜[4]，加老夫两淮[5]提刑肃政廉访使[6]之职，随处审囚刷卷，体察滥官污吏，容老夫先斩后奏。老夫一喜一悲：喜呵，老夫身居台省[7]，职掌刑名[8]，势剑[9]金牌[10]，威权万里；悲呵，有端云孩儿，七岁上与了蔡婆婆为儿媳妇，老夫自得官之后，使人往楚州问蔡婆婆家。他邻里街坊道：自当年蔡婆婆不知搬在那里去了，至今音信皆无。老夫为端云孩儿，啼哭的眼目昏花，忧愁得须发斑白。今日来到这淮南地面，不知这楚州为何三年不雨？老夫今在这州厅安歇。张千，说与那州中大小属官，今日免参，明日早见。（张千向古门云）一应大小属官，今日免参，明日早见。（窦天章云）张千，说与那六房[11]吏典[12]：但有合刷照文卷，都将来，待老夫灯下看几宗波。（张千送文卷科。窦天章云）张千，你与我掌上灯。你每都辛苦了，自去歇息罢。我唤你便来，不唤你休来。（张千点灯，同祗从下。窦天章云）我将这文卷看几宗咱。"一起犯人窦娥，将毒药致死公公。"我才看头一宗文卷，就与老夫同姓。这药死公公的罪名，犯在十恶不赦[13]，俺同姓之人，也有不畏法度的。这是问结[14]了的文书，不看他罢。我将这文卷压在底下，别看一宗咱。（做打呵欠科，云）不觉的一阵昏沉上来，皆因老夫年纪高大，鞍马劳困之故。待我搭伏[15]定书案，歇息些儿咱。（做睡科，魂旦上，唱）

【双调·新水令】我每日哭啼啼守住望乡台[16]，急煎煎把仇人等待，慢腾腾昏地里走，足律律[17]旋风中来，则被这雾锁云埋，撺掇[18]的鬼魂快。

（魂旦望科，云）门神户尉[19]不放我进去。我是廉访使窦天章女孩儿，因我屈死，父亲不知，特来托一梦与他咱。（唱）

【沉醉东风】我是那提刑的女孩，须不比现世的妖怪。怎不容我到灯影前，却拦截在门桯[20]外？

（做叫科，云）我那爷爷呵，（唱）枉自有势剑金牌，把俺这屈死三年的腐骨骸，怎脱离无边苦海？（做入见哭科，窦天章亦哭科，云）端云孩儿，你在那里来？（魂旦虚下[21]）（窦天章做醒科，云）好是奇怪也，老夫才合眼去，梦见端云孩儿，恰便似来我跟前一般，如今在那里？我且再看这文卷咱。（魂旦上，做弄灯科）（窦天章云）奇怪，我正要看文卷，怎生这灯忽明忽灭的！张千也睡着了，我自己剔灯咱。（做剔灯，魂旦翻文卷科，窦天章云）我剔的这灯明了也。再看几宗文卷。"一起犯人窦娥药死公公……"（做疑怪科，云）这一宗文卷，我为头[22]看过，压在文卷底下，怎生又在这上头？这几时问结了的，还压在底下，我别看一宗文卷波。（魂旦再弄灯科，窦天章云）怎么，这灯又是半明半暗的？我再剔这灯咱。（做剔灯，魂旦再翻文卷科。窦天章云）我剔的这灯明了，我另拿一宗文卷看咱。"一起犯人窦娥药死公公……"吓！好是奇怪！我才将这文书分明压在底下，刚剔了这灯，怎生又翻在面上？莫不是楚州后厅里有鬼么？便无鬼呵，这桩事必有冤枉。将这文卷再压在底下，待我另看一宗如何？（魂旦又弄灯科，窦天章云）怎生这灯又不明了？敢有鬼弄这灯？我再剔一剔去。（做剔灯科，魂旦上，做撞见科，窦天章举剑击桌科，云）吓！我说有鬼！兀那鬼魂：老夫是朝廷钦差带牌[23]走马[24]肃政廉访使。你向前来，一剑挥之两段。张千，亏你也睡的着！快起来，有鬼，有鬼。兀的不吓杀老夫也。（魂旦唱）

【乔牌儿】则见他疑心儿胡乱猜，听了我这哭声儿转惊骇。哎，你个窦天章直恁的威风大，且受你孩儿窦娥这一拜。

（窦天章云）兀那鬼魂，你道窦天章是你父亲，受你孩儿窦娥拜。你敢错认了也？我的女儿叫做端云，七岁上与了蔡婆婆为儿媳妇。你是窦娥，名字差了，怎生是我女孩儿？（魂旦云）父亲，你将我与了蔡婆婆家，改名做窦娥了也。（窦天章云）你便是端云孩儿，我不问你别的，这药死公公，是你不是？（魂旦云）是你孩儿来。（窦天章云）嗔声[25]！你这小妮子，老夫为你啼哭的眼也花了，忧愁的头也白了，你划地[26]犯了十恶大罪，受了典刑。我今日官居台省，职掌刑名，来此两淮审囚刷卷，体察滥官污吏，你是我亲生之女，老夫将你治不的，怎治他人？我当初将你嫁与他家呵，要你三从四德。三从者：在家从父，出嫁从夫，夫死从子；四德者：事公姑，敬夫主，和妯娌，睦街坊。今三从四德全无，划地犯了十恶大罪。我窦家三辈无犯法之男，五世无再婚之女，到今日被你辱没祖宗世德，又连累我的清名。你快与我细吐真情，不要虚言支对，若说的有半厘差错，牒发[27]你城隍祠内，着你永世不得人身，罚在阴山，永为饿鬼。（魂旦云）父亲停嗔息怒，暂罢狼虎之威，听你孩儿慢慢的说一遍咱。我三岁上亡了母亲，七岁上离了父亲。你将我送与蔡婆婆做儿媳妇，至十七岁与夫配合。才得两年，不幸儿夫亡化，和俺婆婆守寡。这山阳县南门外，有个赛卢医，他少俺婆婆二十两银子。俺婆婆去取讨，被他赚到郊外，要将婆婆勒死，不想撞见张驴儿父子两个，救了俺婆婆性命。那张驴儿知道我家有个守寡的媳妇，便道："你婆儿媳妇既无丈夫，不若招我父子两个。"俺婆婆初也不肯，那张驴儿道："你若不肯，我依旧勒死你。"俺婆婆惧怕，不得已含糊许了。只得将他父子两个领到家中，养他过世。有张驴儿数次调戏你女孩儿，我坚执不从。那一日俺婆婆身子不快，想羊肚儿汤吃，你孩儿安排了汤。适值张驴儿父子两个问病，道："将汤来我尝一尝。"说："汤便好，只少些盐醋。"赚的我去取盐醋，他就暗地里下了毒药，实指望药杀俺婆婆，要强逼我成亲。不想俺婆婆偶然发呕，不要汤吃，却让与他老子吃，随即七窍流血药死了。张驴儿便道："窦娥药死了俺老子，你要官休？要私休？"我便道："怎生是官休？怎生是私休？"他道："要官休，告到官司，你与俺老子偿命。

若私休，你便与我做老婆。"你孩儿便道："好马不备双鞍，烈女不更二夫，我至死不与你做媳妇，我情愿和你见官去。"他将你孩儿拖到官中，受尽三推六问，吊拷绷扒[28]，便打死孩儿，也不肯认。怎当州官见你孩儿不认，便要拷打俺婆婆。我怕婆婆年老，受刑不起，只得屈认了。因此押赴法场，将我典刑。你孩儿对天发下三桩誓愿：第一桩要丈二白练，挂在旗枪上，若系冤枉，刀过头落，一腔热血休滴在地下，都飞在白练上；第二桩，现今三伏天道，下三尺瑞雪，遮掩你孩儿尸首；第三桩，着他楚州大旱三年。果然血飞上白练，六月下雪，三年不雨，都是为你孩儿来。（诗云）不告官司只告天，心中怨气口难言。防他老母遭刑宪，情愿无辞认罪愆。三尺琼花[29]骸骨掩，一腔热血练旗悬。岂独霜飞邹衍屈，今朝方表窦娥冤。（唱）

【雁儿落】你看这文卷曾道来不道来，则我这冤枉要忍耐如何耐？我不肯顺他人，倒着我赴法场；我不肯辱祖上，倒把我残生坏。

【得胜令】呀，今日个搭伏定摄魂台，一灵儿怨哀哀。父亲也，你现掌着刑名事，亲蒙圣主差。端详这文册，那厮乱纲常当合败。便万剐了乔才[30]，还道报冤仇不畅怀！

（窦天章做泣科，云）哎，我那屈死的儿，则被你痛杀我也！我且问你：这楚州三年不雨，可真个是为你来？（魂旦云）是为你孩儿来。（窦天章云）有这等事？到来朝我与你做主。（诗云）白头亲苦痛哀哉，屈杀了你个青春女孩。只恐怕天明了，你且回去，到来日，我将文卷改正明白。（魂旦暂下）（窦天章云）呀，天色明了也。张千，我昨日看几宗文卷，中间有一鬼魂来诉冤枉。我唤你好几次，你再也不应，直恁的好睡那。（张千云）我小人两个鼻子孔一夜不曾闭，并不听见女鬼诉什么冤状，也不曾听见相公呼唤。（窦天章做叱科，云）（嗟）！今早升厅坐衙，张千，喝撺厢者。（张千做幺喝科，云）在衙人马平安！抬书案！（禀云）州官见。（外扮州官入参科）（张千云）该房吏典见。（丑扮吏入参见科）（窦天章云）你这楚州一郡，三年不雨，是为着何来？（州官云）这个是天道亢旱，楚州百姓之灾，小官等不知其罪。（窦天章做怒云）你等不知罪么？那山阳县有用毒药谋死公公犯妇窦娥，他问斩之时，曾发愿道：若是果有冤枉，着你楚州三年不雨，寸草不生，可有这件事来？

（州官云）这罪是前升任桃州守问成的，现有文卷。（窦天章云）这等糊涂的官，也着他升去！你是继他任的，三年之中，可曾祭这冤妇么？（州官云）此犯系十恶大罪，原不曾有祠，所以不曾祭得。（窦天章云）昔日汉朝有一孝妇守寡，其姑自缢身死，其姑女告孝妇杀姑。东海太守将孝妇斩了。只为一妇含冤，致令三年不雨。后于公治狱，仿佛见孝妇抱卷哭于厅前，于公将文卷改正，亲祭孝妇之墓，天乃大雨。今日你楚州大旱，岂不正与此事相类？张千，分付该房签牌[31]下山阳县，着拘张驴儿、赛卢医、蔡婆婆一起人犯火速解审，毋得违误片刻者。（张千云）理会得。（下）（丑扮解子[32]押张驴儿、蔡婆婆，同张千上，禀云）山阳县解到审犯听点。（窦天章云）张驴儿。（张驴儿云）有。（窦天章云）蔡婆婆。（蔡婆婆云）有。（窦天章云）怎么赛卢医是紧要人犯不到？（解子云）赛卢医三年前在逃，一面着广捕批缉拿去了，待获日解审。（窦天章云）张驴儿，那蔡婆婆是你的后母么？（张驴儿云）母亲好冒认的？委实是。（窦天章云）这药死你父亲的毒药，卷上不见有合药的人，是那个合的毒药？（张驴儿云）是窦娥自合就的毒药。（窦天章云）这毒药必有一个卖药的医铺。想窦娥是个少年寡妇，那里讨这药来？张驴儿，敢是你合的毒药么？（张驴儿云）若是小人合的毒药，不药别人，倒药死自家老子？（窦天章云）我那屈死的儿，这一节是紧要公案，你不自来折辩，怎得一个明白？你如今冤魂却在那里？（魂旦上，云）张驴儿，这药不是你合的，是那个合的？（张驴儿做怕科，云）有鬼有鬼，撮盐入水。太上老君急急如律令敕！（魂旦云）张驴儿，你当日下毒药在羊肚儿汤里，本意药死俺婆婆，要逼勒我做浑家。不想俺婆婆不吃，让与你父亲吃，被药死了，你今日还敢赖哩！（唱）

【川拨棹】猛见了你这吃敲材[33]，我只问你这毒药从何处来？你本意待暗里栽排[34]，要逼勒我和谐[35]，倒把你亲爷毒害，怎教咱替你耽罪责！

（魂旦做打张驴儿科）（张驴儿做避科，云）太上老君，急急如律令，敕！大人说这毒药必有个卖药的医铺，若寻得这卖药的人来，和小人折对[36]，死也无词。（丑扮解子解赛卢医上，云）山阳县续解到犯人一名赛卢医。（张千喝云）当面[37]。你三年前要勒死蔡婆婆，赖他银子，这事怎么说？（赛卢医叩头科，云）小的要赖蔡婆婆银子的情是有的，当被两个汉子救了，那婆婆并不曾死。（窦天章云）这两个汉子你认的他叫做什么名姓？（赛卢医云）小的认便认的，慌忙之际，可不曾问他名姓。（窦天章云）现有一个在阶下，你去认来。（赛卢医做下认科，云）这个是蔡婆婆。（指张驴儿云）想必这毒药事发了。（上云）是这一个。容小的诉禀：当日要勒死蔡婆婆时，正遇见他爷儿两个，救了那婆婆去。过得几日，他到小的铺中讨服毒药。小的是念佛吃斋人，不敢做昧心的事，说道："铺中只有官料药[38]，并无什么毒药。"他就睁着眼道："你昨日在郊外要勒死蔡婆婆，我拖你见官去。"小的一生最怕的是见官，只得将一服毒药与了他去。小的见他生相是个恶的，一定拿这药去药死了人，久后败露，必然连累。小的一向逃在涿州地方，卖些老鼠药。刚刚是老鼠被药杀了好几个，药死人的药，其实再也不曾合。（魂旦唱）

【七弟兄】你只为赖财，放乖[39]，要当灾[40]。（带云）这毒药呵，（唱）原来是你赛卢医出卖张驴儿买，没来由填做我犯由牌[41]，到今日官去衙门在。

（窦天章云）带那蔡婆婆上来。我看你也六十外人了，家中又是有钱钞的，如何又嫁了老张，做出这等事来？（蔡婆婆云）老妇人因为他爷儿两个救了我的性命，收留他在家养膳过世。那张驴儿常说要将他老子接脚进来，老妇人并不曾许他。（窦天章云）这等说，你那媳妇就不该认做药死公公了。（魂旦云）当日问官要打俺婆婆，我怕她年老受刑不起，因此咱认做药死公公，委实是屈招个！（唱）

【梅花酒】你道是咱不该，这招状供写的明白。本一点孝顺的心怀，倒做了惹祸的胚胎。我只道官吏每还复勘，怎将咱屈斩首在长街！第一要素旗枪鲜血洒，第二要三尺雪将死尸埋，第三要三年旱示天灾。咱誓愿委实大。

【收江南】呀，这的是[42]衙门从古向南开，就中无个不冤哉。痛杀我娇姿弱体闭泉台[43]，早三年以外，则落的悠悠流恨似长淮。

（窦天章云）端云儿也，你这冤枉，我已尽知。你且回去。待我将这一起人犯，并原问官吏，另行定罪。改日做个水陆道场[44]，超度你生天便了。（魂旦拜科，唱）

【鸳鸯煞尾】从今后把金牌势剑从头摆，将滥官污吏都杀坏，与天子分忧，万民除害。

（云）我可忘了一件：爹爹，俺婆婆年纪高大，无人侍养，你可收恤[45]家中，替你孩儿尽养生送死之礼。我便九泉之下，可也瞑目。（窦天章云）好孝顺的儿也。（魂旦唱）嘱付你爹爹，收养我奶奶，可怜他无妇无儿，谁管顾年衰迈。再将那文卷舒开，（带云）爹爹，也把我窦娥名下，（唱）屈死的招伏罪名儿改。（下）

（窦天章云）唤那蔡婆婆上来。你可认得我么？（蔡婆婆云）老妇人眼花了，不认的。（窦天章云）我便是窦天章。适才的鬼魂，便是我屈死的女孩儿端云。你这一行人，听我下断[46]：张驴儿毒杀亲爷，谋占寡妇，合拟凌迟[47]，押赴市曹中，钉上木驴[48]，剐一百二十刀处死；升任州守桃杌并该房吏典，刑名违错，各杖一百，永不叙用；赛卢医不合赖钱，勒死平民，又不合修合毒药，致伤人命，发烟瘴地面[49]，永远充军；蔡婆婆我家收养；窦娥罪改正明白。（词云）莫道我念亡女与他灭罪消愆，也只可怜见楚州郡大旱三年。昔于公曾表白东海孝妇，果然是感召得灵雨如泉。岂可便推诿道天灾代有，竟不想人之意感应通天。今日个将文卷重行改正，方显的王家法不使民冤。

题目　　秉鉴持衡廉访法
正名[50]　　感天动地窦娥冤

——选自王季思主编《全元戏曲》第一卷，人民文学出版社 1999 年版

注释

[1] 冠带：官服，指官吏。《文选·张衡〈西京赋〉》："冠带交错，方辕接轸。"薛综注："冠带，犹搢绅，谓吏人也。"北齐·颜之推《颜氏家训·涉务》："晋朝南渡，优借士族；故江南冠带，有才干者，擢为令仆已下尚书郎中书舍人已上，典掌机要。"

[2] 祗从：即祗候，本是武官名，后用来称呼地位较高的衙役，富贵人家的仆役头也有称祗候的。

[3] 参知政事：官职名，简称"参政"，唐代始立，宋金承之，元代中书省和行中书省皆设此职，相当于副宰相。明洪武九年（1376），废行省平章政事、左右丞，改参知政事为布政使，以参政为布政使之副职。

[4] 可怜：看重、赏识之意。

[5] 两淮：指淮南西路和淮南东路，大体位于今安徽中部、河南南部、湖北东部和江苏中部地区，元朝时属河南江北行省。

[6] 提刑肃正廉访使：官职名。元代各道皆设提刑按察使，至元二十八年后改为肃正廉访使，兼具司法和监察职能，振扬风纪，澄清吏治，审核刑狱。

[7] 台省：唐以后以尚书省为中台，门下省为东台，中书省为西台，总称为台省，亦有合"三省"及御史台称台省者。廉政监察使属御史台，参知政事属中书省，故云身居台省。

[8] 刑名：刑事案件。《明史·刑法二》："刑部受天下刑名，都察院纠察，大理寺驳正。"《清史稿·刑法志三》："外省刑名，遂总汇于按察使司，而督抚受成焉。"

[9] 势剑：最高统治者赐予的宝剑，可代表皇帝行使权力，俗称"尚方宝剑""尚方剑"。

[10] 金牌：即圣旨金牌，亦代表皇帝的权力。

[11] 六房：即县衙六房，指吏、户、礼、兵、刑、工书吏房。

[12] 吏典：府县的官吏。元·李行道《灰阑记》（第四折）："小的做个吏典，是衙门里人，岂不知法度！"《古今小说·杨谦之客舫遇侠僧》："众皂隶们一齐上，把这老人拿下，打了十板。众吏典都来讨饶。"

[13] 十恶不赦：十种不可赦免的重罪，即谋反、大逆、谋叛、恶逆、不道、大不敬、不孝、不睦、不义、内乱。

[14] 问结：经过审问并结案。《京本通俗小说·菩萨蛮》："官司也问结了，却说这般鬼话来图赖人。"

[15] 搭伏：身体向前倚靠俯伏。元·王实甫《西厢记》（第二本第一折）："红娘呵，我则索搭伏定鲛绡枕头儿上眊。"

[16] 望乡台：原指古代久戍不归或流落外地的人为眺望故乡而登临的高台，

后引申为阴间亡魂登临遥望阳间之所，又称"思乡岭"，传为包拯所建。

[17] 足律律：快速旋转貌。元·张寿卿《红梨花》（第三折）："足律律起阵旋风，刮起那黄登登几缕尘。"

[18] 撺掇：催逼、催促。《金瓶梅词话》（第十六回）："你这边房子七八也待盖了，撺掇匠人，早些装修、油漆停当。"

[19] 门神户蔚：司门守卫之神和家宅之神，常贴在门上，左右两扇为门神，只一扇为户蔚。《文献通考·郊社考》："五祀：行是道路之神，门是门神，户是户神，与中霤、灶凡五。"

[20] 门楗：门槛。元·关汉卿《绯衣梦》（第三折）："那厮可便舒着腿脡，扠着门楗。"

[21] 虚下：戏剧术语。谓剧中人在幕前做下场的动作，但人还在台上。

[22] 为头：起初、先前之意。

[23] 带牌：佩戴圣旨金牌。

[24] 走马：走官马驿道。

[25] 噤声：禁声，制止发声之辞。

[26] 划地：却，反而。宋·晁端礼《梁州令》："各自寻思取，更莫冤他人做。如今划地怕相逢，愁多正在相逢处。"元·马致远《青衫泪》（第二折）："往常我春心寄锦笺，离情接断弦，风流煞谢家庭院，到如今划地教共猪狗同眠。"

[27] 牒发：按公文发送、押解。

[28] 吊拷绷扒：剥去衣服捆绑起来吊打。

[29] 琼花：雪花。

[30] 乔才：晋词，犹无赖，恶棍。元·杨显之《酷寒亭》（第四折）："将这厮喫剑乔材，任逃走向天涯外。"

[31] 签牌：签发公文。

[32] 解子：解差。元·杨显之《潇湘雨》（第二折）："便差个能行快走的解子，将这逃奴解到沙门岛。"

[33] 吃敲材：同"吃敲才"，亦作"喫敲材"，晋词，犹该死的东西。元·康进之《李逵负荆》（第四折）："我打你这吃敲材，直着你皮残骨断肉都开。"

[34] 栽排：安排、陷害。

[35] 和谐：妥协、和解。《魏书·萧赜传》："赜初为太子时，特奢侈。道成每欲废之，赖王敬则和谐。"元·郑廷玉《楚昭公》（第一折）："此剑原是吴国之宝，他既来索取，不如做个人情，送还了他，两国和谐，可不好那！"

[36] 折对：对质、对证。元·无名氏《朱砂担》（第三折）："尊神，你使些神通，拏将他来折对咱。"

[37] 当面：官场用语，谓上堂见官。《古今小说·陈御史巧勘金钗钿》："御史且教带在一边，唤梁尚宾当面。"

[38] 官料药：亦称"官药"，指官药局准许制造、经营的药材。

[39] 放乖：耍赖。

[40] 当灾：挡灾。

[41] 犯由牌：公布罪状的牌子或告示。明·施耐庵《水浒传》（第二七回）："读了朝廷明降，写了犯由牌，画了伏状，便把这婆子推上木驴。"

[42] 的是：的确是。《南史·庾仲文传》："若言仲文有诚于国，未知的是何事。"宋·贺铸《点绛唇》："掩妆无语，的是销凝处。"

[43] 泉台：墓穴，亦指阴间。唐·骆宾王《乐大夫挽词》："忽见泉台路，犹疑水镜悬。"

[44] 水陆道场：全称"法界圣凡水陆普度大斋胜会"，省称为"水陆会"，又称为"悲济会"，是汉传佛教的一种修持法，以超度水陆一切亡灵，普济六道四生。宋·苏轼《释迦文佛颂》引："元祐八年十一月十一日，设水陆道场供养。"鲁迅《两地书·致许广平七五》："但在这里，却也太没有生气，只见和尚自做水陆道场，男男女女上庙拜佛，真令人看得索然气尽。"

[45] 收恤：收容救济。《战国策·赵策三》："其社稷之不能恤，安能收恤蔺、离石、祁乎？"

[46] 下断：判决。元·马致远《荐福碑》（第四折）："元来有这等事，你一行人听我下断。"

[47] 凌迟：俗称"剐刑"，为最残酷的一种死刑。《宋史·刑法志一》："凌迟者，先断其支体，乃抉其吭，当时之极法也。"

[48] 木驴：刑具。为装有轮轴的木架，载犯人示众并处死。宋·陆游《南唐书·胡则传》："即舁置木驴上，将磔之，俄死，腰斩其尸以徇。"

[49] 烟瘴地面：旧指西南边远地区，古代发配重犯之所。《明史·刑法志一》："充军者，明初唯边方屯种。后定制，分极边、烟瘴、边远、边卫、沿海、附近。"

[50] 题目正名：戏曲用语。元明杂剧和南戏的剧情提要。通常在结尾处用一联或二联对句，概括全剧主要关目，用末句写出此剧的全名，而此句的末三字或四字多为此剧的简称。

作品要解

《窦娥冤》题材来源于古代流传的"东海孝妇"的故事，汉代刘向《说苑》《汉书·于定国传》、晋朝干宝《搜神记》均有记载。

窦娥作为中国漫长的礼教制度陶冶出来的被压迫妇女的典型，她身上几乎集结了中国劳动妇女的所有优良品德：窦娥是坚贞的，秉持好女不嫁二夫；窦娥是刚强的，敢于直面张驴儿的要挟和官府的淫威；窦娥是孝顺的，为免婆婆受刑而承认罪责，即便死后亦为婆婆安排生计；窦娥是悲剧的，因为她经历了残酷的现实强加于妇女头上的几乎一切苦难。她年仅三岁便丧母，独与父亲相依为命；七岁时却被父亲以抵债为名，典与人做童养媳；十七岁刚完婚丈夫就英年早逝，留下她与婆婆守寡度日；就在她屈从命运为夫守孝，照料婆婆行满三年之时，却有更大的苦难接踵而至。婆婆去要账险被勒死，幸被人救下得以保命。不料刚出狼窝又进虎穴，反被张驴儿父子威胁。窦娥坚决不从，张驴儿便心生歹意，欲毒死蔡婆婆以胁迫其改嫁。由于深受礼教思想的束缚，窦娥不愿意也不能改嫁张驴儿。同时窦娥笃信人生的正义必然压倒邪恶，也对这个社会的官僚体制抱有幻想，希冀官府可以为她主持公道。不想断案的太守只认金银，将窦娥屈打成招，处以极刑。

残酷的现实使她对自己所遵循的价值观产生了困惑，而这种困惑随着事态的发展被冲破了，她以自己的慷慨赴死对这个黑暗的现实发出自己强烈的抗议。特别是在临刑前的三大誓愿，使其反抗的心灵内涵以及元代前期反抗的主题均得到了诗意的铺成与诗化的张扬。当然此剧之所以不朽，还有更深一层蕴含，即通过窦娥的悲剧，表现出对天人关系的极深刻严肃的思考，同时也以窦娥为载体，浓缩着士大夫的心灵历程。

破幽梦孤雁汉宫秋

马致远

第三折

（番使拥旦上，奏胡乐科，旦云）妾身王昭君[1]，自从选入宫中，被毛延寿[2]将美人图点破，送入冷宫。甫能[3]得蒙恩幸，又被他献与番王形像[4]。今拥兵来索，待不去，又怕江山有失，没奈何将妾身出塞和番。这一去，胡地风霜，怎生消受也！自古道："红颜胜人多薄命，莫怨春风当自嗟。"（驾[5]引文武内官上，云）今日灞桥饯送[6]明妃，却早来到也。（唱）

【双调·新水令】锦貂裘生改[7]尽汉宫妆，我则索[8]看昭君画图模样。旧恩金勒[9]短，新恨玉鞭长。本是对金殿鸳鸯，分飞翼怎承望[10]！

（云）您文武百官计议[11]，怎生退了番兵，免明妃和番者。（唱）

【驻马听】宰相每商量，大国使还朝多赐赏。早是俺夫妻悒怏[12]，小家儿出外也摇装[13]。尚兀自渭城[14]衰柳助凄凉，共那灞桥流水添惆怅。偏您不断肠。想娘娘那一天愁都撮[15]在琵琶上。

（做下马科）（与旦打悲科）（驾云）左右慢慢唱者，我与明妃饯一杯酒。（唱）

【步步娇】您将那一曲阳关休轻放，俺咫尺如天样，慢慢的捧玉觞[16]。朕本意待尊前捱[17]些时光，且休问劣了宫商，您则与我半句儿俄延[18]着唱。

（番使云）请娘娘早行，天色晚了也。（驾唱）

【落梅风】可怜俺别离重，你好是归去的忙。寡人心先到他李陵台[19]上。回头儿却才魂梦里想，便休题贵人多忘。

（旦云）妾这一去，再何时得见陛下？把我汉家衣服都留下者。（诗云）正是：今日汉宫人，明朝胡地妾。忍着主衣裳，为人作春色！（留衣服科）（驾唱）

【殿前欢】说什么留下舞衣裳，被西风吹散旧时香。我委实怕宫车再过青苔巷[20]，猛到椒房[21]，那一会想菱花镜[22]里妆，风流相，兜的[23]又横心上。看今日昭君出塞，几时似苏武[24]还乡？

（番使云）请娘娘行罢，臣等来多时了也。（驾云）罢罢罢！明妃，你这一去，休怨朕躬也。（做别科，驾云）我那里是大汉皇帝！（唱）

【雁儿落】我做了别虞姬楚霸王，全不见守玉关[25]征西将。那里取保亲[26]的李左车[27]，送女客[28]的萧丞相[29]？

（尚书云）陛下不必挂念。（驾唱）

【得胜令】那里也架海紫金梁[30]，枉养着那边庭上铁衣郎[31]。您也要左右人扶侍，俺可甚糟糠妻不下堂！您但提起刀枪，却早小鹿儿心头撞。今日央及煞娘娘，怎做的男儿当自强！

（尚书云）陛下，咱回朝去罢。（驾唱）

【川拨棹】怕不待放丝缰，咱可甚鞭敲金镫响。你管燮理阴阳[32]，掌握朝纲，治国安邦，展土开疆。假若俺高皇[33]，差你个梅香[34]，背井离乡，卧雪眠霜。若是他不恋恁春风画堂，我便官封你一字王[35]。

（尚书云）陛下，不必苦死留他，着他去了罢。（驾唱）

【七弟兄】说什么大王、不当、恋王嫱，兀良[36]！怎禁他临去也回头望。那堪这散风雪旌节[37]影悠扬，动关山[38]鼓角[39]声悲壮。

【梅花酒】呀！俺向着这迥野[40]悲凉：草已添黄，兔早迎霜；犬褪得毛苍，人搦[41]起缨枪；马负着行装，车运着糇粮[42]，打猎起围场。他、他、他，伤心辞汉主；我、我、我，携手上河梁。他部从入穷荒；我銮舆返咸阳。返咸阳，过宫墙；过宫墙，绕回廊；绕回廊，近椒房；近椒房，月昏黄；月昏黄，夜生凉；夜生凉，泣寒螿[43]；泣寒螿，绿纱窗；绿纱窗，不思量。

【收江南】呀！不思量除是铁心肠。铁心肠也愁泪滴千行。美人图今夜挂昭阳[44]，我那里供养，便是我高烧银烛照红妆。

（尚书云）陛下回銮罢，娘娘去远了也。（驾唱）

【鸳鸯煞】我则索大臣行说一个推辞谎，又则怕笔尖儿那火[45]编修[46]讲。不见他花朵儿精神，怎趁[47]那草地里风光？唱道伫立多时，徘徊半晌，猛听的塞雁南翔，呀呀的声嘹亮，却原来满目牛羊，是兀那载离恨的毡车[48]半坡里响。（下）

（番王引部落拥昭君上，云）今日汉朝不弃旧盟，将王昭君与俺番家和亲。

我将昭君封为宁胡阏氏[49]，坐我正宫。两国息兵，多少是好。众将士，传下号令，大众起行，望北而去。（做行科）（旦问云）这里甚地面了？（番使云）这是黑龙江，番汉交界去处。南边属汉家，北边属我番国。（旦云）大王，借一杯酒，望南浇奠，辞了汉家，长行去罢。（做奠酒科，云）汉朝皇帝，妾身今生已矣，尚待来生也。（做跳江科）（番王惊救不及，叹科，云）嗨，可惜可惜！昭君不肯入番，投江而死。罢罢罢！就葬在此江边，号为青冢者。我想来，人也死了，枉与汉朝结下这般仇隙，都是毛延寿那厮搬弄出来的。把都儿[50]，将毛延寿拿下，解送汉朝处治。我依旧与汉朝结和，永为甥舅，却不是好？（诗云）则为他丹青画误了昭君，背汉主暗地私奔；将美人图又来哄我，要索取出塞和亲。岂知道投江而死，空落的一见消魂。似这等奸邪逆贼，留着他终是祸根。不如送他去汉朝哈喇[51]，依还的甥舅礼，两国长存。（下）

————选自王季思主编《全元戏曲》第二卷，人民文学出版社 1999 年版

作者简介

马致远，生平简介见前文。

注释

[1] 王昭君：名嫱，字昭君，乳名皓月，晋朝时为避司马昭讳，又称"明妃""明君"，西汉南郡秭归（今湖北秭归县）人，汉元帝建昭元年（前38），以民间女子的身份被选入掖庭。竟宁元年（前33）正月，匈奴单于呼韩邪来朝，请娶汉人为妻，元帝遂以昭君和亲。昭君抵达匈奴后，号为宁胡阏氏，生一子。三年后呼韩邪单于去世，昭君向汉廷上书求归，汉成帝敕令"从胡俗"，复嫁呼韩邪单于长子复株累单于，生二女。永始二年（前15）卒，葬于匈奴。

[2] 毛延寿：汉宫画师，善画人形，好丑老少，必得其真。据《西京杂记》载：前汉元帝，后宫既多，不得常见。乃令画工图其形，按图召幸之。诸宫人皆赂画工，多者十万，少者不减五万。唯王嫱不肯，遂不得召。后匈奴求美人为阏氏，上按图召昭君行。及去召见，貌美压后宫。

[3] 甫能：才能，刚刚能。

[4] 形像：画像。

[5] 驾：戏曲角色名，指帝王。

[6] 灞桥饯送：灞桥位于西安东十多公里处的灞河上，是东出西安的必经之地。汉唐时期长安人送别友人往往至灞桥置酒饯别或折柳赠别。唐·刘禹锡《请告东归发灞桥却寄诸僚友》："征徒出灞涘，回首伤如何。"

[7] 生改：硬改。

[8] 则索：只能、只好。元·关汉卿《新水令》（套曲）："等多时不见来，则索独立在花阴下。"元·王实甫《西厢记》（第一本第二折）："我和他乍相逢记不真娇模样，我则索手抵着牙儿慢慢的想。"

[9] 勒：套在马头上带嚼子的笼头。

[10] 承望：料到、想到。清·曹雪芹《红楼梦》第六三回："小道也曾劝说：'功夫未到，且服不得！'不承望老爷于今夜守庚申时，悄悄的服了下去，便升仙去了。"

[11] 计议：计划、商议。清·曹雪芹《红楼梦》第四回："见王夫人正和兄嫂处的来使计议家务。"

[12] 悒怏：忧郁不快。唐·蒋防《霍小玉传》："夫婿昨向东都，更无消息，悒怏成疾，今欲二年。"元·王实甫《西厢记》（第一本第二折）："听说罢，心怀悒怏，把一天愁都撮在眉尖上。"

[13] 摇装：亦称"遥装"，古代习俗，将远行者，预期择吉出门，亲友于江边饯行，上船移棹即返，另日启行，以示出行平安。

[14] 渭城：古地名。秦时咸阳城，汉改渭城，在长安西北，渭水北岸。唐·王维《送元二使安西》："渭城朝雨浥轻尘，客舍青青柳色新。劝君更尽一杯酒，西出阳关无故人。"故"渭城"又有离别伤感之意。

[15] 撺：聚集、聚拢。

[16] 玉觞：酒杯。汉·傅毅《舞赋》："陈茵席而设坐兮，溢金罍而列玉觞。"宋·辛弃疾《一落索·闺思》："玉觞泪满却停觞，怕酒似郎情薄。"

[17] 捱：延缓、拖延。

[18] 俄延：延缓、耽搁。元·杨梓《霍光鬼谏》（第一折）："休那里俄延岁月，打捱时光。"明·施耐庵《水浒传》第八回："林冲道：'上下方便，小人岂敢怠慢，俄延程途，其实是脚疼走不动。'"

[19] 李陵台：指汉李陵的墓。明·陈恭尹《明妃怨》："生死归殊俗，君王命妾来。莫令青冢草，生近李陵台。"

[20] 青苔巷：长了青苔的巷道，喻指闲静、冷落的地方。唐·白居易《西风》："薄暮青苔巷，家僮引鹤归。"

[21] 椒房：西汉未央宫皇后所居殿名，亦称椒室。以椒和泥涂壁，使温暖、芳香，并象征多子。《汉书·车千秋传》："江充先治甘泉宫人，转至未央椒房。"颜师古注："椒房殿名，皇后所居也，以椒和泥涂壁，取其温而芳也。"后泛指后妃居住的宫室。《北史·周纪下·高祖武帝》："椒房丹地，有众如云，本由嗜欲之情，非关风化之义。"唐·白居易《长恨歌》："西宫南内多秋草，落叶满阶红不扫。梨园弟子白发新，椒房阿监青娥老。"

[22] 菱花镜：古代铜镜名。镜多为六角形或背面刻有菱花。

[23] 兜的：亦作"兜地""兜底"，突然、立刻之意。金·董解元《西厢记诸宫调》卷六："行不到书窗直下，兜地回来又说些儿话。"元·纪君祥《赵氏孤儿》（第一折）："可怎生到门前兜的又回身。"

[24] 苏武：字子卿，杜陵（今陕西西安）人，代郡太守苏建之子。天汉元年（前100）奉命以中郎将持节出使匈奴，被扣留，留居匈奴十九年，至始元六年（前81），方获释回汉。

[25] 玉关：即玉门关，始置于汉武帝开通西域道路、设置河西四郡之时，汉代重要的军事关隘和丝路交通要道。唐·王之涣《凉州词》："黄河远上白云间，一片孤城万仞山。羌笛何须怨杨柳，春风不度玉门关。"

[26] 保亲：送亲。

[27] 李左车：西汉柏人（邢台隆尧）人。赵国名将李牧之孙，秦汉之际谋士，初仕赵王歇，封为广武君。韩信、张耳攻赵，献奇兵断粮道的策略，未被采用，赵亡。降汉后，韩信用其"百战奇胜"的良策，收复燕、齐之地。

[28] 送女客：送亲。宋·孟元老《东京梦华录·娶妇》："其送女客，急三盏而退，谓之走送。"元·王仲文《救孝子》（第二折）："儿呵，怎不教您娘心困？怎生来你这送女客了事的公人？"

[29] 萧丞相：即萧何，沛丰人，早年任秦沛县县吏，秦末辅佐刘邦起义，史称"萧相国"，"汉三贤"之一。《史记·萧相国世家》："萧相国何于秦时为刀笔吏，录录未有奇节。及汉兴，依日月之末光，何谨守管龠，因民之疾秦法，顺流与之更始。淮阴、黥布等皆以诛灭，而何之勋烂焉。位冠群臣，声施后世，与闳夭、散宜生等争烈矣。"

[30] 架海紫金梁：代指人才、干将。元·陈以仁《存孝打虎》（第一折）："你这个将军休左猜，俺可便专心儿等待，等待你个擎天架海栋梁材。"

[31] 铁衣郎：代指战士，此处含贬义。元·关汉卿《单刀会》（第三折）："水军不怕江心浪，旱军岂惧铁衣郎。"

[32] 燮理阴阳：指调和、理顺阴阳，于治国用人的决策上，亦要阴阳平衡，顺畅和谐。语出《尚书·周官》："立太师，太傅，太保。兹惟三公，论道经邦，燮理阴阳。"

[33] 高皇：指汉高祖刘邦。《史记·卷八·高祖本纪》曰："丙寅，葬。己巳，立太子，至太上皇庙。群臣皆曰：高祖起微细，拨乱世反之正，平定天下，为汉太祖，功最高。上尊号为高皇帝。太子袭号为皇帝，孝惠帝也。令郡国诸侯各立高祖庙，以岁时祠。"

[34] 梅香：代为政清廉之属。唐·刘震《唐故朗州武陵主簿桑公墓志铭》："父倩，皇朝试庐州长史……博究书传，达不因人，肃政推能，历有梅香之任。"

[35] 一字王：指封号为一字的王爵，多为国王及亲王，国名基本上来源于春秋时期的国名，一般以"晋、秦、齐、楚"四个封号最为尊贵。较一字王地位仅次的为二字王，一般用于地位比"国王""亲王"较低的"郡王"，多以郡属之地名封号，如"中山王""渤海王"等。

[36] 兀良：衬词，无意义。元·马致远《黄粱梦》(第三折)："遥望见一点青山兀良却又早不见了。"

[37] 旌节：古代使者所持的节，后借以泛指信符，亦借指节度使，军权。《周礼·地官·掌节》："货贿用玺节，道路用旌节。"郑玄注："旌节，今使者所拥节是也。"孙诒让正义："《后汉书·光武纪》李注：'节，所以为信也。以竹为之，柄长八尺，以旄牛尾为其耗，三重。'……《司常》云：'析羽为旌。'旌节，盖即以竹为橦，又析羽缀橦以为节。其异于九旗者，无縿游也。汉节即放古旌节为之，故郑举以相况。"

[38] 关山：关隘山岭。《乐府诗集·横吹曲辞五·木兰诗一》："万里赴戎机，关山度若飞。"

[39] 鼓角：战鼓和号角，军队用以报时、警众或发出号令。

[40] 迥野：指旷远的原野。唐·司空曙《送魏季羔长沙觐兄》："鹤高看迥野，蝉远入中流。"金·赵沨《郊外》："迥野饶秋色，高台半夕阳。"

[41] 搊：执、持。

[42] 糇粮：干粮，食粮。《晋书·李寿载记》："寿大悦，乃大修船舰，严兵缮甲，吏卒皆备糇粮。"魏·曹植《应诏》诗："虽有糇粮，饥不遑食。"唐·杜甫《彭衙行》："野果充糇粮，卑枝成屋椽。"

[43] 寒螀：即寒蝉。汉·王充《论衡·变动》："是故夏末蜻蚓鸣，寒螀啼，感阴气也。"晋·郭璞："寒螀也。似蝉而小，青赤。"

[44] 昭阳：泛指后妃所住的宫殿。《三辅黄图·未央宫》："武帝时，后宫八区，有昭阳……等殿。"汉·班固《西都赋》："昭阳特盛，隆乎孝成。"唐·王昌龄《长信怨》："玉颜不及寒鸦色，犹带昭阳日影来。"

[45] 火：同"伙"，伙同、合伙之意。

[46] 编修：官名，主要负责文献修撰工作。

[47] 趁：同"称"，适合之意。

[48] 毡车：以毛毡为篷的车子。《南齐书·豫章文献王嶷传》："上谋北伐，以虏所献毡车赐嶷。"宋·王安石《明妃曲》："明妃初嫁与胡儿，毡车百辆皆胡姬。"

[49] 阏氏：匈奴单于正妻的称号。汉·司马迁《史记·匈奴列传》："单于有

太子名冒顿。后有所爱阏氏，生少子，而单于欲废冒顿而立少子"。宋·岳飞《送紫岩张先生北伐》："马蹀阏氏血，旗袅可汗头。"

[50] 把都儿：蒙古语勇士、武士的音译。明·汤显祖《南柯记·帅北》："把都们抢进壁江去！"

[51] 哈喇：蒙古语杀的音译。

作品要解

《汉宫秋》的题材来源于"昭君出塞"的故事，自汉以来，王昭君一直是历代文人热衷不衰的创作题材，出现了所谓"诗词千首咏昭君，丹青万种画昭君，戏曲万段唱昭君"的艺术现象。

马致远《汉宫秋》广泛吸取历代文人创作昭君故事的艺术营养，并结合元代民族斗争形势，将故事的背景特地放在匈奴强大、汉朝虚弱的历史条件下，不仅有利于揭示产生爱情悲剧的社会根源，也暗示了蒙元与汉族的现实矛盾冲突，有利于激起更为广泛的情感共鸣和借他人之酒、浇自己垒块之效。故事的主人公也发生了变化，剧中的毛延寿不再是一般的贪污索贿的画工，而是"一味谄谀"取宠、权倾朝野的中大夫。随着社会地位的提升，他也成为这场悲剧的主要导火索，不仅教唆汉元帝沉迷于美色，在阴谋败露之时，也能鼓动单于强行"求索王昭君"，成为匈奴与汉朝之间矛盾冲突的催化剂，推动爱情悲剧向民族悲剧转变。此外，既是悲剧的受害者亦是悲剧的推动者的汉元帝成为悲剧的主人公：身为一朝之帝他沉迷女色、不理朝政，一味沉浸于满朝文武和自己编织的美丽幻想之中，直到大敌压境才恍然醒悟，只能无奈送走昭君保一时平安；身为爱情的男主角他沉醉于昭君的琵琶与美色，无视于昭君的大义凛然和为国舍身赴难，愈加凸显了汉元帝的昏庸无能及这场爱情的悲剧必然性。并且剧中特别创作了昭君在番汉交界处舍身殉难的情节，不仅在爱情层面上，保全了对汉元帝的忠贞，与风流多情汉元帝形成了对比，而且在国家和民族层面上，保存了民族气节，又与忍辱求和的汉元帝与满朝文武大臣形成了鲜明的对比。

　　《汉宫秋》以"琵琶"和"雁"的意象为线索贯串全剧，更增加了此剧的悲凉气氛，汉元帝与昭君的初见，即以琵琶为契机，以后的每次幸事都以琵琶为号，最后惨别，也以琵琶作结；而"雁口""雁叫""雁声"等关于雁的意象贯串全剧，使全剧笼罩了灰暗荒漠的气氛，更显示出北方之地特有的苍凉。

崔莺莺待月西厢记

王实甫

第三本　张君瑞害相思　第二折

（旦上云）红娘伏侍老夫人不得空便，偌早晚[1]敢待来也。起得早了些儿，困思上来，我再睡些儿咱。（睡科）（红上，云）奉小姐言语去看张生，因伏侍老夫人，未曾回小姐话去。不听得声音，敢又睡哩。我入去看一遭。（红唱）

【中吕】【粉蝶儿】风静帘闲，透纱窗麝兰香散，启朱扉摇响双环。绛台[2]高，金荷[3]小，银釭[4]犹灿。比及[5]将暖帐轻弹[6]，先揭起这梅红罗[7]软帘偷看。

【醉春风】则见他钗軃[8]玉斜横，髻偏云乱挽。日高犹自不明眸[9]，畅好是懒、懒。（旦做起身长叹科）

（红唱）半晌抬身，几回搔耳，一声长叹。

我待便将简帖儿[10]与他，恐俺小姐有许多假处[11]哩。我则将这简帖儿放在妆盒儿上，看他见了说甚么。（旦做照镜科，见帖看科）（红唱）

【普天乐】晚妆残，乌云[12]軃，轻匀了粉脸，乱挽起云鬟。将简帖儿拈，把妆盒儿按，开拆封皮孜孜[13]看，颠来倒去不害心烦。

（旦怒叫）红娘！

（红做意云）呀，决撒[14]了也！厌的[15]早揸[16]皱了黛眉[17]。

（旦云）小贱人，不来怎么！

（红唱）忽的波[18]低垂了粉颈，氲的[19]呵改变了朱颜。

（旦云）小贱人，这东西那里将来的？我是相国的小姐，谁敢将这简帖来戏弄我，我几曾惯看这等东西？告过夫人，打下你个小贱人下截来。

（红云）小姐使将我去，他着我将来。我不识字，知他写着甚么？

【快活三】分明是你过犯[20]，没来由把我摧残；使别人颠倒[21]恶心烦[22]，你不惯，谁曾惯？

姐姐休闹，比及你对夫人说呵，我将这简帖儿去夫人行出首[23]去来。

（旦做揪住科）我逗你耍来。

（红云）放手，看打下下截来。

（旦云）张生近日如何？

（红云）我则不说。

（旦云）好姐姐，你说与我听咱！

（红唱）

【朝天子】张生近间、面颜，瘦得来实难看。不思量茶饭，怕待动弹；晓夜将佳期盼，废寝忘餐。黄昏清旦，望东墙淹泪眼。

（旦云）请个好太医看他症候咱。

（红云）他症候吃药不济。病患、要安，则除是出几点风流汗。

（旦云）红娘，不看你面时，我将与老夫人看，看他有何面目见夫人？虽然我家亏他，只是兄妹之情，焉有外事。红娘，早是你口稳哩；若别人知呵，甚么模样。

（红云）你哄着谁哩，你把这个饿鬼弄得他七死八活，却要怎么？

【四边静】怕人家调犯[24]，"早共晚[25]夫人见些破绽，你我何安。"问甚么他遭危难？揪断[26]得上竿，撤了梯儿看。

（旦云）将描笔儿[27]过来，我写将去回他，着他下次休是这般。

（旦做写科）

（起身科，云）红娘，你将去说："小姐看望先生，相待兄妹之礼如此，非有他意。再一遭儿是这般呵，必告夫人知道。"和你个小贱人都有话说。

（旦掷书下）

（红唱）

【脱布衫】小孩儿家口没遮拦[28]，一味的将言语摧残[29]。把似[30]你使性子，休思量秀才，做多少好人家风范。

（红做拾书科）

【小梁州】他为你梦里成双觉后单，废寝忘餐。罗衣不奈五更寒[31]，愁无限，寂寞泪阑干[32]。

215

【幺篇】似这等辰勾 [33] 空把佳期盼，我将这角门儿世不曾牢拴，则愿你做夫妻无危难。我向这筵席头上整扮 [34]，做一个缝了口的撮合山 [35]。

（红云）我若不去来，道我违拗他，那生又等我回报，我须索走一遭。（下）

（末上云）那书倩红娘将去，未见回话。我这封书去，必定成事，这早晚敢侍来也。

（红上云）须索回张生话去。小姐你性儿忒惯得娇了；有前日的心，那得今日的心来？

【石榴花】当日个晚妆楼上杏花残，犹自怯衣单，那一片听琴心清露月明间。昨日个向晚 [36]，不怕春寒，几乎险被"先生馔" [37]，那其间岂不胡颜 [38]。为一个不酸不醋风魔汉，隔墙儿险化做了望夫山 [39]。

【斗鹌鹑】你用心儿拨雨撩云 [40]，我好意儿传书寄简。不肯搜自己狂为，则待要觅别人破绽。受艾焙 [41] 权时 [42] 忍这番。畅好是奸。"张生是兄妹之礼，焉敢如此！"对人前巧语花言；——没人处便想张生，——背地里愁眉泪眼。

（红见末科）

（末云）小娘子来了。擎天柱 [43]，大事如何了也？

（红云）不济事了，先生休傻。

（末云）小生简帖儿是一道会亲的符篆 [44]，则是小娘子不用心，故意如此。

（红云）我不用心？有天理，你那简帖儿好听！

【上小楼】这的是先生命悭 [45]，须不是红娘违慢。那简帖儿倒做了你的招状 [46]，他的勾头 [47]，我的公案。若不是觑面颜 [48]，厮顾盼 [49]，担饶 [50] 轻慢，先生受罪，礼之当然。贱妾何辜？争些儿 [51] 把你娘拖犯 [52]。

【幺篇】从今后相会少，见面难。月暗西厢，凤去秦楼 [53]，云敛巫山 [54]。你也趂 [55]，我也趂；请先生休讪 [56]，早寻个酒阑 [57] 人散。

（红云）只此再不必申诉足下肺腑，怕夫人寻，我回去也。

（末云）小娘子此一遭去，再着谁与小生分剖；必索做一个道理，方可救得小生一命。

（末跪下揪住红科）

（红云）张先生是读书人，岂不知此意，其事可知矣。

【满庭芳】你休要呆里撒奸[58]；你待要恩情美满，却教我骨肉摧残。老夫人手执着棍儿摩娑[59]看，粗麻线怎透得针关[60]。直待[61]我拄着拐帮闲钻懒[62]，缝合唇送暖偷寒[63]。待去呵，小姐性儿撮盐入火[64]，消息儿[65]踏着泛；待不去呵，

（末跪哭云）小生这一个性命，都在小娘子身上。

（红唱）禁不得你甜话儿热趱[66]：好着我两下里难人做。

我没来由分说；小姐回与你的书，你自看者。

（末接科，开读科）呀，有这场喜事，撮土焚香，三拜礼毕。早知小姐简至，理合远接，接待不及，勿令见罪！小娘子，和你也欢喜。

（红云）怎么？

（末云）小姐骂我都是假，书中之意，着我今夜花园里来，和他"哩也波哩也啰"[67]哩。

（红云）你读书我听。

（末云）"待月西厢下，迎风户半开。隔墙花影动，疑是玉人来。"

（红云）怎见得他着你来？你解与我听咱。

（末云）"待月西厢下"，着我月上来；"迎风户半开"，他开门待我；"隔墙花影动，疑是玉人来"，着我跳过墙来。

（红笑云）他着你跳过墙来，你做下来。端的[68]有此说么？

（末云）俺是个猜诗谜的社家[69]，风流隋何，浪子陆贾[70]，我那里有差的勾当。

（红云）你看我姐姐，在我行也使这般道儿[71]。

【耍孩儿】几曾见寄书的颠倒瞒着鱼雁[72]，小则小心肠儿转关[73]。写着道西厢待月等得更阑，着你跳东墙"女"字边"干"。原来那诗句儿里包笼着三更枣[74]，简帖儿里埋伏着九里山[75]。他着紧处将人慢，您会云雨闹中取静，我寄音书忙里偷闲。

【四煞】纸光明玉板[76]，字香喷麝兰，行儿边湮透非春汗？一缄情泪红犹湿，满纸春愁墨未干。从今后休疑难，放心波玉堂学士[77]，稳情[78]取金雀鸦鬟[79]。

【三煞】他人行别样的亲，俺跟前取次[80]看，更做道[81]孟光接了梁鸿案[82]。别人行[83]甜言美语三冬暖，我跟前恶语伤人六月寒。我为头儿[84]看：看你个离魂倩女[85]，怎发付掷果潘安[86]。

（末云）小生读书人，怎跳得那花园过也？

（红唱）

【二煞】隔墙花又低，迎风户半拴，偷香手段今番按[87]。怕墙高怎把龙门跳，嫌花密难将仙桂[88]攀。放心去，休辞惮；你若不去呵，望穿他盈盈秋水[89]，蹙损他淡淡春山[90]。

（末云）小生曾到那花园里，已经两遭，不见那好处；这一遭知他又怎么？

（红云）如今不比往常。

【煞尾】你虽是去了两遭，我敢道不如这番。你那隔墙酬和都胡侃[91]，证果[92]的是今番这一简。

（红下）

（末云）万事自有分定，谁想小姐有此一场好处。小生是猜诗谜的社家，风流隋何，浪子陆贾，到那里挖扎帮[93]便倒地。今日颓天[94]百般的难得晚。天，你有万物于人，何故争此一日？疾下去波！读书继晷[95]怕黄昏，不觉西沉强掩门；欲赴海棠花下约，太阳何苦又生根？

（看天云）呀，才晌午也，再等一等。

（又看科）今日万般的难得下去也呵。碧天万里无云，空劳倦客身心；恨杀鲁阳贪战[96]，不教红日西沉！呀，却早倒西也，再等一等咱。无端三足乌[97]，团团光烁烁；安得后羿弓，射此一轮落？谢天地！却早日下去也！呀，却早发擂[98]也！呀，却早撞钟也！拽上书房门，到得那里，手挽着垂杨滴流扑[99]跳过墙去。（下）

作者简介

王实甫，生平简介见前文。

注释

[1] 偌早晚：这时候。

[2] 绛台：烛台。

[3] 金荷：烛台上承烛泪的铜盘，形似荷叶，故名。

[4] 银缸：银白色的灯盏、烛台。南朝·梁元帝《草名》："金钱买含笑，银缸影梳头。"宋·晏几道《鹧鸪天》："今宵剩把银缸照，犹恐相逢是梦中。"

[5] 比及：等到。

[6] 弹：揭开、掀起。

[7] 梅红罗：指紫红色的丝罗。《宋史·礼志十七》："自建隆元年至开宝九年，通修一十七年开基玉牒，旧制以梅红罗面签金字，今欲题曰《皇宋太祖皇帝玉牒》。"

[8] 鬖：斜坠、下垂。

[9] 明眸：这里指睁开眼。

[10] 简帖儿：书信。

[11] 假处：装模作样。

[12] 乌云：喻女性乌黑的头发。宋·苏轼《岐亭道上见梅花戏赠季常》："行当更向钗头见，病起乌云正作堆。"清·赵翼《李郎曲》："乌云斜绾出场来，满堂动色惊绝艳。"

[13] 孜孜：凝神专注貌。金·董解元《西厢记诸宫调》卷四："畅忒昏沉，忒慕古，忒猖狂。不问是谁，便待窝穰。说志诚，说衷肠；骋奸俏，骋浮浪。初唤做莺莺，孜孜地觑来，却是红娘。"

[14] 决撒：败露、戳穿。《京本通俗小说·志诚张主管》："到亏当日小夫人入去房里自吊身死，官司没决撒，把我断了。"

[15] 厌的：亦作"厌地"。猛地、突然之意。

[16] 扢：语助词，无义。

[17] 黛眉：女子的眉毛。晋·左思《娇女诗》："明朝弄梳臺，黛眉类扫迹。"唐·温庭筠《春日》："草色将林彩，相添入黛眉。"

[18] 波：语助词，无义。

[19] 氲的：同"晕的"，因恼怒而脸红。

[20] 过犯：过失、过错。唐·韩愈《曹成王碑》："观察使喧媚不能出气，诬以过犯，御史助之，贬潮州刺史。"

[21] 颠倒：错乱、混乱。《吕氏春秋·情欲》："胸中大扰，妄言想见，临死之上，颠倒惊惧，不知所为。"

[22] 恶心烦：烦恼、懊恼。元·戴善夫《风光好》（第一折）："学士见我向前去早恶心烦。"

[23] 出首：检举、告发。明·施耐庵《水浒传》第二回："银子并书都拿去了，望华阴县里来出首。"

[24] 调犯：讥刺、嘲弄。

[25] 早共晚：即早晚。

[26] 撺断：撺掇，怂恿。《秋胡戏妻》（第三折）："你待要谐比翼，你也曾听杜宇，他那里口口声声，撺掇先生不如归去。""撺断得上竿，掇了梯儿看"是当时俚语，意即撺掇别人爬上高竿，自己却将梯子撤走，在旁看热闹。

[27] 描笔儿：女子刺绣时描花的笔。明·陶宗仪《辍耕录·写山水诀》："皮袋中置描笔在内，或于好景处见树有怪异，便当模写记之。"

[28] 口没遮拦：说话不知道轻重，没有顾忌。明·施耐庵《水浒》（五十四回本）："你这和尚，不要口无遮拦，若是省事的，赶快便走，休教拿到官府中去……"

[29] 摧残：指责之意。

[30] 把似：与其。宋·邵雍《先几吟》："把似众中呈丑拙，争如静里且诙谐！"

[31] 罗衣不奈五更寒：语出唐·李煜《浪淘沙》："罗衾不耐五更寒。"

[32] 寂寞泪阑干：语出唐·白居易《长恨歌》："玉容寂寞泪阑干。"

[33] 辰勾：即水星，喻难遇之事。元·马致远《青衫泪》（第四折）："比及我博的个富贵荣华，恰便似盼辰勾，逢大赦。"

[34] 整扮：装扮整齐。

[35] 撮合山：媒人。

[36] 向晚：傍晚，黄昏。唐·李颀《送魏万之京》："关城曙色催寒近，御苑砧声向晚多。"唐·李商隐《乐游原》："向晚意不适，驱车登古原。"

[37] 先生馔：调侃语，语出《论语·为政》："有酒食，先生馔。"

[38] 胡颜：羞愧无颜、丢脸。

[39] 望夫山：又称"望夫石"，我国很多省市都有，并配以凄美的传说。唐·刘禹锡《望夫山》："终日望夫夫不归，化为孤石苦相思。望来已是几千载，只似当时初望时。"

[40] 拨云撩雨：指调弄风情。明·徐复祚《投梭记·折齿》："只亏你撩云拨雨不胡颜，我自有偷香手段，窃玉机关。"

[41] 艾焙：用艾炷熏炙，喻苦楚。

[42] 权时：暂时、临时。汉·朱浮《为幽州牧与彭宠书》："而浮秉征伐之任，欲权时救急。"

[43] 擎天柱：喻栋梁，以示对红娘的倚重。元杂剧中常称国家栋梁为"擎天白玉柱，架海紫金梁"。

[44] 符篆：亦称"符字""墨篆""丹书"，是符和篆的合称。

[45] 命悭：犹命薄。明·杨柔胜《玉环记·韦皋得真》："前生运蹇，以致今生分缘浅，今生命悭，拟结来生未了缘。"

[46] 招状：指犯人招供的文字记录。《京本通俗小说·错斩崔宁》："当下读了招状，大牢内取出二人来，当厅判一个'斩'字，一个'剐'字，押赴市曹行刑示众。"

[47] 勾头：拘捕犯人的凭证，即拘票。

[48] 觑面颜：看我的面子。

[49] 厮顾盼：相互照顾、相互担待。

[50] 担饶：宽恕、饶恕。元·康进之《李逵负荆》（第三折）："这须是你替天行道，则俺那无情板斧肯担饶！"

[51] 争些儿：差点儿、险些。清·孔尚任《桃花扇·入道》："福有因，祸怎逃，只争些来迟到早。"

[52] 拖犯：连累、拖累。

[53] 凤去秦楼：借用弄玉、萧史的故事，暗指人去楼空。相传萧史、弄玉夫妇曾居住于凤台，萧史每日教弄玉吹箫，箫声如凤鸣。一日吹箫之时，凤凰来集，二人遂乘凤仙去。

[54] 云敛巫山：借用楚襄王与神女的故事，告诫张生收敛男女之情。相传楚襄王游高唐，夜梦欢会神女，临别之时神女对襄王说："妾在巫山之阳，高丘之阻，旦为朝云，暮为行雨，朝朝暮暮，阳台之下。"后遂以"巫山云雨"代指男女幽会之情。

[55] 赸：走开。

[56] 讪：挖苦、讽刺。宋·王安石《上仁宗皇帝言事书》："见朝廷有所任使，非其资序，则相议而讪之。"

[57] 阑：残尽。宋·陆游《十一月四日风雨大作》："夜阑卧听风吹雨。"

[58] 呆里撒奸：形容外作痴呆，内怀奸诈。明·兰陵笑笑生《金瓶梅词话》（第八十六回）："你休呆里撒奸，我手里使不的你巧语花言。"

[59] 摩挲：琢磨。元·汤式《一枝花·劝妓女从良》（套曲）："试点检莺花簿，细摩挲烟月文。"清·周亮工《书影》卷五："兴至则解衣盘礴，一妻二女，皆能点染设色，相与摩挲指示，共相娱悦。"

[60] 针关：针孔。金·董解元《西厢记诸宫调》卷六："行待纴针关，却便纴针尖。"

[61] 直待：简直是。

[62] 帮闲钻懒：指说话做事迎合别人的心意和兴趣。

[63] 送暖偷寒：比喻奉承迎合。

[64] 撮盐入火：比喻性情急躁。

[65] 消息儿：又称泛子，指机关的按钮，踏上则中机关。

[66] 热趱：催促、逼使。

[67] 哩也波哩也啰：本是歌曲结尾处的虚腔，这里用来表示不便说出的话，为男女私会的隐语。

[68] 端的：真的、确实。宋·晏殊《凤衔杯》："端的自家心下、眼中人，到

处里，觉尖新。”元·杨樵云《满庭芳·影》：“溪桥断，梅花晴雪，端的白三分。”

[69] 社家：指行家、老手。宋元时期掌握某一技艺的人常结成社团，在社或者经常参加社团活动的人，即称为社家。

[70] 隋何、陆贾：皆汉初谋士，以能言善辩为著。

[71] 道儿：诡计、圈套。明·施耐庵《水浒传》第六二回：“薛霸道：‘莫要着你道儿，且等老爷缚一缚。’”

[72] 鱼雁：代指信使。在我国古代，鱼雁和书信有着密切的渊源，故鱼雁常被用作信使的代称。汉乐府《饮马长城窟行》：“客从远方来，遗我双鲤鱼。呼儿烹鲤鱼，中有尺素书。”唐·王昌龄《独游》：“手携双鲤鱼，目送千里雁。”宋·晏几道《生查子·关山魂梦长》：“关山魂梦长，鱼雁音尘少。”

[73] 转关：心机、计谋。

[74] 三更枣：“三更早”的隐语，此处指秘密。传禅宗六祖惠能求道于五祖弘忍，一日，五祖潜至碓坊，见惠能腰石舂米，乃问：“米熟也未？”惠能曰：“米熟久矣，犹欠筛在。”五祖以杖击碓三下而去。惠能会祖意，三鼓入室，五祖为说《金刚经》，遂传衣钵，命为六代祖。明·汪廷讷《狮吼记·住锡》：“一从传得三更枣，何处能容半点尘。”

[75] 九里山：代指埋伏。据说，九里山是楚汉鏖兵的战场，韩信曾在九里山设埋伏击败项羽。

[76] 玉板：亦作“玉版”，是一种光洁坚致的宣纸。宋·苏轼《孙莘老寄墨四首》：“谿石琢马肝，剡藤开玉版。”

[77] 玉堂学士：即翰林学士，代指张生，含讽刺挖苦意。

[78] 稳情：准定。

[79] 金雀鸦鬟：指莺莺。唐·李绅《莺莺歌》：“金雀鸦鬟年十七。”

[80] 取次：轻视，造次。晋·葛洪《抱朴子·祛惑》：“此儿当兴卿门宗，四海将受其赐，不但卿家，不可取次也。”

[81] 更做道：亦作“更做”“更做到”“更则道”，简直是，更甚至是之意。金·董解元《西厢记诸宫调》卷四：“解元听分辩，你更做搂慌，敢不开眼？”

[82] 孟光接了梁鸿案：反用梁鸿与孟光“举案齐眉”的故事，讽刺莺莺反倒

主动约张生。孟光为梁鸿的妻子，每次为梁鸿进食时，都将食案举至齐眉，表示对丈夫的敬重。后遂以"举案齐眉"比喻夫妻间的相敬如宾。

[83] 别人行：别人面前。

[84] 为头儿：从头、领头。《元典章·刑部三·谋叛》："今后做歹的人，为头儿处死，财产人口断没。"

[85] 离魂倩女：代指莺莺。唐·陈玄祐《离魂记》：张倩娘自幼许配王宙，后来倩娘父悔婚又将其许给别人。王宙愤而离开，倩女恺郁成疾，魂魄追随王宙而走，五年后回见父母，灵魂才得重归身体。元代郑光祖据此创作《倩女离魂》。

[86] 掷果潘安：比喻女子追慕所爱的美男子。相传晋代潘岳姿容俊美，每次出去都有女子向他投果表达爱慕之情。《世说新语笺疏·容止》："潘岳妙有姿容，好神情。少时挟弹出洛阳道，妇人遇者，莫不连手共萦之。"《晋书·潘岳列传》："岳美姿仪，辞藻绝丽，尤善为哀诔之文。少时常挟弹出洛阳道，妇人遇之者，皆连手萦绕，投之以果，遂满车而归"。

[87] 按：施行、验证。

[88] 龙门、仙桂：皆双关语，既喻士子登科及第，亦指跳墙与莺莺幽会。

[89] 秋水：代指女子的眼睛。宋·左誉《眼儿媚》："盈盈秋水，淡淡春山。"

[90] 春山：代指女子之眉。唐·李商隐《代董秀才却扇》："莫将画扇出帷来，遮掩春山滞上才。"

[91] 胡侃：胡闹、胡说。

[92] 证果：指证入果位，这里指成就好事。

[93] 扢扎帮：形容动作迅速。元·石德玉《秋胡戏妻》（第二折）："待他到我家中，扢搭帮放番他就做营生，何等有趣！"

[94] 颣天：詈词，谓怨诟上天。

[95] 继晷：谓夜以继日。唐·韩愈《进学解》："焚膏油以继晷，恒兀兀以穷年。"

[96] 鲁阳贪战：谓时间过得太慢。传说鲁阳挥戈使太阳返回。《淮南子·览冥训》："鲁阳公与韩构难，战酣日暮，援戈而之，日为之反三舍。"晋·郭璞《游仙诗》："愧无鲁阳德，迴日向三舍。"

[97] 三足乌：指太阳。在中国远古神话中，十日是帝俊与羲和的儿子，也是三足金乌的化身，是太阳神鸟。《山海经·大荒东经》："汤谷上有扶木，一日方至，一日方出，皆载于乌。"

[98] 发擂：指起更打鼓，也指启明定昏。《警世通言·金令史美婢酬秀童》："张阴捕惊醒，坐在床铺上，听更鼓，恰好打擂。"

[99] 滴流扑：翻坠貌，含惊险意。

第四本　张君瑞梦莺莺　第三折

（夫人长老[1]上云）今日送张生赴京，十里长亭[2]，安排下筵席。我和长老先行，不见张生小姐来到。（旦、末、红同上）（旦云）今日送张生上朝取应，早是离人伤感，况值那暮秋天气，好烦恼人也呵！悲欢聚散一杯酒，南北东西万里程。（唱）

【正宫·端正好】碧云天，黄花地，西风紧，北雁南飞[3]。晓来谁染霜林醉？总是离人泪。

【滚绣球】恨相见得迟，怨归去得疾。柳丝长玉骢[4]难系，恨不倩疏林挂住斜晖。马儿迍迍[5]的行，车儿快快的随，却告了相思回避，破题[6]儿又早别离。听得道一声去也，松了金钏；遥望见十里长亭，减了玉肌：此恨谁知？

（红云）姐姐今日怎么不打扮？

（旦云）你那知我的心里呵？

【叨叨令】见安排着车儿、马儿，不由人熬熬煎煎的气；有甚么心情花儿、靥儿[7]，打扮得娇娇滴滴的媚；准备着被儿、枕儿，只索[8]昏昏沉沉的睡；从今后衫儿、袖儿，都揾做重重叠叠的泪。兀的不闷杀人也么哥！兀的不闷杀人也么哥！久已后书儿、信儿，索与我凄凄惶惶[9]的寄。

（做到）（见夫人科）（夫人云）张生和长老坐，小姐这壁坐，红娘将酒来。张生，你向前来，是自家亲眷，不要回避。俺今日将莺莺与你，到京师休辱没了俺孩儿，挣揣[10]一个状元回来者。（末云）小生托夫人余荫[11]，凭着胸中之

225

才，视官如拾芥^[12]耳。（洁^[13]云）夫人主见不差，张生不是落后的人。（把酒了，坐）（旦长吁科）

【脱布衫】下西风黄叶纷飞，染寒烟衰草萋迷^[14]。酒席上斜签着坐的^[15]，蹙愁眉死临侵^[16]地。

【小梁州】我见他阁泪汪汪不敢垂，恐怕人知^[17]；猛然见了把头低，长吁气，推整素罗衣。

【幺篇】虽然久后成佳配，奈时间^[18]怎不悲啼。意似痴，心如醉，昨宵今日，清减了小腰围。

（夫人云）小姐把盏者！

（红递酒，旦把盏长吁科云）请吃酒！

【上小楼】合欢未已，离愁相继。想着俺前暮私情，昨夜成亲，今日别离。我谂知^[19]这几日相思滋味，却原来此别离情更增十倍。

【幺篇】年少呵轻远别，情薄呵易弃掷。全不想腿儿相挨，脸儿相偎，手儿相携。你与俺崔相国做女婿，妻荣夫贵^[20]，但得一个并头莲^[21]，煞强如^[22]状元及第。

（夫人云）红娘把盏者！（红把酒科）（旦唱）

【满庭芳】供食太急，须臾对面，顷刻别离。若不是酒席间子母们每当回避，有心待与他举案齐眉。虽然是斯守得一时半刻，也合着俺夫妻们每共桌而食。眼底空留意，寻思起就里，险化做望夫石。

（红云）姐姐不曾吃早饭，饮一口儿汤水。

（旦云）红娘，甚么汤水咽得下！

【快活三】将来的酒共食，尝着似土和泥。假若便是土和泥，也有些土气息，泥滋味。

【朝天子】暖溶溶玉醅^[23]，白泠泠似水，多半是相思泪。眼面前茶饭怕不^[24]要吃，恨塞满愁肠胃。"蜗角虚名，蝇头微利"^[25]，拆鸳鸯在两下里。一个这壁，一个那壁，一递一声^[26]长吁气。

（夫人云）辆起车儿^[27]，俺先回去，小姐随后和红娘来。（下）（末辞洁科）（洁云）此一行别无话儿，贫僧准备买登科录^[28]看，做亲的茶饭少不得贫

僧的。先生在意，鞍马上保重者！从今经忏 [29] 无心礼，专听春雷第一声 [30]。（下）（旦唱）

【四边静】霎时间杯盘狼籍，车儿投东，马儿向西，两意徘徊，落日山横翠。知他今宵宿在那里？在梦也难寻觅。

张生，此一行得官不得官，疾早便回来。

（末云）小生这一去白夺一个状元，正是"青霄有路终须到，金榜无名誓不归"。

（旦云）君行别无所赠，口占 [31] 一绝，为君送行："弃掷今何在，当时且自亲。还将旧来意，怜取眼前人。"

（末云）小姐之意差矣，张珙更敢怜谁？谨赓 [32] 一绝，以剖寸心："人生长远别，孰与最关亲？不遇知音者，谁怜长叹人？"

（旦唱）

【耍孩儿】淋漓襟袖啼红泪 [33]，比司马青衫 [34] 更湿。伯劳东去燕西飞，未登程先问归期 [35]。虽然眼底人千里，且尽生前酒一杯。未饮心先醉 [36]，眼中流血，心内成灰。

【五煞】到京师服水土，趁程途 [37] 节饮食，顺时自保揣身体。荒村雨露宜眠早，野店风霜要起迟！鞍马秋风里，最难调护，最要扶持。

【四煞】这忧愁诉与谁？相思只自知，老天不管人憔悴。泪添九曲黄河 [38] 溢，恨压三峰华岳 [39] 低。到晚来闷把西楼倚，见了些夕阳古道，衰柳长堤。

【三煞】笑吟吟一处来，哭啼啼独自归。归家若到罗帏里，昨宵个绣衾香暖留春住，今夜个翠被生寒有梦知。留恋你别无意，见据鞍上马，阁不住 [40] 泪眼愁眉。

（末云）有甚言语嘱咐小生咱？

（旦唱）

【二煞】你休忧"文齐福不齐" [41]，我则怕你"停妻再娶妻" [42]。休要"一春鱼雁无消息" [43]！我这里青鸾有信 [44] 频须寄，你却休"金榜无名誓不归" [45]。此一节君须记，若见了那异乡花草 [46]，再休似此处栖迟 [47]。

（末云）再谁似小姐？小生又生此念？

（旦唱）

【一煞】青山隔送行，疏林不做美，淡烟暮霭相遮蔽。夕阳古道无人语，禾黍秋风听马嘶。我为甚么懒上车儿内，来时甚急，去后何迟？

（红云）夫人去好一会，姐姐，咱家去！（旦唱）

【收尾】四围山色中，一鞭残照[48]里。遍人间烦恼填胸臆，量这些大小车儿如何载得起？

（旦、红下）（末云）仆童赶早行一程儿，早寻个宿处。泪随流水急，愁逐野云飞。（下）

——选自王季思主编《全元戏曲》第二卷，人民文学出版社 1999 年版

注释

[1] 长老：住持僧及僧人的尊称，此处特指普救寺的法本。宋·善卿《祖庭事苑·释名讖辨·长老》："今禅宗住持之者，必呼长老。"唐·白居易《闲意》："北省朋僚音信断，东林长老往还频。"

[2] 十里长亭：古时十里置亭或五里置亭，供行人休息或亲友远行送别。十里者，称为长亭；五里者，称为短亭。唐·白居易《白孔六帖》卷九："十里一长亭，五里一短亭。"宋·苏轼《送孔郎中赴陕郊》："十里长亭闻鼓角，一川秀色明花柳。"

[3]"碧云天"一句：化用范仲淹《苏幕遮》："碧云天，黄花地"以写秋景。

[4] 玉骢：即玉花骢，后泛指骏马。唐·韩翃《少年行》："千里斑斓喷玉骢，青丝结尾绣缠鬃。"

[5] 迤迤：行动迟缓貌。明·凌濛初《初刻拍案惊奇》卷三："心上正如十五个吊桶打水，七上八落的，没奈何，迤迤行去。"

[6] 破题：唐宋人在诗赋起首点破题意，称为破题，后引申为事情的开始、开端。

[7] 靥儿：原指脸颊的酒窝，此处指面颊上的装饰品。

[8] 索：须，当。

[9] 凄凄惶惶：匆遽不停貌。晋·葛洪《抱朴子·辨问》："凄凄惶惶，席不暇温。"

[10] 挣揣：努力争取。元·无名氏《冤家债主》（第二折）："多亏了他早起晚眠，披星戴月，挣揣下这箇家私。"

[11] 余荫：指树木枝叶的庇荫，以喻前辈惠及子孙的恩泽。明·吴承恩《德寿齐荣颂》："况我二三门下承余荫而叨末光者，忝仕在近，能无激于衷哉！"

[12] 拾芥：亦作"拾青""拾地芥"，比喻取得的极其容易。典出《汉书·眭两夏侯京翼李列传·夏侯胜》："胜每讲授，常谓诸生曰：'士病不明经术；经术苟明，其取青紫如俛拾地芥耳'。"《资治通鉴·唐高祖武德元年》："凭借国威，取王世充如拾地芥耳！"颜师古曰："地芥，谓草芥之横在地上者。俛而拾之，言其易而必得也。"

[13] 洁：元代民间称和尚为洁郎，简称"洁"，这里指法本和尚。

[14] 萋迷：凄凉迷离貌。宋·苏轼《西太一见王荆公旧诗偶次其韵》之二："闻道乌衣巷口，而今烟草萋迷。"

[15] 斜签着坐的：指张生。古代晚辈在长者面前侧斜着身子坐，以示恭敬。

[16] 死临侵：发呆失神貌。元·关汉卿《调风月》（第四折）："交（教）我死临侵身无措，错支剌心受苦！"元·白朴《墙头马上》（第三折）："被老相公亲向园中撞见者，諕得我死临侵地难分说。"明·汤显祖《牡丹亭·婚走》："死淋浸走上阳台，活森沙走出这泉台。"

[17] "阁泪"句：化用宋代夏竦《鹧鸪天·镇日无心扫黛眉》："尊前只恐伤郎意，阁泪汪汪不敢垂。"

[18] 奈时间：无奈眼前。

[19] 谂知：知道、了解。清·黄轩祖《游梁琐记·易内寄案》："未几钱父死，家政悉操于母，师谂知之，及是师商于戴，托媒风示钱母，将女改适庞。"

[20] 妻荣夫贵：指因妻子的显赫地位夫婿也能得到好处。

[21] 并头莲：又称"并蒂莲"，比喻夫妻恩爱。

[22] 煞强如：远远胜过。元·王实甫《西厢记》（第二本第二折）："今日简东

阁玳筵开，煞强如西厢和月等。"

[23] 玉醅：美酒。宋·苏轼《南歌子·暮春》："冰簟堆云髻，金尊滟玉醅。"

[24] 怕不待：难道不。元·石德玉《秋胡戏妻》（第三折）："怕不待要请太医看脉息，着甚么做药钱调治？赤紧的当村里都是些打当的牙槌。"

[25] "蜗角"二句：引用宋代苏轼《满庭芳》："蜗角虚名蝇头微利，算来着甚干忙。"以喻世俗名利微不足道。《庄子·则阳》："有国于蜗之左角者，曰触氏；国于蜗之右角者，曰蛮氏。时相与争地而战，伏尸百万。"

[26] 一递一声：你一言我一语地交替谈话，互相应答。

[27] 辆起车儿：驾起车子。

[28] 登科录：亦称"殿试录"，是科举制度中殿试文件的汇编，详载进士诸科、制科、拔萃科之人数及省元、状元之姓名等。

[29] 经忏：指佛经。清·钱泳《履园丛话·杂记下·释道诗》："自幼披剃，即读经忏，谁能以经史子集贯于胸中哉！"

[30] 春雷第一声：指张生及第的喜报。

[31] 口占：谓作诗文不起草稿，出口成章。《汉书·朱博传》："阁下书佐入，博口占檄文。"

[32] 赓：续作。

[33] 红泪：美人泪。典出晋·王嘉《拾遗记·魏》："文帝所爱美人，姓薛名灵芸，常山人也……灵芸闻别父母，歔欷累日，泪下霑衣。至升车就路之时，以玉唾壶承泪，壶则红色。既发常山，及至京师，壶中泪凝如血。"唐·白居易《离别难》："不觉别时红泪尽，归来无泪可霑巾。"

[34] 司马青衫：化用唐·白居易《琵琶行》："座中泣下谁最多，江州司马青衫湿。"形容极度悲伤。

[35] "伯劳"句：化用《东飞伯劳歌》："东飞伯劳西飞燕，黄姑织女时相见。"以喻情人的离别。

[36] 未饮心先醉：引用唐·刘禹锡《酬令狐相公杏园花下饮有怀见寄》："未饮心先醉，临风思倍多。"前半句。

[37] 趁程途：赶路。

[38] 九曲黄河：因黄河在积石山到龙门一段多弯曲，故有此称。唐·刘禹锡《浪淘沙》："九曲黄河万里沙，浪淘风簸自天涯。"

[39] 三峰华岳：指西岳华山的莲花峰、毛女峰、松桧峰。唐·陶翰《望太华赠卢司仓》："行吏到西华，乃观三峰壮。"

[40] 阁不住：忍不住，禁不住。元·高文秀《黑旋风》（第三折）："阁不住两眼恓惶泪，俺哥哥含冤负屈有谁知？"

[41] 文齐福不齐：谓文才足以登第而命运不济，未能上榜。元·郑廷玉《金凤钗》（第一折）："我可甚金榜无名誓不归，争奈文齐福不齐。"

[42] 停妻再娶妻：未休妻而再娶。元·杨景贤《刘行首》（第三折）："员外，你不回家来，原来在这里，做个停妻再娶妻。我和你见官去。"

[43] 一春鱼雁无消息：化用秦观《鹧鸪天》："一春鱼鸟无消息，千里关山劳梦魂。"元·关汉卿《大德歌·春》："一春鱼雁无消息，则见双燕斗衔泥。"

[44] 青鸾有信：传说汉武帝时，西王母降临，先派青鸾来报信，后世遂以青鸾为信使的代称。宋·赵令畤《蝶恋花》："废寝忘餐思想徧。赖有青鸾，不必凭鱼雁。"清·纳兰性德《月上海棠·中元塞外》："青鸾杳，碧天云海音绝。"

[45] "金榜"句：谓不考中绝不回来，表达夺取功名的决心。

[46] 花草：代指女子。

[47] 栖迟：停息、滞留。《后汉书·冯衍传下》："久栖迟于小官，不得舒其所怀，抑心折节，意悽情悲。"宋·孔武仲《瓜步阻风》："船痴橹硬不能拔，未免栖迟傍洲渚。"

[48] 残照：落日余晖。唐·李白《忆秦娥》："西风残照，汉家陵阙。"宋·柳永《蝶恋花》："草色烟光残照里，无言谁会凭阑意。"

作品要解

《西厢记》故事滥觞于唐代元稹传奇小说《莺莺传》，亦名《会真记》，故事旨在宣扬封建伦理道德，客观上展示了一个女子的悲惨遭遇，其情节以"始乱终弃"即可概括，但其对崔、张爱情以及莺莺性格的某些描写，却是楚楚有致、细腻动人，引起当时许多人的注意，并给后世作者以深远影响，其后又经历代文人诗文作品和民间说唱文学等广泛加工。金代董解元著大型说唱文学《西厢记诸宫调》，则将一篇仅在文人间传播的文言小说，改编成了一部雅俗共赏的白话讲唱文学巨著，并在根本上改变了人物命运，堪称金代文学光辉代表。

在崔张故事演变历唐、宋、金、元四代之后，王实甫在历代种种艺术改编与再创作的基础上，完成了元杂剧《西厢记》，最终构成了"王西厢"源远流长、根深叶茂的深厚艺术传统。他不仅将第三人称叙述体的说唱文学改编为第一人称的代言体戏剧，还开篇即指明了该杂剧"愿天下有情人都成了眷属"创作主题，并在这个主题的指导下修正了董《西厢》中许多故事发展情节和人物处理上的失当之处，使故事情节更为流畅、完整、合理。剧中人物形象的塑造具备符合人物身份的性格特征和行为举止，特别是红娘的人物形象尤其精彩。

红娘作为该剧的中间人，起着勾连老夫人和崔、张矛盾双方的作用，在反抗传统婚姻制度上，她起着冲锋陷阵的作用，以四两拨千斤之势轻松揭开了包办婚姻的虚伪和不堪一击。同时，作为崔、张爱情的见证者和牵线者，在撮合崔、张爱情上，红娘机智热情，却还要忍受莺莺的猜忌和提防，并在关键时刻卸下了莺莺作为贵族大小姐身份所束缚的枷锁。

王实甫的《西厢记》突破了传统杂剧体制的限制，将其扩展为五本二十一折，从而将一个原本简单的故事发展成一部结构完整、波澜起伏、激烈紧张而又丰富细腻、风光旖旎的戏剧故事。王实甫的《西厢记》还在演唱形式、冲突设置和人物塑造等方面都进行了大胆的尝试，成为"曲中之祖"，并创立了后世戏曲所谓"私订终身后花园，落难公子中状元，金榜题名大团圆"的情节模式。

裴少俊墙头马上

白 朴

第三折

（裴尚书上，云）自从少俊去洛阳买花栽子[1]回来，今经七年。老夫常是公差，多在外，少在里。且喜少俊颇有大志，每日在后花园中看书，直等功名成就，方才娶妻。今日是清明节令，老夫待亲自上坟去，奈畏风寒，教夫人和少俊替祭祖去咱。（下）（裴舍引院公上，云）自离洛阳，同小姐到长安七年也。得了一双儿女，小厮儿叫做端端，女儿唤做重阳。端端六岁，重阳四岁。只在后花园中隐藏，不曾参见父母，皆是院公服侍，宅下人共知道。今日清明节令，父亲畏风寒，我与母亲郊外坟茔中祭奠去。院公在意照顾，怕老相公撞见。（院公去）哥哥，一岁使长百岁奴[2]，这宅中谁敢提起个李字！若有一些差失，如同那赵盾[3]便有灾难，老汉就是灵辄扶轮，王伯当与李密叠尸[4]，为人须为彻。休道老相公不来，便来呵，老汉凭四方口，调三寸舌，也说将回去。我这是蒯文通李左车[5]。哥哥，你放心，倚着我呵，万丈水不教泄漏了一点儿。（裴舍云）若无疏失，回家多多赏你。（下）（正旦引端端、重阳上，云）自从跟了舍人来此呵，早又七年光景，得了一双儿女。过日月好疾也呵！（唱）

【双调·新水令】数年一枕梦庄蝶[6]，过了些不明白好天良夜。想父母关山途路远，鱼雁信音绝。为甚感叹咨嗟，甚日得离书舍？

【驻马听】凭男子豪杰，平步上万里龙庭双凤阙。妻儿真烈，合该得五花官诰[7]七香车[8]。也强如带满头花，向午门左右把状元接；也强如挂拖地红[9]，两头来往交媒谢。今日个改换别，成就了一天锦绣佳风月。（云）我掩上这门，看有甚人来此。（院公持扫帚上，云）哥哥祭奠去了，嫂嫂跟前回复去咱。（见科，云）嫂嫂，舍人祭奠去了。院公特地说与嫂嫂得知。（正旦云）院公可要在意者，则怕老相公撞将来。（院公云）老汉有句话敢说么？老不以筋力为能，人报根椽，衣食为命。今日清明节，有甚节令酒果，把些与老汉吃饱了，只在门首坐着，看有甚的人来。（旦与酒肉吃科）（院公云）夜来两个小使长把墙头上花都折坏了，今日休教出来，只教书房中耍，则怕老相公撞见。（正旦唱）

【乔牌儿】当拦的便去拦，我把你个院公谢。想昨日被棘针都把衣袂扯，将孩儿指尖儿都拄[10]破也。（端端云）奶奶，我接爹爹去来。（正旦云）还未来哩！（唱）

【幺篇】便将球棒儿撇，不把胆瓶藉。你哥哥，这其间未是他来时节，怎抵死的要去接？

（院公云）我门口去吃了一瓶酒，一分节食，觉一阵昏沉。倚着湖山睡些儿咱。（端端打科）（院公云）唬杀人也。小爷爷！你要到房里耍去。（又睡科，重阳打科）（院公云）小奶奶，女孩家这般劣！（又睡科，二人齐打科）（院公云）我告你去也，快书房里去！（裴尚书引张千上，云）夫人共少俊祭奠去了，老夫心中闷倦，后花园内走一遭去，看孩儿做下的功课咱。（见院公云）这老子睡着了。（做打科）（院公做醒、着扫帚打科，云）打你娘，那小厮！（做见慌科）（尚书云）这两个小的是谁家？（端端云）是裴家。（尚书云）是那个裴家？（重阳云）是裴尚书家。（院公云）谁道不是裴尚书家花园，小弟子还不去！（重阳云）告我爹爹、奶奶说去。（院公云）你两个采了花木，还道告你爹爹、奶奶去？跳起凭公公来也，打你娘！（两人走科）（院公云）你两个不投前面走，便往后头去！（二人见旦科，云）我两人接爹爹去，见一老爹，问是谁家的。（正旦云）孩儿也，我教你休出去，兀的怎了！（尚书做意科，云）这两个小的，不是寻常之家。这老子其中有诈，我且到堂上看来。（正旦唱）

【豆叶儿】接不着你哥哥，正撞见你爷爷。魄散魂消，肠慌腹热，手脚猖狂[11]去不迭。相公把柱杖掂详[12]，院公把扫帚支吾，孩儿把衣袂掀者。

（尚书云）咱房里去来。（到书房，正旦掩门科）（尚书云）更有谁家个妇人？（院公云）这妇人折了俺花，在这房内藏来。（正旦唱）

【挂玉钩】小业种[13]把栊门[14]掩上些，道不的跳天撅地[15]十分劣。被老相公亲向园中撞见者，唬的我死临侵[16]地难分说。（尚书云）拿的芙蓉亭上来。（正旦唱）氲氲[17]的脸上羞，扑扑的心头怯；喘似雷轰，烈似风车。（院公云）这妇人折了两朵儿花，怕相公见，躲在这里。合当饶过，教家去。（正旦云）相公可怜见，妾身是少俊的妻室。（尚书云）谁是媒人？下了多少钱财？谁主婚来？（旦做低头科）（尚书云）这两个小的是谁家？（院公云）相公不合烦恼合欢喜。这的是不曾使一分财礼，得这等花枝般媳妇儿，一双好儿女，合做一个大筵席。老汉买羊去，大嫂，请回书房里去者。（尚书怒科，云）这妇人决是娼优酒肆之家！（正旦云）妾是官宦人家，不是下贱之人。（尚书云）噤声！妇人家共人淫奔，私情来往，这罪过逢赦不赦。送与官司问去，打下你下半截来。（正旦唱）

【沽美酒】本是好人家女艳冶，便待要兴词讼[18]发文牒，送到官司遭痛决[19]。人心非铁，逢赦不该赦。

【太平令】随汉走怎说三贞九烈[20]，勘奸情八棒十挟[21]。谁识他歌台舞榭，甚的是茶房酒舍。相公便把贱妾，拷折下截，并不是风尘烟月。

（尚书云）则打这老汉，他知情。（张千云）这个老子，从来会勾大引小。（院公云）相公，七年前舍人哥哥买花栽子时，都是这厮搬大引小，着舍人刁将来的。（张千云）老子攀下我来也。（尚书云）是了，敢这厮也知情！（正旦唱）

【川拨棹】赛灵辄，蒯文通，李左车；都不似季布喉舌[22]，王伯当尸叠。更做道向人处无过背说，是和非须辩别。

（尚书云）唤的夫人和少俊来者。（夫人、裴舍上，见科）（尚书云）你与孩儿通同作弊，乱我家法。（夫人云）老相公，我可怎生知道？（尚书云）这的是你后园中七年做下的功课！我送到官司，依律施行者。（裴舍云）少俊是卿相之子，怎好为一妇人，受官司凌辱？情愿写与休书便了。告父亲宽恕。（正旦唱）

【七弟兄】是那些劣憋[23]，痛伤嗟也，时乖运蹇遭磨灭。冰清玉洁肯随邪，怎生的拆开我连理同心结！（尚书云）我便似八烈周公[24]，俺夫人似三移孟母。都因为你个淫妇，枉坏了我少俊前程，辱没了我裴家上祖。兀那妇人，你听者：你既为官宦人家，如何与人私奔？昔日无盐[25]采桑于村野，齐王车过见了，欲纳为后同车。而无盐曰："不可，禀知父母，方可成婚；不见父母，即是私奔。"呸！你比无盐败坏风俗，做的个男游九郡，女嫁三夫。（正旦云）我则是裴少俊一个。（尚书怒云）可不道"女慕贞洁，男效才良；聘则为妻，奔则为妾"。你还不归家去！（正旦云）这姻缘也是天赐的。（尚书云）夫人，将你头上玉簪来。你若天赐的姻缘，问天买卦，将玉簪向石上磨做了针儿一般细。不折了，便是天赐姻缘；若折了，便归家去也。（正旦唱）

【梅花酒】他毒肠狠切，丈夫又软揣 [26] 些些，相公又恶嗷嗷 [27] 乖劣 [28]，夫人又叫丫丫似蝎螫。你不去望夫石上变化身，筑坟台 [29] 上立个碑碣。待教我漫惙惙，愁万缕，闷千叠；心似醉，意如呆；眼似瞎，手如瘸；轻拈掇，慢拿捻。

【收江南】呀！珰叮珰掂做了两三截，有鸾胶 [30] 难续玉簪折，则他这夫妻儿女两离别。总是我业彻 [31]，也强如参辰日月不交接。

（尚书云）可知道玉簪折了也，你还不肯归家去？再取一个银壶瓶来，将着游丝儿系住，到金井内汲水。不断了，便是夫妻；瓶坠簪折，便归家去。（正旦云）可怎了也！（唱）

【雁儿落】似陷人坑千丈穴，胜滚浪千堆雪。恰才石头上损玉簪，又教我水底捞明月。

【得胜令】冰弦断，便情绝；银瓶坠，永离别。把几口儿分两处；（尚书云）随你再嫁别人去。（正旦唱）谁更待双轮辗四辙 [32]。恋酒色淫邪，那犯七出 [33] 的应摒舍；享富贵豪奢，这守三从的谁似妾！

（尚书云）既然簪折瓶坠，是天着你夫妻分离。着这贼丑生与你一纸休书，便着你归家去。少俊，你只今日便与我收拾琴剑书箱，上朝求官应举去。将这一儿一女收留在我家。张千，便与我赶离了门者！（下）（裴舍与旦休书科）（正旦云）少俊，端端，重阳，则被你痛杀我也！（唱）

【沉醉东风】梦惊破情缘万结，路迢遥烟水千叠。常言道有亲娘有后爷，无亲娘无疼热。他要送我到官司，逞尽豪杰。多谢你把一双幼女痴儿好觑者，我待信拖拖 [34] 去也。

（云）端端，重阳，儿也！你晓事些儿，我也不能够见你也！（唱）

【甜水令】端端共重阳，他须是你裴家枝叶。孩儿也啼哭的似痴呆，这须是我子母情肠，厮牵厮惹。兀的不痛杀人也！

【折桂令】果然人生最苦是离别，方信道花发风筛，月满云遮。谁更敢倒凤颠鸾，撩蜂剔蝎[35]，打草惊蛇？坏了咱墙头上传情简帖，拆开咱柳阴中莺燕蜂蝶。儿也咨嗟[36]，女又拦截，既瓶坠簪折，咱义断恩绝！（张千云）娘子，你去了罢！老相公便着我回话哩。（正旦云）少俊，你也须送我归家去来。（唱）

【鸳鸯煞】休把似残花败柳冤仇结，我与你生男长女填还彻。指望生则同衾，死则共穴。畅道题柱胸襟[37]，当垆的志节[38]，也是前世前缘，今生今业。少俊呵，与你干驾了会香车[39]，把这个没气性的文君送了也！（下）

（裴舍云）父亲，你好下的[40]也。一时间将俺夫妻子父分离，怎生是好？张千，与我收拾琴剑书箱，我就上朝取应去。一面瞒着父亲，悄悄送小姐回到家中，料也不妨。（诗云）正是：石上磨玉簪，欲成中央折。井底引银瓶，欲上丝绳绝。两者可奈何，似我今朝别。果若有天缘，终当做瓜葛。（下）

——选自王季思主编《全元戏曲》第一卷，人民文学出版社 1999 年版

作者简介

白朴，生平简介见前文。

注释

[1] 花栽子：花木的秧苗。元·白朴《墙头马上》（第一折）："教张千伏侍舍人，在一路上休教他胡行，替俺买花栽子去来。"

[2] 一岁使长百岁奴：意谓主人虽然年轻，却能使唤年长的奴仆。使长：亦称"侍长"，为金元时奴仆对主人的称呼。明《杀狗记·安童将命》："老汉姓王，名老实，西郊外居住，从来伏侍孙宅使长至今，已过两代。"

[3]"如同那赵盾"句：事出《公羊传·宣公六年》："然而宫甲鼓而起。有起于甲中者，抱赵盾而乘之。赵盾顾曰：'吾何以得此于子？'曰：'子某时所食，活我于暴桑下者也。'赵盾曰：'子名为谁？'曰：'吾君孰为介。子之乘矣，何问吾名？'赵盾驱而出，众无留之者。"谓因赵盾屡次劝诫，惹晋灵公心生厌恶，遂欲杀之，幸得欲报一饭之恩的灵辄扶轮相助，得以逃脱。故常以"灵辄扶轮"代报恩之意。杨显之《郑孔目风雪酷寒亭》（楔子）："宋彬感谢郑孔目，日后图报，要学灵辄扶轮。"纪君祥《赵氏孤儿大报仇》（楔子）："屠岸贾道白云：'赵盾出的殿门，便寻他原乘的驷马车，某已使人将驷马摘了二马，双轮去了一轮。上的车来，不能前去。旁边转过一个壮士，一臂扶轮，一手策马，逢山开路，救出赵盾去了。你道其人是谁？就是那桑树下饿夫灵辄。'"

[4]王伯当与李密叠尸：李密，字玄邃，一字法主，京兆长安（今陕西西安）人，隋唐时期的群雄之一，瓦岗寨首领。王伯当，名王勇，字伯当，山西河津义唐人，隋末瓦岗寨将领，李密的学生，随李密一起降唐。李密降唐后，因不被李渊重用，决定造反。王伯当苦劝不成，于是决定与李密共存亡。李密袭取桃林县后，欲投部将张善相，途中被唐将盛彦师伏击，死于山涧。王伯当随即跳崖自尽，与李密尸体叠在一起。

[5]蒯文通李左车：秦汉时期有名的善辩之士。

[6]庄蝶：典出《庄子集释·内篇·齐物论》："昔者庄周梦为胡蝶，栩栩然胡蝶也，自喻适志与！不知周也。俄然觉，则蘧蘧然周也。不知周之梦为胡蝶与，胡蝶之梦为周与？周与胡蝶，则必有分矣。此之谓物化。"后遂以"庄周梦蝶"或"庄蝶"比喻虚幻的事物。唐·李商隐《秋日晚思》："枕寒庄蝶去，窗冷胤萤销。"《金瓶梅词话》第五六回："斗积黄金侈素封，蘧蘧庄蝶梦魂中。"

[7]官诰：指皇帝赐爵或授官的诏令。唐·杜荀鹤《贺顾云卿侍御府主与子弟奏官》诗："《孝经》始向堂前彻，官诰当从幕下迎。"元·王实甫《西厢记》第五本第四折："张珙如愚，酬志了三尺龙泉万卷书；莺莺有福，稳请了五花官诰七香车。"

[8]七香车：用多种香木制作的车，最早现于商周时期，是西岐三宝之一，亦泛指华美的车。唐·王维《戏嘲史寰》："清风细雨湿梅花，骤马先过碧玉家。正值

楚王宫里至，门前初下七香车。"唐·白居易《石上苔》："路傍凡草荣遭遇，曾得七香车辗来。"金·董解元《西厢记诸宫调》卷六："怎奈红娘心似铁，把莺莺扶上七香车。"

[9] 拖地红：古代妇女结婚时穿着的红色披风，因其长至拖地，故言之。

[10] 挝：同"抓"，用指或手挠。

[11] 獐狂：张皇，慌张。《敦煌变文集·伍子胥变文》："女子泊纱于水，举头忽见一人，行步獐狂，精神恍惚，面带饥色，腰剑而行。"元·李致远《还牢末》第三折："我这里头瞑眩，眼獐狂，七魄俱亡，划的醒回来怎承望。"

[12] 掂详：端详。

[13] 小业种：意近"小冤家"，为气恼爱怜语。元·关汉卿《鲁斋郎》第二折："撇下了亲夫主不须提，单是这小业种好孤凄！"

[14] 枕门：房门。元·王实甫《西厢记》第一本第一折："慢俄延，投至到枕门儿前面，刚那了一步远。"

[15] 跳天撅地：形容孩童顽劣的样子。

[16] 死临侵：亦作"死淋浸"，发呆、失神的样子。元·关汉卿《调风月》第四折："交（教）我死临侵身无措，错支剌心受苦！"元·马致远《黄粱梦》第二折："你浑身是口难分解，赤紧的并赃拿贼。你看他死临侵不敢把头抬。"

[17] 氤氲：气盛貌。唐·孟郊《寒溪》："皎皎何皎皎，氤氲复氤氲。瑞晴刷日月，高碧开星辰。"宋·林逋《寄玉梁施道士》："氤氲颢气朝胎息，熠熠辰辉夜步纲。"元·关汉卿《玉镜台》第三折："则见他无发付氤氲恶气，急节里不能勾步步相随。"

[18] 词讼：指诉讼。语出《淮南子·时则训》："命有司修法制，缮囹圄，禁奸塞邪，审决狱，平词讼。"

[19] 痛决：痛打，狠狠地处决。元·施惠《幽闺记·幽闺拜月》："姐姐，望高抬贵手饶过些……若再如此呵，瑞莲甘痛决。"

[20] 三贞九烈：用以赞指古代女子的贞烈。元·无名氏《合同文字》第三折："他元来是九烈三贞贤达妇，兀的个老人家尚然道出嫁从夫。"

[21] 八棒十挟：亦作"八棒十枷"，古代对拷掠酷刑的泛称。挟，夹棍，有

时也写作"枷"。元·关汉卿《望江亭》第四折："又无那八棒十枷罪，止不过三交两句言。"

[22] 季布喉舌：指信守承诺。季布为楚汉时期侠士，以讲信用、重承诺著称。汉·司马迁《史记·季布栾布列传》："得黄金百斤，不如得季布一诺。"

[23] 劣憋：鲁莽暴躁。

[24] 八烈周公、三移孟母：分指辅佐武王姬旦和孟轲的母亲，意指父母为培养孩子竭尽全力。《三字经》："昔孟母，择邻处。"汉·刘向《烈女传·母仪》："孟子生有淑质，幼被慈母三迁之教。"

[25] 无盐：又名钟离春、钟无艳，相传是战国齐国无盐邑之女，齐宣王之妻。中国古代四大丑女之一，后常指貌丑而贤德的女子。

[26] 软揣：亦作"软揣揣"，犹软弱、懦弱。元·杨显之《潇湘雨》第三折："你你你，恶狠狠公隶监束，我我我，软揣揣罪人的苦楚。"

[27] 恶歃歃：亦作"恶歃歃"，恶狠狠。元·郑廷玉《金凤钗》第二折："哎，你个谒鲁肃周瑜好躁暴，恶歃歃搊住系腰。"

[28] 乖劣：暴戾、恶劣。金·董解元《西厢记诸宫调》卷四："君瑞好乖劣，半夜三更，来人家院舍。"明·吴承恩《西游记》第十九回："意马胸头休放荡，心猿乖劣莫教嚎。"

[29] 筑坟台：指赵五娘替夫以罗裙包土为公婆修筑坟台。元·乔吉《金钱记》第三折："当日个襄王窈窕思贤才，赵贞女包土筑坟台。"

[30] 鸾胶：相传海上有凤麟州，州上的仙人能用凤喙麟角所煎成的膏胶续弓弩已断之弦，名续弦胶，亦称"鸾胶"。后多用以比喻续娶后妻。

[31] 业彻：指罪孽深重。

[32] 双轮碾四辙：形容女子再嫁。元·关汉卿《五侯宴》楔子："便好道一马不背双鞍，双轮岂碾四辙，烈女不嫁二夫，我怎肯嫁侍于人。"

[33] 七出：亦称"七去""七弃"，古代休妻的七种理由。《仪礼·丧服》："出妻之子为母。"贾公彦疏："七出者：无子，一也；淫佚，二也；不事舅姑，三也；口舌，四也；盗窃，五也；妒忌，六也；恶疾，七也。"《大戴礼记·本命》："妇有七去：不顺父母去，无子去，淫去，妒去，有恶疾去，多言去，窃盗去。不顺父母

去，为其逆德也；无子，为其绝世也；淫，为其乱族也；妒，为其乱家也；有恶疾，为其不可与共粢盛也；口多言，为其离亲也；盗窃，为其反义也。"

[34] 信拖拖：孤零零。

[35] 撩蜂剔蝎：比喻招惹恶人，自讨苦吃。明·施耐庵《水浒传》第二十六回："我本待声张起来，却怕他没人做主，恶了西门庆，却不是去撩蜂剔蝎？"

[36] 咨嗟：叹息。汉·焦赣《易林·离之升》："车伤牛罢，日暮咨嗟。"

[37] 题柱胸襟：用司马相如事。《华阳国志》："城北十里有升仙桥，有送客桥，司马相如初入长安，题市门曰：'不乘高车驷马，不过汝下'也。"北魏·郦道元《水经注·江水一》："城北十里曰升仙桥，有送客观，司马相如将入长安，题其门曰：不乘高车驷马，不过汝下也。后入邛蜀，果如志焉。"

[38] 当垆的志节：用卓文君事。汉·司马迁《史记·司马相如列传》："文君夜亡奔相如……相如与俱之临邛，尽卖其车骑，买一酒舍，酤酒而令文君当垆（酒肆），相如自著犊鼻裈与保庸杂作，涤器于市中。"唐·李商隐《杜工部蜀中离席》："美酒成都堪送老，当垆仍是卓文君。"

[39] 干驾了会香车：传卓文君与司马相如乘坐香车私奔，此谓李千金与裴少俊私奔之后姻缘断绝。

[40] 好下的：好狠心。

作品要解

白朴《墙头马上》改编自唐代白居易的乐府诗《井底引银瓶》，虽然大体故事情节遵照本事，但却表现了与原诗不同的思想意蕴，变"始乱终弃"的悲剧结局为皆大欢喜的喜剧结局，成为歌颂青春女子大胆突破封建礼教的束缚、大胆追求自由爱情的赞歌。

故事的女主角李千金虽然身为官宦人家的大小姐，却丝毫不掩饰自己对爱情的渴望与追求，当她在墙头上与裴少俊邂逅，便处处采取主动，不仅主动央求丫环梅香为其传书简邀裴少俊跳墙幽会，在私情败露之时又奋不顾身地与自己心爱的人私奔，显露了女子对爱情的大胆和执着。但李千金追求爱情并不是盲目的，始终保持着清醒的头脑和人格尊严，虽然她可以为了爱情大胆私奔并在裴家后院躲藏七年，但她在面对裴尚书的质疑时据理力争，时刻维护自己的人格尊严，即便面临被休回家的命运也丝毫没有屈服。同时在裴少俊高中状元、裴尚书也知道她是官宦之女向她赔礼道歉时，她也没有放弃自己的尊严而是斩钉截铁地拒绝，并毫不留情地谴责了裴氏父子。最后只是出于母子之情，看到哭啼的儿女，才不禁心软与裴家重修旧好。因此从整个作品中，我们既能深刻感受到李千金对爱情的勇敢执着，又能深刻体会她不为爱情所屈服的独立大胆，彰显了女性的光辉。

迷青琐倩女离魂

郑光祖

第二折

（夫人慌上，云）欢喜未尽，烦恼又来。自从倩女孩儿在折柳亭与王秀才送路，辞别回家，得其疾病，一卧不起。请的医人看治，不得痊可，十分沉重，如之奈何？则怕孩儿思想[1]汤水吃，老身亲自去绣房中探望一遭去来。（下）

（正末上，云）小生王文举，自与小姐在折柳亭相别，使小生切切于怀，放心不下。今夜舣舟[2]江岸，小生横琴于膝，操一曲以适闷[3]咱。（做抚琴科）

（正旦别扮离魂上，云）妾身倩女，自与王生相别，思想的无奈，不如跟他同去，背着母亲，一径的赶来。王生也，你只管去了，争知我如何过遣也呵！（唱）

【越调·斗鹌鹑】人去阳台，云归楚峡[4]。不争他江渚停舟，几时得门庭过马[5]。悄悄冥冥[6]，潇潇洒洒，我这里踏岸沙，步月华。我觑着这万水千山，都只在一时半霎。

【紫花儿序】想倩女心间离恨，赶王生柳外兰舟，似盼张骞天上浮槎[7]。汗溶溶琼珠莹脸，乱松松云髻堆鸦，走的我筋力疲乏。你莫不夜泊秦淮卖酒家[8]，向断桥西下，疏剌剌[9]秋水孤浦，冷清清明月芦花。

（云）走了半日，来到江边，听的人语喧闹，我试觑[10]咱。（唱）

【小桃红】蓦听得马嘶人语闹喧哗，掩映在垂杨下。唬的我心头丕丕[11]那惊怕，原来是响当当鸣榔板捕鱼虾[12]。我这里顺西风悄悄听沉罢，趁着这厌厌[13]露华[14]，对着这澄澄[15]月下，惊的那呀呀呀寒雁起平沙[16]。

【调笑令】向沙堤款踏[17]，莎草[18]带霜滑。掠湿湘裙[19]翡翠纱[20]，抵多少苍苔露冷凌波袜[21]。看江上晚来堪画，玩冰壶[22]潋滟[23]天上下，似一片碧玉无瑕。

【秃厮儿】你觑远浦孤鹜落霞[24]，枯藤老树昏鸦[25]。听长笛一声何处发，歌欸乃[26]，橹咿哑[27]。

（云）兀那船头上琴声响，敢是王生？我试听咱。（唱）

【圣药王】近蓼洼[28]，绕钓槎[29]，有折蒲衰柳老兼葭。傍水凹[30]，折藕芽，见烟笼寒水月笼沙[31]，茅舍两三家[32]。

（正末云）这等夜深，只听得岸上女人声音，好似我倩女小姐，我试问一声波。

（做问科，云）那壁不是倩女小姐么？这早晚来此怎的？

（魂旦相见科，云）王生也，我背着母亲，一径的赶将你来，咱同上京去罢。

（正末云）小姐，你怎生直赶到这里来？

（魂旦唱）

【麻郎儿】你好是舒心的伯牙[33]，我做了没路的浑家。你道我为甚么私离绣榻？待和伊同走天涯。

（正末云）小姐是车儿来？是马儿来？

（魂旦唱）

【幺】险把咱家走乏。比及你远赴京华，薄命妾为伊牵挂，思量心几时撇下。

【络丝娘】你抛闪咱，比及见咱，我不瘦杀，多应害杀。

（正末云）若老夫人知道，怎了也？

（魂旦云）他若是赶上咱待怎么？常言道做着不怕！

（正末做怒科，云）古人云："聘则为妻，奔则为妾。"老夫人许了亲事，待小生得官回来，谐两姓之好，却不名正言顺。你今私自赶来，有玷风化，是何道理？

（魂旦云）王生！（唱）

【雪里梅】你振色怒增加，我凝睇[34]不归家。我本真情，非为相唬，已主定心猿意马[35]。

（正末云）小姐，你快回去罢！

（魂旦唱）

【紫花儿序】只道你急煎煎趱登程路，元来是闷沉沉困倚琴书，怎不教我痛煞煞泪湿琵琶。有甚心着雾鬓[36]轻笼蝉翅[37]，双眉淡扫宫鸦。似落絮飞花，谁待问出外争如只在家。更无多话，愿秋风驾百尺高帆，尽春光付一树铅华^[38]。

（云）王秀才，赶你不为别，我只防你一件。

（正末云）小姐，防我那一件来？

（魂旦唱）【东原乐】你若是赴御宴琼林罢，媒人每拦住马，高挑起染渲佳人丹青画，卖弄他生长在王侯宰相家。你恋着那奢华，你敢新婚燕尔在他门下。

（正末云）小生此行，一举及第，怎敢忘了小姐！

（魂旦云）你若得登第呵，（唱）

【绵搭絮】你做了贵门娇客^[39]，一样矜夸。那相府荣华，锦绣堆压，你还想飞入寻常百姓家^[40]？那时节似鱼跃龙门播海涯，饮御酒，插宫花，那其间占鳌头^[41]，占鳌头登上甲。

（正末云）小生倘不中呵，却是怎生？

（魂旦云）你若不中呵，妾身荆钗裙布，愿同甘苦。（唱）

【拙鲁速】你若是似贾谊困在长沙，我敢似孟光般显贤达^[42]。休想我半星儿意差，一分儿抹搭^[43]。我情愿举案齐眉傍书榻，任粗粝淡薄生涯，遮莫^[44]戴荆钗、穿布麻^[45]。

（正末云）小姐既如此真诚志意，就与小生同上京去，如何？

（魂旦云）秀才肯带妾身去呵。（唱）

【么篇】把稍公快唤咱，恐家中厮捉拿。只见远树寒鸦，岸草汀沙，满目黄花，几缕残霞。快先把云帆高挂，月明直下，便东风刮，莫消停，疾进发。

（正末云）小姐，则今日同我上京应举去来。我若得了官，你便是夫人县君也。

（魂旦唱）【收尾】各剌剌向长安道上把车儿驾，但愿得文苑客当时奋发^[46]。则我这临邛市沽酒卓文君，日伏待你濯锦江题桥汉司马。（同下）

——选自王季思主编《全元戏曲》第四卷，人民文学出版社 1999 年版

作者简介

郑光祖（1264—1328），字德辉，平阳襄陵（今山西临汾市襄汾县）人。钟嗣成《录鬼簿》云："以儒补杭州路吏。为人方直，不妄与人交。名香天下，声振闺阁，伶伦辈称郑老先生。"元代周德清《中原音韵》将他郑光祖与关汉卿、马致远、白朴，合称为"元曲四大家"。他从小受到戏剧艺术的熏陶，青年时期置身于杂剧活动，享有盛誉，为南方戏剧圈中的巨擘。所作杂剧可考者十八种，现存《周公摄政》《王粲登楼》《翰林风月》《倩女离魂》《无盐破连环》《伊尹扶汤》《老君堂》《三战吕布》八种，并有小令六首、套数二套传世。

注释

[1] 思想：动词，想。

[2] 舣舟：停船靠岸。唐·贾至《闲居秋怀，寄阳翟陆赞府、封丘高少府》："舣舟临清川，迢递愁思长。"

[3] 适闷：排解烦闷。元·关汉卿《金线池》（第二折）："梅香，将过琵琶来，待我散心适闷咱。"

[4]"人去阳台"句：借楚怀王在高唐与巫山神女相会之事，比喻情人的别离。楚·宋玉《高唐赋·序》："昔者先王尝游高唐，怠而昼寝，梦见一妇人曰：'妾，巫山之女也。为高唐之客。闻君游高唐，愿荐枕席。'王因幸之。去而辞曰：'妾在巫山之阳，高丘之阻，旦为朝云，暮为行雨。朝朝暮暮，阳台之下。'"

[5] 门庭过马：喻衣锦还乡，高中归来。

[6] 悄悄冥冥：静悄悄，一声不响。元·王实甫《西厢记》（第一本第三折）："侧着耳朵儿听，蹑着脚步儿行：悄悄冥冥，潜潜等等。"

[7] 浮槎：传说中来往于海上和天河之间的木筏。典故出自晋代张华《博物志》卷十："旧说云：天河与海通，近世有人居海渚者，年年八月，有浮槎去来，不失期。"又云："汉武帝令张骞穷河源，乘槎经月而去，至一处，见城郭如官府，

室内有一女织，又见一丈夫牵牛饮河。"（《荆楚岁时记》转引）此处借张骞浮槎遇牛郎织女，表达了对美满婚姻的向往。

[8] 你莫不夜泊秦淮卖酒家：化用唐·杜牧《泊秦淮》："夜泊秦淮近酒家。"

[9] 疏剌剌：空荡荡之意。明·冯惟敏《集贤宾·秋思》（套曲）："疏剌剌帐罗，虚空空被窝，凄凉凉长夜捱不过。"

[10] 试觑：偷看、窥视。清·李渔《意中缘·卷帘》："试觑他神气逍遥，须鬓飘飖。"

[11] 丕丕：象声词，状心跳声。明·凌濛初《初刻拍案惊奇》第三六回："奶子看了簪，虚心病发，晓得是儿子做出来，惊得面如土色，心头丕丕价跳。"

[12] 鸣榔板捕鱼虾：双关语，既描写了渔家敲击船板惊鱼入网的捕鱼行为，又暗含倩女躲避家人追缉的惊慌。

[13] 厌厌：绵长貌。南唐·冯延巳《长相思》："红满枝，绿满枝，宿雨厌厌睡起迟。"宋·苏轼《次韵子由种杉竹》："吏散庭空雀噪檐，闭门独宿夜厌厌。"

[14] 露华：露水、露气。唐·李白《清平调三首》："云想衣裳花想容，春风拂槛露华浓。"

[15] 澄澄：清澈明洁貌。元·无名氏《杀狗劝夫》（第三折）："却原来是伴独坐皓月澄澄，搅孤眠西风泠泠。"

[16] 寒雁起平沙：引用宋·释师范《偈颂一百四十一首》其一："寒雁起平沙，夜早吟破壁。"

[17] 款踏：小心缓慢地行走。

[18] 莎草：植物名，泛指草。

[19] 湘裙：一种用湘地丝织品织成的很贵重的裙子。元·王实甫《西厢记》（第一本第三折）："韝香袖以无言，垂湘裙而不语。"

[20] 翡翠纱：言裙子以很名贵的丝线织成。

[21] 凌波袜：借指美女的袜子。语出魏·曹植《洛神赋》："凌波微步，罗袜生尘。"

[22] 冰壶：借指月亮或月光。唐·元稹《献荥阳公》："冰壶通皓雪，绮树眇晴烟。"宋·杨万里《中秋前二夕钓雪舟中静坐》："人间何处冰壶是，身在冰壶却

道非。"

[23] 潋滟：光耀明亮貌。唐·卢纶《上巳日陪齐相公花楼宴》："树色参差绿，湖光潋滟明。"宋·苏轼《饮湖上初晴后雨》："水光潋滟晴方好，山色空蒙雨亦奇。"

[24] 你觑远浦孤鸿落霞：化用唐代王勃《滕王阁序》："落霞与孤鹜齐飞，秋水共长天一色。"

[25] 枯藤老树昏鸦：引用元代马致远《天净沙·秋思》："枯藤老树昏鸦，小桥流水人家。"

[26] 欸乃：象声词，棹歌声。宋·陆游《南定楼遇急雨》："人语朱离逢峒獠，棹歌欸乃下吴舟。"

[27] 咿哑：象声词，摩擦碰撞声。唐·韩偓《南浦》："应是石城艇子来，两桨咿哑过花坞。"

[28] 蓼洼：指植物丛。蓼为一草本植物，此处泛指蓼属植物。

[29] 钓槎：渔舟。宋·文天祥《寄故人刘方斋》："溪头浊潦拥鱼鳅，笑杀渔翁下钓槎。"

[30] 水凹：相当于水洼，指水凹陷的地方。

[31] "烟笼寒水月笼沙"句：引用唐代杜牧《泊秦淮》："烟笼寒水月笼沙，夜泊秦淮近酒家。"

[32] 茅舍两三家：引用宋·陈造《陪盱眙王使君东游四首》其一："风林山阙处，茅舍两三家。"

[33] 伯牙：春秋时期善鼓琴者。《荀子·劝学》："伯牙鼓琴而六马仰秣。"《列子·汤问》："伯牙善鼓琴，钟子期善听。"

[34] 凝睇：凝视、注视。唐·白居易《长恨歌》："含情凝睇谢君王，一别音容两渺茫。"唐·陆龟蒙《奉和袭美酒中十咏·酒楼》："凝睇复凝睇，一觞还一觞。"

[35] 主定心猿意马：谓已拿定主意。心猿意马本佛家语，谓心意飘忽不定，如猴、马一样难以控制。

[36] 雾鬟：浓密的头发。宋·苏轼《洞庭春色赋》："携佳人而往游，勤雾鬟与风鬟。"

[37] 蝉翅：即蝉鬓，女性发式，因两鬓薄如蝉翼，故称。

[38] 铅华：借指青春年华。前蜀·韦庄《抚盈歌》："铅华窅窕兮穠姿，棠公肸蠁兮靡依。"此二句为有些生气的话，意思是说：愿你一帆风顺前程似锦，而我只能任由青春流逝。

[39] 娇客：对女婿的爱称。宋·黄庭坚《次韵子瞻和王子立风雨败书屋有感》："妇翁不可挝，王郎非娇客。"

[40] 你还想飞入寻常百姓家：反用唐代刘禹锡《乌衣巷》："旧时王谢堂前燕，飞入寻常百姓家。"质疑王文举高中后，面对锦绣繁华又怎会再与自己成亲？

[41] 鱼跃龙门、占鳌头：均谓状元及第。清·洪亮吉《北江诗话》卷三："俗语谓状元独占鳌头，语非尽无稽。胪传毕，赞礼官引东班状元、西班榜眼二人，前趋至殿阶下，迎殿试榜。抵阶，则状元稍前，进立中阶石上，石正中镌升龙及巨鳌，盖警跸出入所由，即古所谓螭头矣。俗语所本以此。"

[42] "你若是"句：表明心迹，意谓即使你像贾谊一样时运不济，我待你也会像孟光对待梁鸿那样举案齐眉。

[43] 意差、抹搭：皆谓怠慢；变心之意。

[44] 遮莫：尽管、任凭。宋·苏轼《次韵答宝觉》："芒鞋竹杖布行缠，遮莫千山更万山。"

[45] 荆钗、布麻：皆贫家女子衣饰。唐·李山甫《贫女》："平生不识绣衣裳，闲把荆钗亦自伤。"明·潘绂《老女吟》："无端忽听邻家语，笑整荆钗独闭门。"

[46] "但愿得"句：以王文举比司马相如，以自己比卓文君，鼓励王文举似司马相如般得以名列文苑，而自己会如卓文君般当庐酤酒侍奉左右。

作品要解

《倩女离魂》本事出于唐代陈玄祐的传奇小说《离魂记》，与关汉卿《拜月亭》、王实甫《西厢记》、白朴《墙头马上》并称为元曲四大爱情剧。

此剧虽以唐陈玄祐《离魂记》为本事，但在故事情节和思想意蕴上却做出了巨大的改变，着力突出了青春女性对爱情的追求和斗争。在这部作品中，女性人物的斗争精神也是空前绝后的，倩女不仅要与父母所代表的礼教势力和门第观念做强烈的斗争，还要与至爱的男子根深蒂固的伦理道德作斗争，极大地体现了女性的斗争精神和力量。为了完成这种创作，郑光祖把女性的躯壳和灵魂分化为虚幻与现实，分别做了比较细致的对比描写：一方面，倩女的灵魂代表了女性对爱情的渴望与追求。离开躯体束缚的离魂得以冲破礼教观念的束缚，大胆地追求爱情，尽管承受了孤身在外初闯月夜的胆战心惊，又蒙受了心爱男子的质疑和责难，却始终不改初心，为自己的爱情据理力争，言辞犀利而行为大胆，体现了女子渴望冲破礼教的大胆与狂热。另一方面，现实中的躯体代表了女性所承受的礼教束缚与煎熬。灵魂虽得以脱离肉体享受爱情的欢愉，但肉体却病恹恹地躺在床上，承受礼教的禁锢和离愁别恨的煎熬，无力反抗，体现了在礼教束缚下的女子的万般无奈。奇幻与现实两相对比，愈加凸显灵魂抗争的艰难与难能可贵。

此剧善于抒情渲景和营造气氛，并辞藻俊美、典丽可观，刻画人物细致入微。明代朱权《太和正音谱》评曰："其词出语不凡，若咳唾落乎九天，临风而生珠玉，诚杰作也。"王国维于《宋元戏曲考·元剧之文章》赞曰："此种词如弹丸脱手，后人无能为役。"

南戏

元代文学作品选

蔡伯喈琵琶记

高 明

第二十出

（旦上唱）【山坡羊】乱荒荒不丰稔[1]的年岁，远迢迢不回来的夫婿。急煎煎[2]不耐烦的二亲，软怯怯[3]不济事的孤身己。衣尽典，寸丝不挂体。几番要卖了奴身己，争奈没主公婆教谁管取？（合）思之，虚飘飘命怎期？难捱，实丕丕[4]灾共危。

【前腔】滴溜溜难穷尽的珠泪，乱纷纷难宽解的愁绪。骨崖崖难扶持的病体，战钦钦[5]难捱过的时和岁。这糠呵，我待不吃你，教奴怎忍饥？我待吃呵，怎吃得？（介）苦！思量起来不如奴先死，图得不知他亲死时。（合前）

（白）奴家早上安排些饭与公婆，非不欲买些鲑菜[6]，争奈无钱可买。不想婆婆抵死埋冤[7]，只道奴家背地吃了甚么。不知奴家吃的却是细米皮糠，吃时不敢教他知道，只得回避。便埋冤杀了，也不敢分说。苦！真实这糠怎的吃得。（吃介）（唱）

【孝顺歌】呕得我肝肠痛，珠泪垂，喉咙尚兀自牢嗄住[8]。糠！遭砻[9]被舂杵[10]，筛你簸扬[11]你，吃尽控持[12]。悄似[13]奴家身狼狈，千辛万苦皆经历。苦人吃着苦味，两苦相逢，可知道欲吞不去。（吃吐介）（唱）

【前腔】糠和米，本是两倚依，谁人簸扬你作两处飞？一贱与一贵，好似奴家共夫婿，终无见期。（白）丈夫，你便是米么，（唱）米在他方没寻处。（白）奴便是糠么，（唱）怎的把糠救得人饥馁？好似儿夫出去，怎的教奴，供给得公婆甘旨[14]？（不吃放碗介）（唱）

【前腔】思量我生无益，死又值甚的！不如忍饥为怨鬼。公婆老年纪，靠着奴家相依倚，只得苟活片时[15]。片时苟活虽容易，到底日久也难相聚。谩[16]把糠来相比，（白）这糠尚兀自有人吃，（唱）奴家骨头，知他埋在何处？

（外、净上探白）媳女，你在这里说甚么？（旦遮糠介）（净搜出打旦介）

（白）公公，你看么？真个背后自逼逻[17]东西吃，这贱人好打！（外白）你把他吃了，看是什么物事？（净荒吃介）（吐介）（外白）媳妇，你逼逻的是甚么东西？（旦介）（唱）

【前腔】这是谷中膜，米上皮，将来逼逻堪疗饥。（外、净白）这是糠，你却怎的吃得？（旦唱）尝闻古贤书，狗彘食人食[18]，（白）公公，婆婆，须强如草根树皮。

（外、净白）这的不嗄杀了你？（旦唱）嚼雪餐毡苏卿犹健[19]，餐松食柏到做得神仙侣[20]，纵然吃些何虑？（白）公公，婆婆，别人吃不得，奴家须是吃得。（外净白）胡说！偏你如何吃得？（旦唱）爹妈休疑，奴须是你孩儿的糟糠妻室[21]！

（外、净哭介白）原来错埋冤了人，兀的不痛杀了我！

（倒介）（旦叫介唱）

【雁过沙】他沉沉向迷途，空教我耳边呼。公公，婆婆，我不能尽心相奉事，番教你为我归黄土。公公，婆婆，人道你死缘何故？公公，婆婆，你怎生割舍抛弃了奴？

（白）公公，婆婆。（外醒介）（唱）

【前腔】媳妇，你耽饥[22]事公姑。媳妇，你耽饥怎生度？错埋冤你也不肯辞，我如今始信有糟糠妇。媳妇，我料应不久归阴府。媳妇，你休便为我死的把生的受苦。（旦叫婆婆介）（唱）

【前腔】婆婆，你还死教奴家怎支吾[23]？你若死教我怎生度？我千辛万苦回护[24]丈夫，如今到此难回护。我只愁母死难留父，况衣衫尽解，囊箧[25]又无。（外叫净介唱）

【前腔】婆婆，我当初不寻思，教孩儿往皇都。把媳妇闪得苦又孤，把婆婆送入黄泉路，只怨是我相耽误。我骨头未知埋在何处所？

（旦白）婆婆都不省人事了，且扶入里面去。正是青龙共白虎同行[26]，吉凶事全然未保。（并下）（末上白）福无双至犹难信，祸不单行却是真。自家为甚说这两句？为邻家蔡伯喈妻房，名唤做赵氏五娘子，嫁得伯喈秀才，方才两月，丈夫便出去赴选。自去之后，连年饥荒，家里只有公婆两口，年纪八十之上，甘旨之奉，亏杀这赵五娘子，把些衣服首饰之类尽皆典卖，籴 [27] 些粮米做饭与公婆吃，他却背地里把些细米皮糠逼逻充饥。唧唧 [28]，这般荒年饥岁，少什么有三五个孩儿的人家，供膳 [29] 不得爹娘。这个小娘子，真个今人中少有，古人中难得。那公婆不知道，颠倒把他埋冤。今来听得他公婆知道，却又痛心，都害了病。俺如今去他家里探取消息则个。（看介）这个来的却是蔡小娘子，怎生恁地走得慌？（旦慌走上介，白）天有不测风云，人有旦夕祸福。（见末介）公公，我的婆婆死了。（末介）我恰要来。（旦白）公公，我衣衫首饰尽行典卖，今日婆婆又死，教我如何区处 [30]？公公可怜见，相济则个。

（末白）不妨，婆婆衣衾棺椁之费皆出于我，你但尽心承值 [31] 公公便了。（旦哭介）（唱）

【玉包肚】千般生受 [32]，教奴家如何措手？终不然把他骸骨，没棺椁送在荒丘？（合）相看到此，不由人不珠泪流，正是不是冤家不聚头。（末唱）

【前腔】不须多忧，送婆婆是我身下有。你但小心承直公公，莫教又成不救。（合前）（旦白）如此，谢得公公！只为无钱送老娘。（末白）娘子放心，须知此事有商量。（合）正是：归家不敢高声哭，只恐人闻也断肠。（并下）

——选自王季思主编《全元戏曲》第十卷，人民文学出版社 1999 年版

作者简介

高明（约 1305—约 1371），字则诚，号菜根道人，温州瑞安（今属浙江）人。因温州古称东嘉州，故又称其为高东嘉、东嘉先生。其自幼聪颖，善属对作文，曾受业于县人黄溍。元至正五年（1345）进士，历任处州（今浙江丽水）录事、绍兴府判官、江南行台掾、福建行省都事等职，后因与上论事不合，辞职归隐，寓居明州（今浙江宁波市）栎社之沈氏楼，遂致力于词曲。明初，太祖朱元璋慕其名，遣使征召，他装狂不出，不久病卒。据《南词叙录》载，其还有《闵子骞单衣记》戏文一部，今无存；其另有诗文集《柔克斋集》20 卷，已佚。今存诗、文、词、散

曲共五十余篇。

注释

[1] 丰稔：丰熟、富足。《后汉书·法雄传》："在郡数岁，岁常丰稔。"唐·吴兢《贞观政要·君道》："年谷丰稔，百姓安乐。"

[2] 急煎煎：焦急、烦躁貌。金·董解元《西厢记诸宫调》（卷六）："年年的光景如梭，急煎煎的心绪如火。"元·关汉卿《窦娥冤》（第一折）："长则是急煎煎按不住意中焦，闷沉沉展不彻眉尖皱。"

[3] 软怯怯：软弱胆小貌。元·施惠《幽闺记·幽闺拜月》："他直恁太情切，你十分忒软怯，眼睁睁怎忍相抛撇。"

[4] 实丕丕：亦作"实坯坯""实呸呸"，实在貌。元·李好古《张生煮海》（第三折）："俺实丕丕要问行藏，你慢腾腾好去商量。"

[5] 战钦钦：即战战兢兢，焦急恐惧貌。元·白朴《梧桐雨》（第三折）："諕得我战钦钦遍体寒毛乍。"

[6] 鲑菜：泛指鱼类菜肴。唐·杜甫《王竟携酒》："自愧无鲑菜，空烦卸马鞍。"宋·黄庭坚《食笋十韵》："洛下斑竹笋，花时压鲑菜。"

[7] 抵死埋冤：竭力埋怨。宋·辛弃疾《南乡子·舟中记梦》："只记埋冤前夜月，相看，不管人愁独自圆。"

[8] 牢嗄住：牢牢地卡住，吞咽不下去。

[9] 砻：此处为动词，表示用砻去掉稻壳。砻为去掉稻壳的农具，形状略像磨，多以竹、泥制成的。

[10] 舂杵：用杵捣掉谷壳。杵为舂米的木棒。

[11] 簸扬：扬去谷物中的糠秕杂物。《诗·小雅·大东》："维南有箕，不可以簸扬。"北齐·颜之推《颜氏家训·涉务》："打拂之，簸扬之。"

[12] 控持：难为、折磨。宋·陈允平《红林檎近》："望帘寻酒市，看钓认渔乡。控持紫燕，芹泥未上雕梁。"

[13] 悄似：恰似、好像。金·董解元《西厢记诸宫调》卷三："都只被你箇

可憎姐姐,引得眼花心乱,悄似风魔。"

[14] 甘旨:养亲的食物。南朝梁·任昉《上萧太傅固辞夺礼启》:"饥寒无甘旨之资,限役废晨昏之半。"唐·白居易《奏陈情状》:"臣母多病,臣家素贫;甘旨或亏,无以为养;药饵或阙,空致其忧。"

[15] 片时:片刻、不多时。隋·江总《闺怨篇》:"愿君关山及早度,念妾桃李片时妍。"宋·王茂孙《高阳台》:"片时千里江南路,被东风悮引,还近阳台。"

[16] 谩:徒、空。宋·李清照《渔家傲·记梦》:"我报路长嗟日暮,学诗谩有惊人句。"

[17] 逼逻:安排、张罗。宋·无名氏《张协状元》(第二出):"我却说与你妈妈,教逼逻些行李裹足之资。"

[18] 狗彘食人食:语出《孟子·梁惠王上》:"狗彘食人食而不知检,涂有饿莩而不知发。"意谓猪狗吃了人的食物,此处则是反语,谓人吃猪狗之食。

[19]"嚼雪"句:汉武帝遣苏武使匈奴,匈奴扣留苏武,迫降。武不从,"单于愈益欲降之,乃幽武置大窖中,绝不饮食。天雨雪,武卧啮雪与旃毛并咽之,数日不死"。(《汉书·李广苏建列传》)

[20]"餐松"句:相传食松柏枝叶可以成仙,故常以"餐松食柏""餐松啖柏"谓隐居修仙的生活。此处则为劝解宽慰之语。

[21] 糟糠妻室:即"糟糠之妻",指共患难的夫妻。《后汉书·宋弘传》:"(光武帝)谓弘曰:'谚言贵易交,富易妻,人情乎?'弘曰:'臣闻贫贱之交不可忘,糟糠之妻不下堂。'"

[22] 耽饥:忍受饥饿。

[23] 支吾:支撑,抵挡。《旧五代史·僭伪传三·孟知祥》:"知祥虑唐军骤至,与遂阆兵合,则势不可支吾。"清·黄宗羲《朱康流先生墓志铭》:"先生屈其经世之业,以支吾八口,泊然不见喜愠之色。"

[24] 回护:袒护、庇护。宋·罗大经《鹤林玉露》卷十六:"古人是则曰是,非则曰非,明白正直,曾何回护。"叶圣陶《这也是一个人》:"隔几天,她父亲来了,是她公公叫他来的……但是她仗着主母的回护,没有跟她父亲同走。"

[25] 囊箧:指袋子与箱子。清·纪昀《阅微草堂笔记·滦阳消夏录三》:"官

检所遗囊箧，得松脂戏衣之类。"

[26] 青龙共白虎同行：比喻吉凶未分，事情的发展难以预料。青龙和白虎皆为天上的星宿，青龙主吉，白虎主凶。明·冯梦龙《喻世明言》卷六："青龙与白虎同行，吉凶全然未保。"

[27] 籴：买。《商君书·垦令》："使商无得籴，农无得粜。"

[28] 唧唧：叹息声。唐·白居易《琵琶行》："我闻琵琶已叹息，又闻此语重唧唧。"金·王若虚《滹南诗话》卷二："夫笑而呵呵，叹而唧唧，皆天籁也。"

[29] 供膳：供给膳食，也即供养之意。《周书·陆通传》："后宅侧忽有泉出而有鱼，遂得以供膳。"《诗·召南·驺铁》"奉时辰牡"。唐代孔颖达疏："兽人献时节之兽以供膳。"清·李渔《玉搔头·缔盟》："莫说你一位，就带上千把人来，也还供膳得起。"

[30] 区处：处理、安排。《汉书·循吏传·黄霸》："鳏寡孤独有死无以葬者，乡部书言，霸具为区处。"清·孔尚任《桃花扇·赚将》："明日安营歇马，任俺区处便了。"

[31] 承值：侍奉。《新唐书·百官志上》："凡府马承直，以远近分七番，月一易之。"《醒世姻缘传》第五回："承值的将晁书、晁凤送到西边一个书房安顿。"

[32] 生受：烦劳、多谢，含无以回报之意。元·无名氏《冻苏秦》(第三折)："生受哥哥，替我报复去，道有苏秦在于门首。"明·施耐庵《水浒传》第一○二回："王庆用手去接道：'生受泰山！'"

作品要解

　　高明的《琵琶记》是据早期南戏《赵贞女蔡二郎》的婚变故事改编而成，共四十二出，与当时最有影响的"四大南戏"：《荆钗记》《白兔记》《杀狗记》《拜月亭记》并称为"五大传奇"，并被誉为"传奇之祖"。

　　《琵琶记》自蔡伯喈离家赴试后，剧情就沿两条线索交错发展，相互对照，环环相套：一条是蔡伯喈中第、为官、招亲，在牛家尽享荣华富贵；另一条是赵五娘在家苦守、服侍公婆、糟糠自厌、祝发买葬，陷入悲苦的困境。蔡伯喈春风得意，赏遍皇都的同时，赵五娘形单影孤，对镜忧叹。牛家结姻成亲，鼓乐笙歌的同时，蔡家赵五娘吞咽糟糠，公婆双亡。蔡伯喈绮席酒阑，陪佳人中秋赏月之日，正是赵五娘剪发买葬，筑坟台而十指流血之时。同时，为配合人物不同的处境以及两条戏剧线索的开展，运用两种不同风格的语言：赵五娘一线，语言本色；蔡伯喈一线，词藻华丽。

《琵琶记》一改早期南戏粗糙芜杂的弊病，结构完整流畅，曲词典雅精美，完成了从民间传唱向文人创作的过渡，因此被奉为南戏"曲祖"。王世贞《艺苑卮言》赞其曰："则诚所以冠绝诸剧者，不唯其琢句之工，使事之美而已。其体贴人情，委曲必尽，描写物态，仿佛如生，问答之际，了不见扭造，所以佳耳。"

王瑞兰幽怨拜月亭记

施 惠

第二十三出 夫莲同行

（夫上唱）

【天下乐】行尽长亭又短亭，穷途路甚曾经？（贴上唱）飘零此身如萍梗[1]，（合）算何日临汴京城？

（夫白）【忆秦娥】抛家业，人离财散如何说？如何说？这般愁闷，这般时节。（贴）不幸为人遭此劫，一回追思情惨切。情惨切，心儿里悒怏[2]，眼儿流血。（夫）孩儿，不免慢慢走行几步。（唱）

【羽调排歌】黯黯云迷，寒天暮景，区区水涉山登。（贴）萧萧黄叶舞风轻，这样愁烦不惯经。（夫）不忍听，不美听，听得胡笳[3]野外两三声。（合）风力劲，天气冷，一程分作两程行。（贴唱）

【前腔】数点昏鸦，投林乱鸣，宿雾晚烟冥冥。（夫）迢迢古岸水澄澄，野渡无人舟自横。（贴）不忍听，不美听，听得孤鸿天外两三声。（合前）（夫唱）

【三叠排歌】前路梗，行怎生？那更天将暝。忧心战兢兢，伤情泪盈盈。（贴）娘，那些儿凄惨，那些儿寂寞，清风明月最关情。（夫）我儿，无人来往冷清清，叫地不闻，天不应。（贴）不忍听，不美听，听得疏钟山外两三声。（合前）（贴唱）

【前腔】忽地明，一盏灯，遥望茅檐近认不真。意儿着休得慢腾腾。（夫）孩儿，休辞迢递[4]，望明前去，远临此地叩柴扃[5]。（贴）娘，今宵村舍暂消停，卧却山城长短更。（夫）不忍听，不美听，听得秋砧[6]林外两三声。（合前）

【尾】何时遇得安宁？幸一夕安眠到天明，免使狼藉在路程。茅檐篷灯火照黄昏，但愿前途遇好人。曾经路苦方为苦，谩说家贫未是贫。（并下）

——选自王季思主编《全元戏曲》第九卷，人民文学出版社1999年版

259

作者简介

　　施惠（生卒年不详），字君美，一作均美，或云沈姓，杭州人。据钟嗣成《录鬼簿》记载："世居吴山城隍庙前，以坐贾为业。巨目美髯，好谈笑。"戏曲作家钟嗣成、赵良弼、陈彦实常至其家，每承接款，多有高论。诗酒之暇，唯以填词和曲为事。钟嗣成《双调·凌波仙·吊施君美》曰："道心清净绝无尘，和气雍容自有春。吴山风月收拾尽，一篇篇字字新。但思君，赋尽《停云》。三生梦，百岁身，空只有衰草荒坟。"曾与范居中、黄天泽、沈珙合作《鹔鹴裘》杂剧，朱权《太和正音谱·古今群英乐府格势》评其杂剧"是杰作，其词势非笔舌可能拟，真词林之英杰也"，惜未传于世。还创作南戏《王瑞兰幽怨拜月亭记》《周小郎月夜戏小乔》等，今仅存前者。

注释

　　[1] 萍梗：比喻行踪如浮萍断梗一样，漂泊不定。唐·许浑《晨自竹径至龙兴寺崇隐上人院》："客路随萍梗，乡园失薜萝。"宋·陆游《答勾简州启》："遂容萍梗，暂息道途。"

　　[2] 恓怅：伤心貌。

　　[3] 胡笳：乐器名。《太平御览》卷五八一："笳者，胡人卷芦叶吹之以作乐也，故谓曰胡笳。"

　　[4] 迢递：遥远貌。魏·嵇康《琴赋》："指苍梧之迢递，临回迴江之威夷。"唐·杜甫《送樊二十三侍御赴汉中判官》："居人莽牢落，游子方迢遰。"

　　[5] 柴扃：柴门。蜀·韦庄《江上村居》："本无踪迹恋柴扃，世乱须教识道情。"唐·杜牧《忆归》："新城非故里，终日想柴扃。"

　　[6] 秋砧：寒风中的捣衣声，用以烘托萧瑟、残败、凄凉的气氛。

作品要解

《拜月亭记》又名《幽闺记》，是"荆、刘、拜、杀"四大南戏之一，与白朴《墙头马上》、王实甫《西厢记》、郑光祖《倩女离魂》合称"元代四大爱情剧"，亦为"五大传奇"之一、中国古典十大喜剧之一。

《拜月亭记》据关汉卿《闺怨佳人拜月亭》杂剧改编，突破了仅以才子佳人的爱情模式取悦观众的简单操作，着力表现在金元之交的战乱背景下，王瑞兰与蒋世隆生死与共，在患难中结下的坚贞、纯洁的爱情，因而增强了剧作的现实性和艺术真实性。同时，透过爱情主线处处可见国破家亡、生灵涂炭的历史兴亡，将爱情主题、伦理主题和民族主题融会贯通，具有更深化的情感内涵。故事的背景发生在金末、蒙古族入侵中都之时，身为尚书的王镇被指派到敌国求和，女儿王瑞兰在逃难时与母亲失散，在仓皇落难之时幸得落魄书生蒋世隆保护，由感激之情而心生爱慕，结为夫妇。在战乱的环境下，王瑞兰已不是高贵的尚书小姐，蒋世隆也不是低微的落魄书生，而是同为苟且逃生的避乱人，二人的结合就自然脱离开了社会地位的束缚，成为单纯的男女相慕的爱情结合。但随着王瑞兰被迫随父回京，患难爱情终将又被禁锢到门第观念的束缚中，然而回归锦衣玉食的王瑞兰却依然坚守着仓皇落难的贫贱爱情。在她的爱情观里，一切皆以情起又因情去，与身份、门第、金钱富贵无丝毫的牵扯与羁绊；但父亲王镇因蒋世隆落魄书生的身份将他们强行拆散，又因蒋世隆高中状元而费力撮合。于此，纯真的爱情与虚伪的门第形成强烈的对比，愈加凸显爱情的真挚与美好。

该剧通过一系列误会巧合等戏剧结构手法，使剧情曲折变化，起伏跌宕。剧本一开始就充分利用兵荒马乱的时代背景，将蒋世隆和他的妹妹蒋瑞莲、王夫人和她的女儿王瑞兰，重新组合成蒋世隆奇逢王瑞兰、王夫人巧遇蒋瑞莲的传奇模式，使人物的性格和命运产生奇妙的碰撞和合理的过渡，增加了故事的真实性。

南戏